# Omega en fuite

Camille Jedel

## L'OMÉGAVERSE, C'EST QUOI ?

L'Omegaverse est un univers fictif où les distinctions de genre masculin/féminin ont disparu, remplacées par un "second genre" qui divise la société en trois catégories : Alpha, Bêta et Oméga.

Dans cette histoire, la disparition du genre féminin, tombé dans l'oubli depuis longtemps, a conduit à l'émergence d'un nouveau système de reproduction. Désormais, les hommes omégas ont acquis la capacité de procréer, devenant ainsi essentiels à la survie de l'humanité.

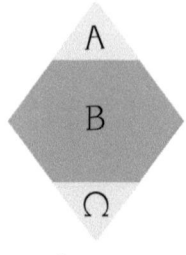

**RÉPARTITION DES GENRES**

**LES ALPHAS** sont souvent représentés comme dominants, protecteurs et puissants. Dotés d'un instinct naturel de leadership, ils occupent fréquemment des rôles de hautes responsabilités. Leur odorat extrêmement sensible leur permet de détecter les émotions, renforçant ainsi leur aptitude à diriger et à protéger. Face aux phéromones émises par un Oméga en chaleur, les Alphas peuvent entrer en rut, un état de pulsion intense et irrépressible.

**LES BÊTAS** occupent une position intermédiaire dans cette hiérarchie sociale. Ils mènent souvent une vie plus ordinaire, semblable à celle des humains dans notre monde. Ils bénéficient d'un certain confort et de responsabilités, mais sans les exigences ou le prestige associés aux Alphas.

**LES OMÉGAS** sont perçus comme vulnérables en raison de leurs « chaleurs », périodes durant lesquelles ils deviennent extrêmement fertiles. Ces cycles surviennent une fois par mois, lors de la pleine lune, et durent trois jours. Pendant cette période, ils émettent des phéromones puissantes qui attirent irrésistiblement les Alphas. Leurs instincts de procréation prennent alors le dessus, altérant leur jugement et les poussant à rechercher à tout prix un lien avec un Alpha.

# LA MORSURE D'ALPHA

Lorsqu'un Alpha mord la nuque d'un Oméga, cela crée un lien d'âme, un lien spécial qui unit l'Alpha et l'Oméga de manière unique. Ce lien peut être de deux types :

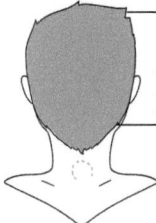

**LIEN D'ÂME SŒUR** Lorsque l'Alpha et l'Oméga sont des âmes sœurs, le lien formé par la morsure est permanent. Il unit les partenaires pour la vie.

**LIEN TEMPORAIRE** Si l'Alpha et l'Oméga ne sont pas des âmes sœurs, le lien créé par la morsure est temporaire. Il doit être renouvelé régulièrement par une nouvelle morsure pour maintenir son effet. Ce type de lien est plus fragile et peut se rompre s'il n'est pas entretenu.

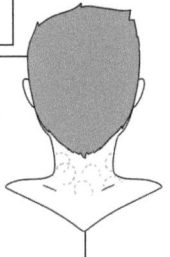

En plus de sceller le lien d'âme, la morsure a une fonction protectrice. Elle signale aux autres Alphas que l'Oméga n'est pas disponible, les dissuadant ainsi de tenter de s'accoupler avec lui.

# MÉDICAMENTS

Dans l'univers de l'Omegaverse, les Omégas ont accès à différents types de médicaments qui les aident à gérer leurs particularités biologiques et à mener une vie plus intégrée dans la société.

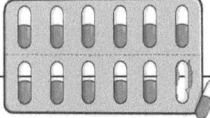

### SUPPRESSEURS

Les suppresseurs atténuent les phéromones des Omégas, masquant leur odeur pour leur permettre de vivre discrètement et d'éviter l'attention des Alphas. Ils ne peuvent être pris en continu, car un usage prolongé sans pause peut entraîner de graves effets secondaires.

### INHIBITEURS

Les inhibiteurs sont des injections d'endocrisine qui préviennent les chaleurs des Omégas. Ils doivent être administrés avant le début des chaleurs, mais leur usage est limité à une période maximale de six mois consécutifs, obligeant ainsi les Omégas à traverser au moins deux cycles de chaleurs par an.

**PROLOGUE**

*Oméga un jour, oméga...*

# Elias

L'excitation ne redescendait pas, il ne pouvait s'empêcher de toucher son ventre. Quand Alicar l'apprendrait, il serait plus qu'heureux, Elias en était persuadé. De la même manière, il était convaincu que sa demande en mariage suivrait immédiatement son annonce. Certes, il y aurait des obstacles, il l'avait toujours su. Leur différence d'âge et leurs situations sociales diamétralement opposées compliquaient les choses, surtout lorsque les parents de votre partenaire avaient une mentalité rétrograde. Pour autant, il n'était pas inquiet ; ils surmonteraient tout cela ensemble, Elias n'en doutait pas. Il ne doutait pas d'Alicar. Comment aurait-il pu ? Alicar était tout pour lui, même s'ils n'étaient pas destinés à être des âmes sœurs. Un détail qui lui importait peu, car il ne pouvait concevoir un amour plus intense que celui qu'ils partageaient. C'était tout simplement impossible.

Elias avait succombé au charme d'Alicar dès leur première rencontre, et, trois ans plus tard, ses sentiments n'avaient pas changé. Jamais il ne voudrait d'un autre alpha, il le savait. Alicar serait son premier et son dernier amant.

À nouveau, il caressa son ventre, un immense sourire aux lèvres. Ce qui se déroulait là était aussi inattendu que prévisible. Car même si la frénésie des chaleurs les poussait à perdre toute retenue et à oublier l'usage du préservatif, les grossesses demeuraient si rares que les chances d'être enceint ne l'avaient jamais préoccupé. Mais cet improbable et merveilleux événement était survenu, et dans un peu moins de neuf mois, ils passeraient de deux à trois.

Un bébé… il allait avoir un bébé. Il se demanda ce que son grand-pa aurait pensé s'il était encore en vie, et pendant un instant, la tristesse supplanta son nouveau bonheur. La vieillesse avait emporté le dernier membre de sa famille quelques mois plus tôt.

Son grand-pa lui manquait, plus encore aujourd'hui alors qu'il ne pouvait pas partager l'heureuse nouvelle avec lui et solliciter sa sagesse pour se rassurer. Car même s'il était excité, il avait également peur. Quarante-quatre pour cent des grossesses se concluaient par une fausse couche, sept pour cent par le décès de l'oméga, laissant ainsi une probabilité de quarante-neuf pour cent d'aboutir à la naissance. Un peu moins d'une chance sur deux... Elias inspira profondément, chassant l'angoisse qui serrait son cœur, afin de se concentrer uniquement sur son bonheur.

Destin lui avait offert cet enfant. Il était tombé enceint alors que de nombreux couples, même âmes sœurs, n'y parvenaient pas. Il devait y avoir une raison derrière cette bénédiction. Elias y croyait. Il mènerait sa grossesse à terme, donnerait naissance à un merveilleux bébé, et formerait une famille unie et moderne avec Alicar.

Elias n'avait jamais eu peur de l'avenir, et là encore, il était prêt à affronter le monde pour obtenir ce qu'il désirait. Il avait passé sa vie à se battre et n'abandonnerait certainement pas aujourd'hui. Il n'y avait aucune fatalité en dehors de celle à laquelle on se soumettait. Il l'avait prouvé, que ce soit avec Alicar ou ses études. Bien que les omégas arrêtent souvent tôt l'école pour se marier, lui n'avait rien lâché. Au contraire, il avait achevé le lycée avec deux années d'avance, pour ensuite poursuivre un diplôme en marché et commerce internationaux. Il avait dit *merde* à tous ses camarades de classe qui n'avaient eu pour l'oméga borné qu'il était que du mépris.

À vingt ans, il ne lui restait plus qu'une année avant de décrocher son certificat. Il aurait probablement choisi une filière plus scientifique sans sa rencontre avec Alicar. Cependant, dans l'idée de l'assister dans ses affaires, il avait modifié son orientation, convaincu qu'un jour, ils se marieraient et construiraient une famille heureuse, tout en travaillant main dans la main.

Une famille et une carrière... Deux projets que tous lui avaient dit être antagonistes, depuis son grand-pa jusqu'à ses professeurs, qui avaient esquissé un sourire méprisant face à son choix de poursuivre ses études. De l'avis général, même si les lois restrictives avaient été levées quelques décennies plus tôt, les omégas étaient toujours condamnés à un seul destin : procréer et prendre soin de leur famille. Une tradition conservatrice à laquelle Elias ne se soumettrait jamais. Certes, il reconnaissait aspirer au bonheur domestique, mais il désirait également bien plus. Il voulait une carrière, des amis, une vie sociale en dehors du foyer... toutes ces choses auxquelles les bêtas et les alphas avaient accès, mais qui étaient refusées aux omégas pour une raison absurde de génétique et de croyances archaïques. S'ils étaient les seuls à pouvoir enfanter, tout le monde pouvait contribuer à prendre soin de la maison et du foyer. Pour cela, il suffisait d'affection et d'organisation, deux qualités que les bêtas et les alphas possédaient tout autant que les omégas. Aux côtés d'Alicar, en formant un couple uni et égalitaire, ils démontreraient que cette vision rétrograde devait être dépassée.

À trente-huit ans, Alicar avait déjà vécu la perte tragique de son âme sœur, décédée en couches moins d'un an après leur rencontre. Elias était conscient que la disparition de son compagnon avait été – et restait – douloureuse, une blessure dont il ne se remettrait probablement jamais. Néanmoins, Elias savait aussi qu'il pouvait faire la différence, car Alicar le lui avait dit : il était un baume sur son cœur meurtri. Leur rencontre lui avait redonné goût à la vie. Leur amour était authentique, et leurs sentiments n'étaient pas moins sincères simplement parce qu'ils n'étaient pas âmes sœurs.

Se glissant par la porte arrière de l'immense demeure des Clifford, toujours laissée ouverte par les domestiques pour faciliter leurs déplacements, Elias traversa la cuisine puis le couloir en marchant sur la pointe des pieds. Il souhaitait rester discret afin de surprendre Alicar non seulement par sa visite, mais aussi avec le test de grossesse effectué une heure auparavant. Alicar devait savoir, pas demain ou après-demain, mais aujourd'hui. Elias avait soigneusement rangé le précieux résultat dans une petite boîte, qu'il avait fermée avec un ruban trouvé parmi les broderies de son grand-pa. Il avait enroulé le bâtonnet dans un poème de sa création qui se terminait par : « Pour toujours plus un jour».

C'était peut-être un peu ridicule, mais c'était à leur image, et c'était tout ce qui importait.

Même si son amant avait toujours été catégorique sur le fait qu'il ne pouvait pas venir au château sans son accord préalable – pour s'assurer de l'absence de ses parents, de vieux nobliaux à l'esprit étriqué et désuet –, Elias était persuadé qu'Alicar ne lui en voudrait pas de rompre cet interdit pour cette occasion particulière. C'était si fantastique, impossible, improbable ! C'était absolument parfait !

Empruntant les escaliers de service, il grimpa jusqu'au deuxième étage où se trouvait le cabinet d'Alicar. Le mercredi était le jour où son amant s'occupait de ses affaires depuis sa demeure, accueillant dans son vaste domaine les personnalités qu'il souhaitait impressionner. Malheureusement, son espoir de le trouver seul s'évanouit lorsque des voix lui parvinrent depuis son bureau. Sans doute aurait-il décidé de l'attendre dans ses appartements privés s'il n'avait pas entendu son prénom.

Sa curiosité éveillée, il s'approcha furtivement pour jeter un œil à travers la porte à peine entrouverte. Debout face à la cheminée vieille de plusieurs siècles, Alicar se tenait les mains croisées dans le dos. Son amant arborait cette stature distinctive des alphas : de larges épaules, un cou développé et une mâchoire carrée. Bien que le temps ait parsemé ses cheveux de reflets gris, Elias ne l'en trouvait que plus séduisant. Vêtu d'un costume trois pièces qui épousait parfaitement sa carrure athlétique, il était l'incarnation même de l'élégance, et Elias sentit des picotements dans son ventre. Cependant, lorsque la voix grave du père d'Alicar retentit, son excitation s'évanouit dans un sursaut.

— Alors ?

— Eh bien, je n'en ai aucune idée, lui répondit son fils d'un ton froid qu'Elias ne lui connaissait pas.

— Cela fait presque trois ans, Alicar !

— Doucement, chéri, nous savions d'avance que ça nécessiterait du temps, intervint la voix plus posée du pa d'Alicar.

— Notre fils va avoir trente-neuf ans, il lui faut un héritier.

— J'en suis conscient, mais Elias était et reste le meilleur choix pour cela. Jeune, vierge lors de leur rencontre, d'une constitution robuste, issu d'une famille au taux de fausses couches anormalement bas et sans parenté pour nous empêcher de…

— Trois ans et toujours rien ! le coupa son mari, exaspéré.

Un frisson parcourut la colonne vertébrale d'Elias.

— Il n'est pas mon âme sœur.

Et la manière dont Alicar le dit fut le premier coup qui déchira le cœur d'Elias. C'était froid et cruel, dépourvu de tout sentiment.

— À quoi vous attendiez-vous ? À ce que je le mette enceint dès ses premières chaleurs ? continua-t-il sans une once de douceur.

— On est loin de ses premières chaleurs. Est-ce que tu le noues au moins ? cracha son père.

— Bien sûr que je le noue ! Je passe toutes ses maudites chaleurs en sa compagnie ! Je ne peux pas le baiser plus que je ne le fais déjà !

Elias réprima un sanglot. Il voulait qu'Alicar se taise, car chacun de ses mots anéantissait tout ce en quoi il avait cru. Il prit conscience de la main protectrice qu'il avait posée sur son ventre et du pas en arrière qu'il avait fait.

— Chéri, ton langage !

— Il nous faut cet enfant ! grogna le père d'Alicar.

— Et nous l'aurons, le rassura son mari oméga.

Il y avait dans ses paroles une appropriation qui effraya Elias. Il parlait de son bébé pas encore né comme s'il n'était déjà plus le sien. Pour la première fois de sa vie, il eut peur, vraiment peur, car il commençait à comprendre.

Comprendre à quel point il avait été crédule et stupide.

Comprendre que là où il avait vu de l'amour, il n'y avait que de l'intérêt.

— Elias finira par tomber enceint, alors Alicar pourra épouser David, à qui il est fiancé depuis de trop nombreuses années. Ils élèveront ensemble notre héritier.

Elias appuya plus fort sur son ventre.

David ? Fiancé ?

Il connaissait un David, un bêta qu'il avait croisé une fois dans un restaurant de Regent Square, lors d'une sortie avec Alicar. Il se souvenait de lui, car même si ce David avait chaleureusement salué Alicar, il l'avait lui à peine regardé. Aucune présentation n'avait été faite, et si Alicar ne l'avait pas appelé « David » sous le coup de la surprise, il n'aurait même pas su son prénom.

Tout s'effondrait autour de lui.

Il n'arrivait plus à respirer.

C'était trop subit.

Il n'avait jamais douté de la fidélité d'Alicar, jamais pensé ne serait-ce qu'un instant qu'il puisse retrouver un autre homme lorsqu'il prétendait être indisponible. Dans son esprit, la cruauté de la réalité effaçait progressivement toute la tendresse qu'Alicar lui avait offerte au fil des années. Les mots affectueux chuchotés au creux de son oreille, le poids réconfortant de son corps lové contre le sien au réveil, ses sourires à n'en plus finir, les conversations passionnées et leurs si nombreuses étreintes. Il avait cru en *tout cela*, mais tout cela était faux. *Tout cela* n'avait été qu'une illusion, une construction de son imagination.

Il n'y avait pas d'*eux*.

Pas d'amour.

Pas de destinée à combattre.

Alicar ne l'avait-il jamais vu comme autre chose qu'un utérus sur pattes ? L'avait-il jamais considéré autrement que comme un outil pour obtenir une descendance ? Y avait-il eu une seule chose vraie entre eux? Une seule... Rien qu'une seule...

Sur ses joues, des larmes tracèrent des chemins humides. Il s'était toujours interdit cette faiblesse, cette fragilité émotionnelle qu'on attribuait aux omégas. Il n'avait pas pleuré à la mort de ses parents ou de son grand-pa, mais cette fois-ci, il ne put lutter contre. Les larmes coulaient et coulaient encore, reflet de son chagrin.

— Elias ne vous laissera pas le déposséder de notre fils. Aucun oméga n'abandonnerait son enfant volontairement, dit Alicar.

Pour la première fois au cours de cette conversation, Elias retrouva un peu de la douceur qu'il avait toujours associée à son amant. Cette tendresse qui l'avait fait tomber sous son charme.

— Le prix qu'on lui offrira sera suffisant pour lui permettre de réaliser ses grandes ambitions, toutes ces idées stupides auxquelles il croit…

Il y avait tant de morgue dans ses paroles, tant de mépris.

— Il pourra les concrétiser avec cet argent, et sans s'encombrer d'un bébé.

— Elias ne voit pas les choses ainsi. Je vous l'ai déjà dit, mais s'il y a un enfant, il ne voudra pas l'abandonner. Jamais il ne renoncera à ses droits parentaux…

— Alors, nous le lui prendrons ! cracha son père avec virulence. Il n'y a pas de discussion. Mon petit-fils ne sera pas élevé par un garçon des rues ! Hors de question ! Il sera éduqué tel un Clifford, et cet oméga aux idées progressistes ne s'approchera jamais de lui ! Que Destin en soit témoin, avec ou sans son consentement, je lui arracherai ce bébé dès sa naissance.

— Père, écoutez…

Mais son père n'écoutait rien.

— Je le ferai passer pour un incompétent, un parent indigne ! Ce ne sera pas compliqué !

— Les droits des omégas… tenta Alicar sans plus de succès que précédemment.

— Je me fous des droits des omégas !

— Chéri ! s'exclama son mari.

— Ils n'existent que sur papier ! Les omégas sont faits pour se soumettre à nous, alphas, et si ta poule pondeuse ne sait pas où est sa place, mes avocats sauront la lui rappeler. Ils mettront toutes ses revendications en miettes !

C'en était trop.

Elias ne pouvait supporter une parole de plus.

Personne ne lui arracherait son enfant.

Il ravala la bile qui lui brûlait la gorge et repoussa la douleur qui pesait sur sa poitrine. À cet instant précis, une seule chose importait : protéger son fils. Il devait le soustraire à cette famille monstrueuse. Jamais il ne les laisserait s'en emparer. Jamais il ne sacrifierait la chair de sa chair. Il préférait crever.

Il se focalisa sur sa rage, s'y accrocha pour ne pas être submergé par le chagrin, par la perte de cet amour qu'il avait cru merveilleux et qui s'avérait être, en réalité, terrifiant. Mais au moment où il recula, la boîte renfermant la source de sa joie passée lui échappa et tomba par terre. Le bruit sourd fit taire la conversation, et à travers l'entrebâillement de la porte, il croisa le regard d'Alicar. L'effroi tordit les traits de son amant, tandis qu'il articulait silencieusement son prénom, tout en faisant un pas en avant. Ce fut ce pas qui poussa Elias à tourner les talons et à partir en courant sans se retourner.

Il rentra chez lui et fourra tout ce qui pouvait y tenir dans son sac de voyage : son passeport, quelques vêtements et des photos qu'il ne pouvait se résoudre à laisser. Après un dernier regard à la chaumière qui l'avait vu naître et grandir, il ferma la porte et se rendit à la banque pour y retirer l'intégralité de son argent. Son ultime arrêt fut sur la tombe de son grand-pa et de ses parents, auprès desquels il s'excusa pour sa prochaine longue absence.

Lorsqu'il arriva à l'aéroport, il acheta le premier billet disponible lui permettant de quitter le pays. Son visa pour les Amériques n'avait pas expiré, et c'est à bord d'un avion en direction de New-City qu'il monta, disant ainsi adieu à Britannak, la terre de ses ancêtres.

# CHAPITRE 01
## *Un bêta dans le bureau*

*7 ans plus tard*

## Adam

Ça lui prenait vraiment la tête, du genre à le rendre fou. Ce rachat était compliqué et sans fin. S'il n'avait pas tant cru au potentiel de cette opération, il aurait abandonné depuis un moment. C'était un projet sur le long terme et c'était précisément là que résidait la difficulté, car, à cet instant précis, cette start-up ne valait rien et se dirigeait tout droit vers la faillite. Convaincre le conseil d'administration que, dans quelques années, il pourrait revendre cette entreprise à prix d'or demandait tact et patience. C'était ce qu'il appelait un braquage : investir dans une opération à haut risque pour des bénéfices non assurés, mais qui pourraient s'avérer exorbitants avec une bonne stratégie.

Un coup à sa porte lui fit relever les yeux vers Cassidy, son assistant, qui n'attendit pas son autorisation – chose qu'il ne faisait plus depuis des années – pour entrer. Comme s'il n'était pas là, le jeune homme se dirigea vers la cafetière de luxe aux grains hors de prix, qu'Adam conservait dans son bureau pour son usage personnel, et prépara deux cafés. Le temps que les tasses se remplissent, Cassidy ouvrit les placards pour y ranger les dossiers qu'il avait amenés avec lui, puis en sortit de nouveaux qu'il empila avec une minutie frôlant le trouble obsessionnel compulsif.

Depuis qu'Adam l'avait embauché, ses affaires n'avaient jamais été aussi bien ordonnées. Pas une feuille ne traînait hors de son classeur, et tout était étiqueté par code de couleurs. L'organisation de son bureau lui avait échappé le jour où, pour convaincre Cassidy, malade comme un chien, de rentrer chez lui, il avait accepté de lui céder le contrôle du classement en échange. À la lueur victorieuse qui avait illuminé le regard de son assistant, Adam avait aussitôt regretté. La semaine suivante, Cassidy avait retourné son bureau pour le ranger selon ses desiderata. Et même si Adam ne le reconnaîtrait jamais officiellement, après ce réaménagement forcé, il avait cessé de perdre un temps précieux à fouiller ses dossiers à la recherche de documents égarés.

Une tasse fumante fut déposée devant lui, et il releva la tête vers Cassidy, qui portait déjà la sienne à ses lèvres.

— Arrêtez de boire mon café, râla-t-il.

— Buvez plutôt le vôtre, vous devenez grognon quand il y a plus de sang que de caféine dans vos veines, rétorqua Cassidy sans se démonter.

Cela faisait un moment que son assistant ne le craignait plus. Si, à son embauche, il avait d'abord paru impressionné par ses humeurs, il avait vite pris le pli de l'ignorer et de faire comme bon lui semblait, une fois conscient que son travail était trop précieux pour qu'il soit viré.

— Et vous me direz merci plus tard, rajouta Cassidy, incisif.

— Pour quoi ?

— Déjà pour le café…

— Je ne vous ai rien demandé, que je sache.

— Nous savons tous les deux qu'au-delà de trois heures sans café, vous risquez de renvoyer quelqu'un…

— Qui pourrait être vous, répliqua Adam, faisant lever un sourcil peu impressionné à Cassidy.

— … et votre frère finira indéniablement par débarquer, alerté par les ressources humaines, pour vous rappeler quelques règles essentielles de management telles que : on ne vire pas les employés juste parce qu'on est de mauvaise humeur. Et même si c'est un spectacle très divertissant de le voir vous rabrouer, aujourd'hui, nous n'avons vraiment pas le temps pour cela. Ce qui nous amène à la deuxième raison pour laquelle vous devriez me dire merci.

— Et qui est ?

Plutôt que de lui répondre, Cassidy contourna son bureau pour se pencher par-dessus son épaule et saisir la souris, faisant défiler le document comptable sur lequel il travaillait. Aussitôt, le parfum entêtant de son assistant lui piqua le nez, et Adam réprima un frisson. En présence de Cassidy, il éprouvait toujours un mélange déstabilisant de satisfaction et de soulagement, une sensation qui se muait en une angoisse inexplicable dès qu'il s'éloignait. Ses sentiments l'auraient beaucoup moins inquiété si Cassidy avait été un oméga au lieu d'un bêta.

Adam l'observa, tout en résistant au besoin insensé de passer sa main dans ses cheveux pour décoiffer ses mèches dorées savamment plaquées en arrière. Mince et de petite stature pour son genre, Cassidy était toujours tiré à quatre épingles, avec le col de sa chemise soigneusement disposé au-dessus de son polo ajusté. Il incarnait une beauté froide : une peau laiteuse, des yeux céruléens, en parfaite harmonie avec son caractère sévère et son humour pince-sans-rire.

Au fil de ces cinq dernières années, Adam avait appris qu'il détestait le désordre au point que le simple fait d'être mal coiffé ou de ne pas être rasé à la perfection le mettait si mal à l'aise qu'il pouvait en perdre son assurance habituelle. À son image, rien ne traînait sur son bureau. Même ses stylos étaient soigneusement rangés dans ses tiroirs, et la seule touche fantaisiste qu'il s'autorisait était la tasse à café offerte par Adam, arborant l'inscription: «I am the boss»; une plaisanterie entre eux qui avait fait lever un sourcil à son frère.

— Arrêtez de me dévisager. Toute cette attention que vous m'accordez devient gênante, lui lança Cassidy d'un ton mordant.

Mais son mordant aurait eu plus d'impact si Adam n'avait pas remarqué le coin de ses lèvres s'étirer en un infime sourire. Avec un soupir trop théâtral pour qu'Adam le prenne au sérieux, il ajouta :

— Tout ce désir pour moi est ennuyeux à force.

— Allez donc en parler aux ressources humaines si cela vous gêne tant.

— Déjà fait. D'ailleurs, ils ne devraient pas tarder à vous envoyer une note à ce sujet. Quelque chose en rapport avec le règlement et le harcèlement.

Adam le scruta, incapable de dire si son assistant était ironique ou foutrement sérieux. Avec lui, c'était toujours difficile de savoir.

— Vous vous fichez de moi, n'est-ce pas ?

Le sourire satisfait et l'amusement qui illumina les yeux de Cassidy constituèrent une réponse en soi. Adam fut partagé entre son exaspération et l'envie déplacée d'embrasser cette bouche moqueuse.

— Vous l'avez fait…

— Bien sûr que je l'ai fait. Il y a deux jours.

Remontant dans ses souvenirs, Adam chercha à quel moment il avait contrarié suffisamment son assistant pour le pousser à une vengeance mesquine. Il n'y avait eu ni dispute ni événement notable.

— Donnez-moi un indice.

— Le simple fait que vous ne le sachiez pas indique que vous méritez ce courrier de remontrance et la visite de votre frère.

Il grogna rien qu'à cette idée. Troy allait prendre un malin plaisir à lui répéter pour la millième fois qu'il devait se comporter correctement avec Cassidy. Il l'entendait déjà lui asséner : *un assistant comme lui, on en trouve un, pas trois, ni même deux.* Le pire était qu'il ne pouvait qu'être d'accord.

— Vous êtes stupide, monsieur Anderson.

— Ce n'est pas une façon de parler à votre employeur. Un jour, je vous virerai.

— Aucun problème, j'irai travailler pour votre frère. Chaque mois, il me propose de quitter votre service pour rejoindre le sien. D'ailleurs, nous devrions aborder le sujet de ma rémunération. Le salaire qu'il m'offre est indécent par rapport à celui que vous me versez. Peut-être devrais-je lui faire savoir que je suis ouvert à d'autres…

Avant même qu'Adam ait pu réfléchir, il avait saisi le poignet de Cassidy en grognant. Son soudain changement d'humeur les prit tous les deux par surprise, et il le relâcha immédiatement. Il n'avait pas prévu de faire ça, vraiment pas ! Mais la possibilité que Cassidy quitte son poste pour aller travailler avec son frère – alpha de surcroît – l'avait fait dérailler. Il s'y opposait catégoriquement ; il ne supporterait pas de les savoir ensemble toute la journée.

— Ne faites pas ça, ne put-il s'empêcher d'exiger. Je vous accorderai une augmentation, mais restez.

Cassidy avait replié son bras contre sa poitrine, et pour la première fois, Adam remarqua une fissure dans son masque de glace ; une expression fugace où se mêlaient doute et trouble. À nouveau, il brida son instinct qui le poussait vers son assistant, résistant à l'envie insensée de le prendre dans ses bras pour dissiper l'inquiétude sur son visage.

— Désolé, ajouta-t-il avec un ton plus doux. Je ne voulais pas vous faire peur.

— Vous ne me faites pas peur…

— Et peut-être est-ce là le cœur du problème, murmura-t-il davantage pour lui-même que pour Cassidy.

Avant l'arrivée de ce dernier, les assistants s'étaient succédé rapidement, tous abandonnant avant la fin de la période d'essai. Son mauvais caractère les avait épuisés plus vite que la charge de travail qu'il leur imposait. S'ils ne démissionnaient pas au cours de la première semaine, ils ne résistaient guère plus d'un mois. Résultat, en l'espace de deux ans, son bureau avait vu défiler une trentaine de secrétaires, tous plus incompétents les uns que les autres.

Les ressources humaines étaient arrivées au bout des CV provenant de prestigieuses universités et avaient dû se rabattre sur des candidats de moins en moins qualifiés, et surtout de plus en plus rares. C'est de l'un de ces tas initialement destinés au rebut qu'avait été extrait le curriculum vitae de Cassidy Miller : une école de commerce de moindre renom, un diplôme obtenu avec une moyenne médiocre, et aucune expérience professionnelle.

Lorsque le jeune homme, alors âgé de seulement vingt-quatre ans, avait débarqué, Adam avait estimé qu'il démissionnerait dans les quarante-huit heures. Mais Cassidy n'avait été effrayé ni par sa légendaire mauvaise humeur ni par la charge de travail. Il avait relevé le défi avec une facilité déconcertante, faisant ainsi perdre à Adam les cinq mille techCoins qu'il avait pariés avec

Troy sur la date de son départ. À contrecœur, Adam avait dû reconnaître qu'il n'avait jamais eu un assistant aussi efficace.

En une journée, Cassidy accomplissait aisément le travail de trois employés, tout en arrivant à neuf heures et en quittant à dix-sept heures trente. Des horaires auxquels il ne dérogeait jamais, à moins qu'Adam ne le sollicite expressément, et même dans ce cas, il devait en faire la demande à l'avance.

Il en allait de même pour le week-end. Cassidy devenait injoignable à partir de vingt et une heures le vendredi jusqu'au lundi matin. Cet emploi du temps n'avait jamais posé problème, car pas une seule fois son assistant n'avait rendu un dossier en retard. Cassidy compensait en travaillant depuis chez lui. Il terminait sa journée vers minuit, heure d'envoi de son dernier courriel, et la débutait vers cinq heures trente, heure à laquelle il faisait parvenir à Adam son planning du jour.

Si Cassidy avait été un alpha plutôt qu'un bêta, il aurait déjà dirigé un département au lieu d'être coincé dans le rôle d'assistant, qui en réalité correspondait davantage à celui d'associé. Depuis longtemps, Cassidy ne sollicitait plus son approbation avant de prendre des décisions majeures ou d'initier des recherches sur des entreprises qu'il jugeait intéressantes. Le projet « Ivresse » était d'ailleurs le leur. C'était Cassidy qui avait trouvé cette pépite, et Adam se battait à ses côtés pour démontrer tout l'intérêt de ce rachat au conseil. En temps normal, ils n'avaient pas besoin de leur aval. Cependant, dans ce cas-ci, l'investissement initial était trop important pour contourner cet organe décisionnel, dont son frère jumeau – presque aussi obstiné que lui – occupait la présidence.

Le raclement de gorge de Cassidy le ramena au présent et à son écran d'ordinateur.

— Là, lui indiqua ce dernier.

Adam parcourut la page sur laquelle son assistant s'était arrêté, sans y percevoir quoi que ce soit de notable.

— Et je suis censé voir quoi ?

— Votre erreur.

— Je ne fais pas…

Un soupir fatigué le coupa, et Cassidy mit en évidence un chiffre en surbrillance avant de le corriger en supprimant un zéro qui n'avait rien à faire là.

— Putain de merde!

Cette inattention aurait pu lui coûter cher, très cher.

— De rien, lui lança Cassidy avec son sarcasme habituel avant de s'éloigner.

Adam refréna l'envie de l'agripper pour le retenir à ses côtés et s'efforça de se concentrer sur le document, le faisant défiler à la recherche d'une autre erreur.

— Pas besoin de vérifier le reste. C'est fait. Tout est en ordre. D'ailleurs, j'ai envoyé la version corrigée à votre frère pour éviter que vous ne passiez trois heures à refaire un travail que j'ai déjà fait.

— Vous auriez dû me consulter avant d'envoyer ce rapport à Troy.

Cassidy ricana et secoua la tête.

— Vous connaissez mon opinion sur le temps perdu.

Oui, il ne la connaissait que trop bien. Cassidy millimétrait son programme à la seconde près, et ne se gênait pas pour contourner les règles qu'il jugeait absurdes si elles entravaient sa productivité. Ainsi, lorsque son assistant s'engageait à rendre un dossier dans une heure, Adam pouvait être sûr qu'il serait déposé sur son bureau exactement soixante minutes plus tard.

— Si vous avez choisi de rester ce soir, jetez un coup d'œil au dossier «Lenrent & Co». Je vous l'ai envoyé par mail. Il y a certainement du potentiel, mais quelque chose me tracasse dans les bilans et je n'arrive pas à mettre le doigt dessus. Ce n'est probablement rien, mais peut-être que vous pourrez repérer ce qui m'a échappé.

Adam acquiesça d'un signe de tête et ouvrit sa boîte mail pour suivre le lien envoyé par Cassidy trente minutes plus tôt. Il avait rapidement appris à faire confiance à l'instinct de son assistant, ce qui lui avait évité plus d'une déconvenue. Alors qu'il parcourait en diagonale les bilans actifs et passifs des dernières années, un rappel intitulé «Départ de M. Miller» clignota sur son écran. C'était Cassidy lui-même qui l'avait installé au début de leur partenariat pour ne pas le déranger dans son travail, considérant que l'interrompre était une de ces pertes de temps facilement évitables.

— Vous devriez y aller, vous êtes déjà en retard.

Un juron échappa à son assistant lorsqu'il jeta un coup d'œil à sa montre. Sans un mot de plus, il quitta son bureau pour rejoindre le sien situé dans la salle d'accueil et rangea précipitamment ses affaires dans sa sacoche.

Adam avait fini par découvrir de la bouche de son frère – une révélation qui l'avait contrarié pour ne pas avoir été la personne à qui Cassidy s'était confié – que la raison sous-jacente à ses horaires stricts était ses visites quotidiennes à son père, hospitalisé depuis le décès de son compagnon.

La dépression majeure était fréquente après la mort d'une des deux âmes sœurs, de même qu'il était courant que celui qui survivait se laisse emporter par le chagrin jusqu'à son propre déclin. Adam en avait fait l'expérience. C'était ce qui était arrivé à ses parents deux ans plus tôt. Son pa était décédé d'un stupide infarctus, et quatre mois plus tard, ça avait été le tour de leur père, les laissant son frère et lui à la tête de l'empire familial. Il détestait se souvenir de cette période douloureuse qu'il avait réussi à surmonter en grande partie grâce à Cassidy.

— Passez le bonjour à votre père! lança-t-il d'une voix forte lorsqu'il entendit son assistant appeler l'ascenseur avec insistance.

— N'y comptez pas. Tout ce qu'il sait de vous, c'est à quel point vous êtes pénible, lui répondit ce dernier juste avant que les portes métalliques se referment sur lui.

Son départ laissait toujours à Adam une sensation étrange – désagréable –, qui mettait quelques minutes à s'estomper. Avec un soupir, il se leva pour récupérer sa tasse ainsi que celle que Cassidy avait abandonnée dans la précipitation. Les emportant aux toilettes, il les rinça, conscient que si son assistant les retrouvait sales, il n'échapperait pas à l'une de ses remarques cinglantes. Dès que l'occasion se présentait, Cassidy ne manquait jamais de lui rappeler qu'il disposait de deux mains capables de ranger et de laver.

Alors qu'Adam traversait l'open space avec ses tasses propres, ses employés encore présents gardèrent le nez baissé et le regard rivé sur leur ordinateur, afin d'éviter d'attirer son attention. Même s'il n'avait plus que très rarement affaire à eux – Cassidy, fatigué d'entendre des plaintes et jugeant contre-productif le comportement d'Adam, avait pris en charge la gestion d'équipe–, sa réputation de tyran persistait.

De retour, il prit soin de remettre la tasse de Cassidy à sa place habituelle, à droite de son écran, avant de rentrer dans son bureau où il trouva son frère assis sur le canapé des invités. Lorsqu'il referma sa porte dans un claquement sec, Troy rangea son téléphone qu'il était en train de consulter et lui adressa un sourire dénué de joie, celui-là même qu'il utilisait lors de négociations.

— J'ai reçu un coup de fil très intéressant de la RH, lui lança Troy en guise de salutation.

Adam ne prit pas la peine de lui répondre et rejoignit son fauteuil où il s'installa avant de rouvrir le dossier « Lenrent & Co » pour continuer sa lecture.

— Apparemment, Cassidy serait passé les voir pour demander si c'était normal et acceptable que son patron regarde ses fesses avec insistance.

— Je ne regarde pas ses fesses avec insistance, rétorqua-t-il d'un ton égal.

— Bien sûr que tu regardes les fesses de Cassidy, le corrigea son frère dans un rire. Tout le monde les regarde, elles sont vraiment magnifiques.

Alors que, jusque-là, Adam écoutait d'une oreille distraite, absorbé par les annotations de Cassidy, il se redressa brusquement, ses ongles s'enfonçant dans le bois tendre de son bureau. Un grognement primal, qu'il fut incapable de retenir, remonta sa gorge et, pendant quelques secondes, il envisagea sérieusement d'attaquer son frère.

— Tout doux, Adam. C'était de l'humour.

— Ce n'est pas drôle !

— Si tu le dis, lui répondit prudemment Troy.

— Est-ce que tu as vraiment demandé à Cassidy de venir travailler pour toi ?

Tout comme son comportement agressif, la question tout aussi hostile et hors de propos lui échappa.

Les yeux plissés, Troy l'observa pendant quelques secondes avant de retirer ses lunettes et de prendre le temps de les nettoyer avec la chiffonnette toujours rangée dans la poche intérieure de sa veste. Le simple fait qu'il ne le regarde plus dans les yeux suffit à Adam pour se ressaisir. Inspirant profondément, il repoussa cette possessivité primitive qui l'envahissait dès qu'il était question de Cassidy. Il fit craquer son cou et s'obligea à se rasseoir, réalisant seulement qu'il s'était redressé et était à moitié penché par-dessus son espace de travail.

— Désolé, s'excusa-t-il.

— Adam, je me dois de te poser cette question, et j'aimerais que tu me répondes avec sincérité afin que je puisse gérer correctement la suite : y a-t-il une relation autre que professionnelle entre toi et Cassidy ? demanda Troy en relevant les yeux.

— Non, articula Adam entre ses dents.

La façon dont son frère le toisa lui fit comprendre qu'il ne le croyait pas.

— Parce que si c'est le cas et que tu le considères comme ton partenaire, nous devons établir des règles pour empêcher les alphas, si ce n'est de l'approcher, au moins de le toucher. Je n'aimerais pas apprendre que tu as attaqué l'un de nos employés, car il a malencontreusement frôlé Cassidy.

— Ce que tu dis est stupide. Ces règles s'appliquent exclusivement aux âmes sœurs. Or, Cassidy est un bêta, ce qui nous place dans l'impossibilité de partager quoi que ce soit.

— Vraiment ? demanda son frère avec ce ton insupportable,

laissant entendre qu'il en savait plus que lui.

— Il n'y a rien entre nous, en dehors d'une relation de travail. Tout va bien, je n'attaquerai personne.

— Ce n'est pas l'impression que tu m'as donnée, il y a quelques secondes.

— C'est un bêta, insista-t-il. Je maîtrise.

— J'espère...

Ils se défièrent du regard jusqu'à ce qu'un léger coup à la porte brise la tension qui s'était installée.

— Entrez ! cria Adam au nouvel arrivant qui n'était autre que l'assistant de son assistant.

Jeremy était un oméga à l'allure dégingandée, dont le visage disparaissait derrière une paire de lunettes aux verres si épais qu'ils dépassaient des deux côtés de sa monture. Contrairement à l'aspect impeccable de Cassidy, rien chez Jeremy ne semblait en ordre. Ses cheveux partaient dans tous les sens, ses chemises n'étaient jamais repassées, et plus d'une fois, Adam avait remarqué que son gilet était mal boutonné ou même mis à l'envers.

Lorsque l'oméga entra, il lui suffit d'une inspiration pour capter la tension qui alourdissait l'air. Avec l'expression d'un lapin pris dans les phares d'une voiture, Jeremy se figea et serra contre lui les dossiers dans ses bras.

— Rassurez-moi, monsieur Millard, vous avez conscience que votre stress ne contribue en rien à nous apaiser ? le réprimanda Adam durement.

Voulant reculer d'un pas, Jeremy se prit les pieds dans ses propres pieds, et aurait chuté si Troy ne s'était pas levé d'un bond pour le rattraper in extremis.

— Laissez-moi vous débarrasser de ça, proposa son frère en récupérant avec douceur les papiers qui n'étaient miraculeusement pas tombés par terre.

Le sous-assistant ne se le fit pas dire deux fois. Moins d'un souffle plus tard, il avait disparu, oubliant de refermer la porte du bureau derrière lui.

— Sois plus aimable, Adam. Ne fais pas fuir le nouvel aide de

27

Cassidy.

— Si on m'avait consulté, j'aurais pu vous dire qu'embaucher cet oméga était un très mauvais choix.

— Voilà pourquoi Cassidy ne t'a rien demandé. Il sait très bien ce que tu penses des omégas.

— Je n'ai rien contre les omégas.

Un rire échappa à Troy alors qu'il déposait devant lui les dossiers apportés par Jeremy.

— Tu les vois comme de charmantes petites choses très agréables à glisser dans ton lit, mais problématiques au quotidien.

— Ils sont… difficiles à gérer. Leurs chaleurs en font des employés peu fiables, les rendant indisponibles trois jours par mois s'ils n'utilisent pas de suppresseurs. Ce qu'ils doivent faire au minimum une fois tous les six mois.

— Tu es si sexiste, se moqua son frère en se dirigeant vers l'immense baie vitrée de son bureau.

Adam le rejoignit et ne put réprimer un sourire satisfait. Il adorait cette vue. Contempler la ville depuis les hauteurs du quinzième étage lui procurait un sentiment de toute-puissance. La nuit commençait à tomber, et les boulevards se métamorphosaient en fascinantes chenilles lumineuses.

— Si par sexiste tu entends réaliste, alors oui. Les omégas ont tendance à se laisser déstabiliser à la moindre difficulté.

— Si Cassidy t'entendait parler…

Troy ne termina pas sa phrase. À la place, il se tourna vers lui et, bras croisés sur sa poitrine, s'appuya d'une épaule contre la vitre.

— Il t'a entendu parler, c'est ça ? Le coup de la RH et du harcèlement, c'est en représailles d'une de tes conneries ?

— Je ne comprends pas où tu veux en venir.

— Il y a deux jours, n'aurais-tu pas malencontreusement dénigré son nouvel assistant en utilisant son statut d'oméga pour justifier sa prétendue incompétence ?

Adam essaya de se rappeler.

— C'est possible... finit-il par dire, même s'il n'en avait pas le souvenir.

C'était tout à fait quelque chose qu'il aurait pu faire.

Troy grogna.

— Bon sang, Adam, on en a déjà parlé! Arrête de contrarier Cassidy. De mon avis, il est irremplaçable.

De son avis, également.

— En neuf ans, c'est le seul parmi tous tes assistants qui a réussi à te supporter pendant plus de six mois et qui, de surcroît, possède plus de compétences que tous mes adjoints réunis. Il ne se plaint jamais de la charge de travail que tu lui imposes...

— J'ai arrêté de lui imposer quoi que ce soit depuis un bon moment. Cassidy ne fait que ce que Cassidy a décidé.

Et croire le contraire serait stupide. Adam ne pourrait pas lui donner plus de boulot que le jeune homme s'en imposait à lui-même.

— ... depuis qu'il est là, tes employés ont cessé de démissionner ou de partir en burn out, continua de lister son frère en ignorant son intervention. Il est intelligent...

— On serait plus sur du petit génie à ce niveau-là.

— ... et en prime, il ne se laisse pas démonter par ton caractère merdique et sait te remettre à ta place quand tu te laisses déborder par ton ego surdimensionné.

— C'est bon? Tu as fini?

— Non. Écoute les conseils de ton grand frère...

— De seulement quelques secondes, lui rappela-t-il sèchement.

— ... et dis à Cassidy que tu es désolé et que tu regrettes d'avoir fait pleurer son nouvel assistant.

— Je ne l'ai pas fait pleurer.

— Je parie que si. Tu as fait pleurer au moins une fois tous les employés de cet étage.

— Tu exagères.

— Je n'exagère rien du tout, et tu le sais. Par pitié, pour le bien-être mental de tous ceux sous tes ordres, cesse de dénigrer les omégas devant Cassidy. Bon sang, tu sais que c'est un sujet délicat ! Tout le monde est terrifié à l'idée qu'il craque et claque la porte une bonne fois pour toutes.

Il y eut un silence, et Adam haussa un sourcil.

— Et oui, là, j'ai fini ! soupira Troy en réponse.

— Parfait, je dois terminer la vérification d'un dossier d'ici demain matin.

Se rasseyant à son bureau, Adam déplaça sa souris afin de sortir son ordinateur de son mode veille.

— Je plains sincèrement ton âme sœur, lui lança son frère en se dirigeant vers la porte. J'espère que Destin a choisi une force de la nature pour toi, histoire que tu ne finisses pas assassiné pour *chiantise*.

— Ou alors Destin n'a rien choisi du tout et ne m'a attribué aucun lien d'âme.

— Tous les alphas ont un oméga qui les attend quelque part, même toi.

Ça, Adam n'en était vraiment pas persuadé. Si Destin avait voulu qu'il rencontre sa moitié, il l'aurait mis sur son chemin depuis longtemps. Et les chiffres démographiques abondaient dans ce sens : trente pour cent de la population étaient des alphas, contre seulement vingt-cinq pour cent pour les omégas. Par conséquent, il était impossible que Destin ait prévu une âme sœur pour chacun d'eux.

Adam n'était pas idiot, il avait conscience de son caractère compliqué. Jamais Destin ne prendrait le risque de lier son cœur à celui d'un autre.

# CHAPITRE 02
*Trop, et trop longtemps*

# Cassidy

Il était en retard !

Cassidy monta les escaliers quatre à quatre, provoquant de nombreux grognements parmi ceux qu'il bousculait. Il émergea de la bouche de métro en courant, un œil rivé sur sa montre. Lorsqu'il arriva dans la bonne rue, il était en nage et à bout de souffle, ce qui ne l'arrêta pas pour autant dans son sprint final.

Avec seulement deux minutes de retard, il se présenta devant le portail de l'école primaire de Savasay, où tous les parents omégas étaient déjà réunis. Si personne ne commenta, leurs moues réprobatrices le firent pour eux. Selon l'opinion générale : un bon pa était un pa à l'heure.

— Quel piètre pa tu fais ! railla une voix dans son dos. Arriver en retard alors que les marmots ne sont même pas encore sortis ? Quelle honte !

— Moi, au moins, je n'ai pas eu l'affreuse idée de teindre mes cheveux en vert, répliqua-t-il en se retournant vers Liam.

Le jeune homme, à peine âgé de vingt-deux ans, lui tira la langue, dévoilant le piercing qui la traversait. Vêtu d'un jean délavé et d'un Perfecto en cuir noir, Liam contrastait avec l'élégance classique et chic des autres parents bourgeois. Cassidy le soupçonnait de prendre un malin plaisir à les choquer, non seulement par son apparence, mais aussi par sa façon sans filtre de s'exprimer. Étant donné que les autres omégas ne lui avaient laissé aucune chance dès le départ, Liam estimait inutile de tenter de s'intégrer en jouant un rôle qui ne correspondait pas à son caractère.

Si Cassidy était déjà marginalisé en raison de son travail et de son choix délibéré de célibat, son statut social restait enviable comparé à celui de Liam. Avoir été mis en cloque à seize ans sans qu'aucun alpha reconnaisse son fils le catégorisait immédiatement dans la case des « salopes écervelées ». Combiné à son look d'artiste, ça le plaçait en haut du podium des réprouvés.

— Tu es juste un foutu jaloux, lui rétorqua Liam avec un sourire malicieux.

Cassidy tira doucement sur une de ses longues mèches.

— Je ne crois pas. Je préférerais encore arrêter de travailler plutôt que de transformer mes cheveux en pelouse.

— Autant dire que tu préférerais mourir, chéri. Après Jamie, ton job est ce que tu aimes le plus au monde.

Cassidy haussa les épaules, incapable de nier.

Avec Liam, ils s'étaient tout de suite entendus, et pas seulement parce qu'ils étaient considérés par les autres parents comme les pires pa de l'école de Savasay. Tous les deux partageaient ce refus de se conformer à la vision désuète des omégas. Ils étaient financièrement indépendants : lui grâce à son travail, et Liam en tant qu'artiste renommé. Tous deux vivaient leur vie selon leurs propres règles, sans alphas pour les infantiliser.

Le bip de son téléphone lui indiqua qu'il avait reçu un message de son patron, et il y jeta un coup d'œil discret.

— Exactement comme je le disais! s'exclama Liam de manière théâtrale. Tu oses regarder ton téléphone au lieu de fixer bêtement et avec une adoration affligeante le portail par lequel va sortir ton incroyable progéniture.

— Jamie est vraiment incroyable, se sentit-il obligé de le défendre.

Liam porta une main à son cœur et écarquilla exagérément les yeux.

— Oh, Seigneur Destin, sainte Chance et Alpha de mes couilles! Derrière la froideur de ce travailleur acharné, se cacherait-il le cœur tendre d'un oméga ? Un vrai de vrai, un qui aime démesurément le fruit de ses entrailles ? Nous voilà rassurés! La nature n'a pas totalement foiré avec toi.

Le « *Seigneur Destin, sainte Chance et Alpha de mes couilles* » suscita une vague d'indignation parmi les autres parents qui leur jetèrent des regards noirs.

— Liam… le rabroua gentiment Cassidy.

— Oh, allez! Un peu plus, un peu moins… De toute façon, on est déjà la honte des omégas. Autant ne pas se priver d'une ou deux insultes si plaisantes à lancer.

Cassidy se retint de sourire pour ne pas encourager son ami dans son impertinence, et reporta son attention sur son téléphone. Sur la conversation instantanée partagée avec son patron s'affichait le message : « M'en voulez-vous d'avoir fait pleurer votre assistant ? »

Tapant à toute vitesse, il répondit : « Vous avez fait pleurer Jeremy ??? »

Et s'il vit les petites bulles indiquant qu'on tapait une réponse, il n'eut pas l'occasion de la lire. Les portes s'ouvrirent sur le directeur de l'école, et il se contraignit à ranger son téléphone dans sa poche pour éviter d'être davantage jugé qu'il ne l'était déjà.

Un à un, les enfants furent rendus à leurs parents, et lorsque le tour de Jamie arriva, une boule d'énergie se précipita vers lui.

— Pa !

Cassidy se baissa juste à temps pour réceptionner son fils qui babillait au sujet de tout ce qu'il avait accompli d'incroyable. Tout en l'écoutant, il enfouit son nez dans son cou pour inhaler son odeur sucrée qui lui avait manqué tout au long de la journée. Il réajusta son bonnet de travers, enroula correctement son écharpe et remonta la fermeture à glissière de son manteau.

— J'ai chaud, pa ! se plaignit Jamie en essayant d'échapper au rhabillage.

— Je préfère que tu aies chaud plutôt que tu tombes malade.

— Mais…

— Jamie, tu sais ce que je pense du « mais » geignard.

Une moue boudeuse froissa les traits de son enfant, que Cassidy effaça rapidement en déposant une série de baisers bruyants sur son visage. Jamie y réagit comme à son habitude en se tortillant et en riant.

Cassidy adorait son rire, un son dont il ne pourrait jamais se lasser. Pour que le sourire de son fils ne quitte jamais ses lèvres, il était prêt à affronter le monde. Il l'affrontait d'ailleurs tous les jours.

Lorsque Jamie réussit à lui échapper, son visage était rouge et son bonnet de nouveau de travers. Désabusé, Cassidy ne prit pas la peine de le remettre droit, se contentant de se redresser et de lui tendre la main. Pour une fois, Jamie ne se fit pas prier et ne rétorqua pas son habituel : « Je suis assez grand pour marcher tout seul. » Plus loin, Liam et Eugène les attendaient, son ami secouant un sachet de viennoiseries.

— Goûter au parc ?

Les cris enthousiastes des deux terreurs qui leur servaient d'enfants ne lui laissèrent guère d'autre choix que d'accepter.

White Blossom Square était le parc le plus proche. À l'image du quartier abritant l'école privée de son fils, c'était un lieu huppé. Ses larges allées, idéales pour les poussettes, étaient bordées par de vastes parterres d'herbe où les enfants pouvaient se défouler. Ils s'arrêtèrent à l'une des trois aires de jeux et, tout comme devant l'école, ils ne cherchèrent pas à se mêler aux autres parents. Les regards dédaigneux étaient assez explicites pour leur faire comprendre qu'il valait mieux garder leurs distances ici aussi.

Après avoir trouvé un banc où s'asseoir, et une fois que Liam eut distribué les pains au chocolat, Cassidy n'eut même pas le temps d'ordonner de « mâcher avant d'avaler » que les viennoiseries étaient déjà englouties. Avec un soupir résigné, il regarda leurs enfants partir en courant vers l'aire de jeux.

Refermant les pans de son manteau pour se protéger du froid de la fin d'automne, Cassidy observa avec inquiétude Jamie se suspendre, tête en bas, à une barrière en fer.

— C'est dur de ne pas y aller, hein ? le taquina Liam en lui donnant un coup de coude.

Destin le vengea de cette moquerie lorsque Eugène imita Jamie.

— Ne dis rien, siffla son ami à présent aussi crispé que lui.

— Je ne dis rien. Je me moque en silence.

— Pas très silencieux, ton silence.

Cassidy sourit à Liam en dévoilant toutes ses dents, puis reporta son attention sur Jamie, surveillant le moindre de ses faits et gestes. Lorsque les garçons abandonnèrent leurs pitreries acrobatiques pour un jeu moins dangereux, la tension dans ses épaules se relâcha.

D'un geste, il répondit aux grands signes de son fils, qui lui faisait coucou, avant que ce dernier ne soit bousculé par un autre gamin. Cassidy ravala son grognement, mais pas assez rapidement pour éviter la taquinerie de Liam.

— Tout doux, papa ours. Ce n'était pas méchant, juste maladroit.

— Je sais.

— Je dis ça au cas où tu aurais l'idée de casser la gueule à un marmot pour avoir osé toucher la prunelle de tes yeux. Tu es le pire pa protecteur que je connaisse.

Cassidy ne pouvait rien dire contre cela. La crainte constante d'être retrouvé par les Clifford avait surdéveloppé son instinct protecteur. Dès qu'il s'agissait de la sécurité de Jamie, il pouvait se montrer féroce, voire impitoyable. Pour lui, il mettrait le monde à feu et à sang.

— Détends-toi, lui dit Liam.

— Je suis détendu.

— Tu as l'air de tout, sauf d'un mec détendu. Pourrais-tu arrêter de fixer tous ceux qui entrent dans le parc comme s'ils étaient des pédophiles prêts à enlever nos enfants ?

Encore une fois, Cassidy ne chercha pas à nier. Il ne pouvait s'en empêcher. C'était ce qui arrivait quand on craignait à tout moment de voir des étrangers vous arracher votre fils pour le remettre à son père alpha. Cette pensée le terrifiait tout autant aujourd'hui qu'il y a six ans. Jusqu'à la majorité de Jamie – qui ne surviendrait pas avant de nombreuses années – Alicar et sa famille resteraient une menace persistante. Cassidy était certain que les Clifford les recherchaient et continueraient leurs efforts pendant longtemps.

Pour fuir, pour éviter qu'on ne lui enlève son fils, il avait changé non seulement de continent, mais aussi de nom. Il avait abandonné Elias Brown pour devenir Cassidy Miller, une fausse identité qui lui avait coûté toutes ses économies, le laissant démuni et enceint dans un pays étranger. Il était même allé jusqu'à modifier sa date de naissance pour se vieillir de quelques années et brouiller au maximum les pistes. Si Elias Brown était un étudiant exemplaire, Cassidy Miller ne s'en était pas aussi bien sorti. Il était passé d'une école prestigieuse, entièrement payée par le legs de son grand-pa, à une école de second ordre. Greenfield University était si peu prisée par les étudiants qu'un simple examen pour vérifier son niveau était nécessaire pour s'y inscrire. Et malgré la simplicité déconcertante des cours par rapport à ceux qu'il avait suivis précédemment, il n'avait pas réussi à atteindre le haut du classement. Cumuler trois emplois pour payer tout ce qui devait être payé, en plus d'être enceint, ne lui avait pas permis de maintenir son niveau. Ses notes avaient dégringolé pour s'arrêter tout juste au-dessus de la moyenne, et deux ans lui avaient été nécessaires pour obtenir un diplôme sans mention qui, dans une autre vie, en aurait demandé à peine un.

Les souvenirs de cette période demeuraient douloureux. En plus d'une grossesse difficile, l'absence d'un alpha à ses côtés avait compliqué les choses. Parce que même s'il avait menti en expliquant son célibat par le décès prématuré de sa prétendue âme sœur, la société aurait attendu de lui qu'il se place sous la protection d'un autre alpha.

Alors qu'il avait pensé sortir la tête de l'eau une fois son diplôme en poche, en décrochant un travail mieux rémunéré que ceux d'agent de ménage, serveur ou nounou, cela avait été tout le contraire. Il avait dû faire face à la réalité : personne ne voulait embaucher un oméga dans des postes à responsabilités, même minimes. Considéré comme psychologiquement fragile et peu fiable en raison de ses chaleurs, il n'avait obtenu aucune réponse à ses innombrables candidatures.

C'est là qu'était arrivé un nouveau mensonge. Après avoir modifié son nom et son âge, il avait menti sur son genre. La loi interdisant d'indiquer le statut d'oméga, de bêta ou d'alpha sur les cartes d'identité lui avait permis de cocher la case « bêta » sur toutes ses demandes d'embauche. Ensuite, il lui avait simplement fallu augmenter ses doses de suppresseurs et d'endocrisine pour effacer toute trace de son odeur et mettre fin à ses chaleurs. Et cela avait fonctionné : Anderson Corps l'avait rappelé, et il avait décroché le poste d'assistant, le travail de ses rêves.

— Hé ! l'appela Liam en passant une main devant son visage.

Clignant des yeux, Cassidy sortit de ses souvenirs et un frisson glacé parcourut son échine lorsqu'il ne trouva pas Jamie au premier regard.

— Sur le toboggan, lui indiqua son ami en anticipant sa panique.

Jamie était bien là, remontant la pente glissante au lieu de la descendre. Se levant, Cassidy siffla son fils et lui fit signe d'arrêter ses bêtises avant de se rasseoir, une fois assuré que sa progéniture avait compris l'avertissement.

— Cass... Est-ce que tout va bien ? demanda prudemment Liam en le fixant avec plus d'attention qu'il ne l'avait fait jusque-là. Tu as l'air un peu ailleurs ces derniers temps.

— Je suis fatigué. Ça ira mieux quand je me serai reposé.

— Et quand est-ce que tu te reposeras ? Tu n'arrêtes jamais de travailler.

— C'est faux, je pose des congés.

— Seulement pour t'occuper de Jamie. Quand comptes-tu prendre soin de toi ? D'ailleurs, en parlant de prendre soin de toi, as-tu réussi à poser des jours pour passer tes prochaines chaleurs sans endocrisine ?

— Oui, sans aucun souci.

Sans doute Liam commençait-il à bien le connaître, car il ne fut pas dupe de son mensonge.

— Ne plaisante pas avec ça, Cassidy. Tu dois arrêter les médocs au moins une fois tous les six mois, tu le sais, n'est-ce pas ?

— Je le sais.

— Et est-ce que tu le fais ?

— Je suis prudent, biaisa-t-il pour éviter un autre mensonge trop évident.

— Ton employeur ne peut pas te refuser ce repos, c'est une

obligation légale. Il savait dès ton embauche qu'il devrait te donner des congés lunaires.

Ce qui aurait été vrai si Cassidy s'était fait embaucher en tant qu'oméga et non bêta.

— Ça fait combien de mois depuis ton dernier arrêt ?

— Ça ira.

Les yeux de Liam exprimèrent une inquiétude croissante.

— Tu ne t'es pas arrêté, c'est ça ?

Il y avait de la peur dans sa question.

— Depuis combien de temps ? le pressa-t-il.

Cassidy ne dit rien.

— Six ? Sept ? Huit mois ?

De la panique transparaissait dans la voix de Liam alors qu'il réalisait que Cassidy ne respectait pas les consignes de la prescription.

— Combien, putain ?!

Cassidy s'abstint de lui dire que cela ne se comptait pas en mois, mais en années. Depuis la naissance de Jamie, il n'avait jamais fait de pause dans la prise d'endocrisine.

— Tu dois arrêter ça tout de suite, Cass. Si c'est Jamie qui t'inquiète, je peux le garder. J'ai fait ma coupure à la dernière pleine lune, plaida Liam.

— Ce n'est pas le souci.

— Alors, quel est le problème ?

— Il n'y en a pas. Tu t'inquiètes pour rien.

— Pour rien, hein ?

Liam le fixa un long moment avant de détourner le regard vers l'aire de jeux. Sur son visage, toute trace de joie ou de taquinerie s'était évaporée. Le jeune homme vif et irrespectueux avait laissé place à un oméga amer, qui en avait bien trop vu et vécu malgré son jeune âge. Même ses cheveux verts paraissaient plus sombres.

— J'espère sincèrement, Cass, car les endocrisines sont un véritable poison à long terme. Je sais que tu n'aimes pas que je te le rappelle, mais en tant qu'omégas, nous devons avoir nos chaleurs, même si nous les haïssons.

Pour les haïr, ça, il les haïssait. Elles anéantissaient toute rationalité, les métamorphosant en bêtes lubriques n'ayant plus qu'un seul objectif : se faire prendre encore et encore. Il n'était pas prêt à abandonner sa raison pendant trois jours. Trois jours au cours desquels il serait à la merci de ses instincts, où l'obsession de se faire remplir par un putain d'alpha lui ferait oublier tout le reste. Plus rien n'aurait d'importance, même Jamie ne compterait plus pendant cette période et ça, il ne pouvait l'accepter. Pendant ses chaleurs, Alicar pourrait les repérer, Jamie se blesser, ou pire encore... tant de scénarios qui le terrorisaient. Et si son fils l'appelait à l'aide alors qu'il était en train de se faire démonter par un connard d'alpha, et qu'il n'était pas là pour le secourir ? C'était inenvisageable, il s'y refusait.

Il repensa à ses dernières chaleurs, celles au cours desquelles Jamie avait été conçu. À cette époque, il ne percevait pas ces périodes de la même manière. Il n'avait aucun problème à s'y abandonner, croyant être à l'abri dans les bras de l'alpha qui lui avait promis mille et une choses : amour, protection, famille.

Plus jamais il ne commettrait cette erreur, plus jamais il ne confierait son destin aux doigts avides d'un alpha. Les gens mentaient, les alphas encore plus que les autres. Ils étaient prêts à tout pour atteindre leurs objectifs, et dans leurs jeux cruels, les omégas n'étaient rien de plus que des pions interchangeables.

— Si tu ne veux pas te rendre dans une réserve publique, ce que je comprendrais compte tenu de leur réputation, je peux contacter celle privée que je fréquente. Les bêtas qui la dirigent ne plaisantent pas en matière de sécurité. Aucun alpha n'y pénétrera, je te le promets. Tu ne risqueras rien.

Cassidy n'avait jamais mis les pieds dans ces établissements où les omégas pouvaient passer leurs périodes de chaleurs derrière d'épais murs, censés les protéger des alphas. Du moins, c'est ainsi que les choses étaient présentées, car tout le monde savait que la réalité était tout autre. Après chaque pleine lune, dans les journaux, les pages des faits divers se noircissaient d'histoires terribles. Un alpha avait payé un infirmier pour avoir accès à la chambre de tel ou tel oméga. Un oméga avait réussi à s'enfuir et avait été retrouvé mort dans un squat, avec plus de trente traces de sperme identifiées sur son corps par la suite. Des infirmiers bêtas avaient profité de la vulnérabilité d'un oméga en chaleur pour le violer. Une réserve s'était révélée être un bordel illégal où les omégas les plus démunis vendaient leur corps pour pouvoir survivre le mois suivant. Et cela continuait encore et encore, avec des récits de plus en plus sordides. Dans ce type d'établissement, lorsque la défaillance de la sécurité n'était pas délibérée, elle résultait du manque de moyens alloués par le gouvernement : un nombre insuffisant de sentinelles, des portes non blindées, des cadenas cassés, des caméras en panne et pas de quoi les réparer, un personnel négligent…

Tout le monde disait que les omégas étaient précieux, mais ce n'étaient que des conneries. On ne traitait pas ce qui était précieux comme on les traitait. La société avait scindé leur image en deux pôles antagonistes. D'un côté, l'oméga parfait, celui qui préservait sa virginité pour son alpha désigné, dont le rôle se limitait à celui du gentil père de famille. De l'autre : la salope en rut, fantasme de tous les alphas et bêtas. Et il ne fallait vraiment pas grand-chose pour passer d'oméga accompli à putain racoleuse. L'un était idolâtré, l'autre injustement rejeté.

— Si le problème est le prix, je peux payer. Tu sais que ça ne me pose aucun souci.

— Ce n'est pas une question d'argent, Liam.

— Alors de quoi s'agit-il ? Tu préférerais passer tes chaleurs avec un alpha ? J'en connais un ou deux très bien qui seraient prêts à…

— J'ai dit non !

Son éclat avait attiré l'attention sur eux, et Cassidy se força à respirer profondément et à baisser le ton.

— Lâche l'affaire, d'accord ?

— Tu sais ce qui finit par arriver aux omégas qui enchaînent leurs doses d'endocrisine sans s'arrêter ?

La voix de Liam était maintenant empreinte de colère.

— Soit le médicament les tue, soit ils finissent par subir les effets inverses. Tu te rappelles tes premières chaleurs ?

Tous les omégas s'en souvenaient. Elles étaient les plus horribles, les plus violentes, une plongée brutale en enfer. Personne n'était prêt pour cela. Cassidy pouvait encore s'entendre supplier Alicar, d'une voix geignarde qu'il ne se connaissait pas, de le prendre et de le nouer. Alors qu'il n'avait jamais connu le corps d'un homme auparavant, il s'était abandonné sans réserve, prêt à tout pour que son alpha remplisse son cul de sperme dans l'espoir désespéré de tomber enceint. Une perte de contrôle humiliante et choquante à laquelle il n'avait pas été suffisamment préparé, malgré les nombreux sermons de son grand-pa. Vraiment, il n'y avait rien de romantique ; c'était un besoin primitif qui ôtait toute volonté.

Il se souvenait du feu dans son ventre, une torture qui avait perduré jusqu'à ce qu'Alicar le prenne. Il n'y avait pas pire souffrance que ce besoin inassouvi. Dans sa tête, ça avait été le chaos. Il était là, sans être là. Il avait hurlé, supplié pour que ça s'arrête. La douleur l'avait transformé en bête, prête à tout – vraiment tout – pour obtenir le nœud d'un alpha. Et si Alicar n'avait pas été là, il se serait offert au premier venu. Il aurait laissé n'importe quel alpha lui faire subir n'importe quoi. Un, deux ou plus. Avec violence ou douceur. Parce que plus rien n'avait d'importance, sauf de se faire baiser.

Quelque part, il avait eu de la chance. Il avait traversé ses premières chaleurs avec Alicar. Il avait eu la possibilité de choisir, même si cela s'était révélé être une trahison plus tard. Certains n'avaient pas cette possibilité.

— Ce qui t'attend sera bien pire ! Tu n'auras plus aucune maîtrise de tes désirs, tout ce que tu voudras sera le nœud d'un alpha. Tu perdras la tête ! Tu ne seras plus toi-même ! Tu ne seras plus en mesure de dire *non* ! Tu seras en rut ! On dit que la douleur de l'attente est si intense qu'elle peut mener à la mort. La mort, bon sang, Cassidy ! C'est ça que tu veux ?

— Liam, calme-toi, ce n'est pas si…

— Tu la fermes, Cass ! Ne me dis surtout pas que ce n'est pas grave ! s'exclama-t-il en se levant et en commençant à jeter ses affaires et les jouets d'Eugène dans son sac.

— S'il te plaît, attends…

Liam se redressa brusquement pour le fixer avec froideur, prêt à partir.

— La pleine lune est dans quatre jours. Vas-tu arrêter les endocrisines ce mois-ci ?

Cassidy garda le silence.

— Va te faire foutre ! T'es qu'un con borné ! Je ne veux pas être là quand tu te feras mettre en pièces par le premier salopard d'alpha venu parce que tu auras été trop con pour m'écouter !

Liam lui tourna le dos et s'éloigna pour récupérer Eugène sans lui accorder un regard. Lorsque Jamie le rejoignit peu de temps après, son intérêt pour l'aire de jeux envolé en même temps que son ami, Cassidy avait déjà tout rangé.

Main dans la main, ils quittèrent le square pour retrouver les rues animées. À leur arrivée au métro, la nuit était tombée, et c'est en pleine heure de pointe qu'ils durent se frayer un chemin jusqu'à la rame. Portant son fils dans les bras pour le protéger de la marée humaine, Cassidy se cala comme il put dans un coin du wagon.

Dans l'idéal, il aurait souhaité louer un appartement près de l'école de Jamie, mais l'institut privé Savasay lui coûtait chaque mois plus de la moitié de son salaire, ne lui permettant pas de s'offrir un logement dans ce quartier huppé. Leur chez-eux se trouvait donc dans le West Connin, à plusieurs arrêts de métro du centre-ville.

— Dis donc, tu es de plus en plus lourd, toi ! lança-t-il à son fils, sentant son bras s'engourdir sous son poids.

— Je grandis, pa.

Le ton outré le fit rire, et il lui plaqua un baiser sur la joue.

— Eh bien, ne grandis pas trop vite, d'accord ?

— Alors, arrête de me forcer à manger ma soupe, rétorqua Jamie du tac au tac. Tu n'arrêtes pas de dire que ça va m'aider à bien grandir.

Bon sang ! Qu'il aimait son fils et son esprit déjà sagace, même si dans quelques années, lorsqu'il serait adolescent, ses reparties cinglantes se retourneraient contre lui.

— La soupe, c'est bon pour la santé, lui répondit-il.

— La soupe, ce n'est vraiment pas bon, beurk !

— Donc, ce soir, pas de soupe ?

— Non, pas de soupe !

— Et donc, si on ne mange pas de soupe, on va manger quoi ?

— Des pâtes !

— Juste des pâtes ?

— Avec du fromage !

— Et des légumes ?

— Oui, du ketchup !

Le *bip* des portes qui s'ouvrirent sur leur station le sauva du débat : ketchup, légume ou pas légume ?

Quinze minutes plus tard, ils atteignirent leur immeuble et montèrent jusqu'au troisième étage, où ils croisèrent Garis, leur voisin octogénaire qui était aussi gentil qu'il était sourd.

Cassidy le salua d'un sourire et, avant qu'il ne puisse l'arrêter, son fils fonça droit dans les jambes du vieux bêta pour lui faire un câlin. Câlin qui prit fin dès que Cassidy ouvrit la porte, Jamie se précipitant à l'intérieur de leur appartement, bras écartés, en criant qu'il était un avion.

— Désolé. Je vais lui redire d'être plus poli et délicat.

— Pas de souci, mon grand. Avec toute cette énergie, je suis sûr qu'il deviendra un alpha lors de sa poussée hormonale.

Cassidy retint une grimace. Contrairement à la plupart des parents, il priait pour qu'à l'adolescence, Jamie se révèle être un simple bêta plutôt qu'un alpha. Les bêtas étaient libres. Ils pouvaient mener leur vie comme bon leur semblait, sans la contrainte d'une destinée qu'ils n'avaient pas choisie. Pas d'âme sœur, pas de rut, pas de chaleurs, pas d'instincts qui vous déshumanisent.

— Bonne soirée, monsieur Harper ! se contenta-t-il de lui répondre, avant de refermer sa porte.

45

D'un geste las et dans un bâillement sonore, il retira son manteau et se déchaussa dans le couloir où une première porte donnait sur la cuisine et une seconde sur le salon. L'appartement, constitué de seulement deux pièces de vie, était conçu pour un célibataire ou un couple sans enfant. Mais ça convenait à Cassidy. Il avait laissé l'unique chambre à Jamie et avait investi dans un canapé-lit confortable. Le déplier tous les soirs ne le dérangeait pas, au contraire, cela le rassurait. Personne ne pouvait entrer par effraction sans le réveiller.

En traversant le salon, il ramassa les affaires abandonnées par Jamie et les rapporta dans sa chambre. S'appuyant contre le cadre de la porte, il observa son fils fouiller dans son coffre à jouets. En moins de cinq minutes, sa tornade personnelle avait réussi l'exploit de mettre sens dessus dessous son antre. Au milieu des Lego et des cubes de construction, des petits poneys côtoyaient des poupées et des Action Men. Tenant une petite voiture d'une main et un peigne de l'autre, Jamie marmonnait désormais une histoire qui n'avait de sens que pour lui.

— Chéri, dans cinq minutes, je veux que tu sois sous la douche.

— Mais…

— Attention au « mais » geignard, Jamie. Et aux yeux levés vers le ciel, ajouta-t-il en le voyant faire.

Fatigué, il laissa passer le grognement qui suivit et se dirigea vers la cuisine pour récupérer son portable. Tout en parcourant ses mails, il entama la préparation du dîner, une compotée de légumes qui, il le savait d'avance, aurait peu de succès. En rouvrant la discussion instantanée laissée en suspens plus tôt, il nota qu'Adam lui avait répondu et qu'il était actuellement en ligne.

> Troy prétend que j'ai réussi à faire pleurer au moins une fois chaque personne de cet étage.

Cassidy ne put s'empêcher de sourire tout en rédigeant sa réponse.

> Votre frère se trompe, vous ne m'avez jamais fait pleurer.

Ce n'est pas faute d'avoir essayé.

Je viens de faire une capture d'écran de votre message.

Je n'en doute pas. Attendez un peu avant de l'envoyer aux ressources humaines, ils sont encore traumatisés par votre dernière plainte.

Vous ont-ils envoyé un mail ?

Non, ils ont fait pire. Ils m'ont envoyé mon frère. Il est passé après votre départ.

Je suis déçu d'avoir raté ça. Le voir vous rappeler les règles de bonne conduite est mon divertissement préféré.

Donc, si ce n'était pas pour avoir fait pleurer votre assistant, qu'ai-je fait pour vous énerver il y a deux jours ?

Vous êtes un idiot, monsieur Anderson.

Là, c'est moi qui ai fait une capture d'écran.

De petits pas bruyants lui firent lever les yeux de son téléphone. Jamie, les cheveux encore humides de la douche, était vêtu d'un pyjama, certes à l'envers, mais Cassidy n'allait pas être trop pointilleux à ce sujet.

— On mange ?

— Dans deux minutes, soit le temps nécessaire pour que tu

mettes la table.

— M… commença Jamie, sans finir le « mais », arrêté par son regard sévère.

Avec douceur, Cassidy referma la porte de la chambre de son fils, qui, à peine couché, ronflait déjà.

Il rejoignit la cuisine, et, une fois le lave-vaisselle vidé et la table nettoyée, il attrapa sa trousse à médicaments planquée tout en haut d'un placard. Il jura en constatant qu'il lui restait à peine trois seringues d'endocrisine et une plaquette déjà bien entamée de suppresseurs.

Demain, il lui faudrait en récupérer de nouvelles au marché noir. Bien que les médicaments soient délivrés gratuitement, les doses distribuées légalement n'étaient pas suffisantes pour une utilisation continue. Pour maintenir l'efficacité des médicaments, Cassidy avait été contraint d'augmenter progressivement le dosage, d'abord en doublant, puis en triplant. Et alors que les injections d'endocrisine ne devaient débuter que deux jours avant la pleine lune, il avait pris l'habitude de les commencer encore un jour plus tôt pour s'assurer de leur effet et éviter tout risque d'être démasqué.

Tout en baissant son pantalon pour dévoiler sa cuisse, il retira le capuchon de l'aiguille avec les dents et, d'un geste habitué, se piqua. La solution le brûla, et il ferma les yeux, attendant que la douleur s'estompe. Mais si elle passa, ce fut pour être remplacée par une intense nausée qui l'obligea à se ruer dans la salle de bains. En dérapant, il tomba à genoux devant les toilettes et y vomit son repas, avec l'impression que des griffes lacéraient ses entrailles.

Les hoquets éprouvants persistèrent même une fois son estomac vidé, et quand enfin ils cessèrent, ils furent remplacés par une migraine insupportable. N'ayant pas pris le temps d'allumer lorsqu'il s'était précipité dans la salle de bains, il se retrouvait dans le noir et le simple rai de lumière venant du salon suffisait à lui brûler les yeux.

Il se sentait mal, terriblement mal. Avachi sur la cuvette, il n'avait pas la force de se relever. Immobile, il resta là un moment en espérant que la douleur passe, mais elle ne passa pas, elle empira, le poussant à extirper son smartphone de sa poche. Alors qu'il s'apprêtait à appeler Liam, c'est sur un autre contact qu'il appuya. Il regretta son geste dès la première sonnerie et raccrocha avant la seconde. C'était une connerie, il n'aurait jamais dû faire ça.

Lorsque son téléphone vibra sur le carrelage où il venait tout juste de le poser, il sursauta et fixa l'écran, attendant qu'il s'éteigne. Il n'eut pas le temps d'en ressentir du soulagement qu'à nouveau, il se mit à sonner. Celui qui cherchait à le joindre n'abandonna pas jusqu'à ce qu'il décroche d'un doigt tremblant.

— Cassidy, tout va bien ? demanda la voix grave d'Adam sans préambule.

Il inspira et expira lentement.

Il ne savait pas pourquoi il l'avait appelé.

Il ne savait pas pourquoi l'entendre lui faisait du bien.

Il avait toujours mal à la tête, mais c'était mieux. La douleur ne lui donnait plus l'envie de se frapper le crâne contre les murs.

— Cassidy ? insista Adam face à son silence.

— Je suis là, répondit-il doucement.

— Je ne vous demande pas si vous êtes là, mais si vous allez bien.

— Pourquoi n'irais-je pas bien ?

— Parce qu'en cinq ans, c'est la première fois que vous m'appelez le soir. D'habitude, vous vous contentez de mails et de messages audio.

— N'avez-vous pas pensé que je puisse vous appeler par erreur ?

— Cassidy, vous ne faites rien par erreur.

— Si seulement…

Un silence suivit son murmure.

— Où êtes-vous ?

— Chez moi.

— En sécurité ?

— Oui.

— Bien.

Et dans ce « bien » transparaissait du soulagement.

— Rien de grave avec votre père ? lui demanda Adam d'une voix douce.

Un ton qui n'était pas habituel, venant de son patron autoritaire.

— Mon père ?

— Vous n'avez pas l'air dans votre assiette, je me demandais s'il s'était passé quelque chose lors de votre visite.

Au fil des ans, les mensonges s'étaient empilés les uns sur les autres, et celui-ci était l'un de ceux qu'il regrettait le plus. Il se sentait coupable chaque fois qu'il utilisait cette excuse lorsque l'école l'appelait pour venir chercher un Jamie malade. Mais s'il avouait qu'il n'y avait ni père ni maison de repos, il devrait confesser le reste.

— Il va bien… dit-il alors avec regret, à la place de la vérité.

— Cassidy, vous avez été là pour moi au décès de mes parents. Je ne l'ai pas oublié.

Lui non plus ne pouvait oublier. Cette période avait changé les choses entre lui et Adam. Ce qui s'était passé… Non, il ne pouvait, ni ne voulait, l'oublier.

— Je serai là pour vous.

Sa gorge se serra.

Assis sur le carrelage froid de sa salle de bains, il ramena ses jambes contre sa poitrine et posa son front sur ses genoux.

— Merci, se contenta-t-il de dire.

De l'autre côté de la ligne, il entendit le bruit caractéristique des touches d'un clavier.

— Vous êtes encore au bureau ?

— En effet, j'allais partir quand vous m'avez appelé. Et avant que vous ne le demandiez : oui, j'ai mangé.

Cassidy sourit à cette remarque. Lorsqu'il avait commencé à travailler pour Anderson Corps, il avait développé une étrange obsession pour les mauvaises habitudes alimentaires de son patron. Si Adam n'oubliait tout simplement pas de manger, c'était pour se faire livrer des plats contenant plus de substances cancérigènes qu'un humain n'a de doigts.

Peut-être était-ce sa nature d'oméga qui le poussait à prendre soin des alphas, mais le voir se nourrir exclusivement de plats à emporter le rendait dingue. Au bout de six mois de ce régime, il en était venu à intercepter toutes les livraisons pour les substituer par ses propres déjeuners faits maison. Depuis lors, chaque soir, il disposait leurs repas du lendemain dans des boîtes alimentaires jetables afin de faire croire à Adam qu'ils provenaient d'un petit restaurant branché de Middle Street. S'il y avait bien un mensonge qu'il ne regrettait pas, c'était celui-là. Regarder chaque midi Adam manger ce qu'il avait préparé était un de ses plaisirs secrets.

— De la nourriture équilibrée ? demanda Cassidy tout en connaissant la réponse.

— De la nourriture.

— Vos artères vont finir bouchées avant vos quarante ans.

— Je vous autoriserai à me dire « Je vous l'avais bien dit », quand cela arrivera.

— Je préférerais ne jamais avoir à vous le dire.

— Pour être honnête, moi aussi.

— Alors, arrêtez de manger n'importe quoi.

— J'aurais bien passé commande au restaurant où vous achetez nos repas du midi, mais comme vous refusez de me donner l'adresse, j'ai dû me contenter d'une pizza.

— Je vous l'ai dit, il faut mériter cette adresse.

— Et je ne la mérite pas ?

— Avez-vous fait pleurer mon assistant et presque tout l'étage?

— Je ne vois pas le rapport.

— Ah ? Vraiment ?

Le rire chaleureux d'Adam l'enveloppa, et il se rendit compte qu'il ne voulait pas raccrocher. Être seul dans cette salle de bains lui faisait peur.

— Adam ?

— Oui ?

— Parlez-moi du travail, s'il vous plaît.

— Quel dossier ?

— Peu importe.

Il voulait entendre sa voix.

— Ce soir, j'ai relu tout le dossier Lenrent & Co, lui dit finalement Adam après un silence.

Et Cassidy le remercia mentalement de ne pas lui poser plus de questions.

— Je suis d'accord avec vous. Les chiffres sont trop propres, je viens de le renvoyer en expertise.

Adam continua, et Cassidy ne l'interrompit pas. Bercé par sa voix grave, il ferma les yeux et se détendit, appuyant son dos contre la céramique froide des toilettes. Depuis quand n'avait-il pas pris le temps de se poser ? De s'autoriser à ne rien faire, ni travail ni rôle épuisant de parent. Il ne s'en souvenait pas.

— Est-ce que vous êtes toujours avec moi ?

— Oui, murmura-t-il.

— Vous étiez en train de vous endormir.

— Peut-être.

— Il n'y a pas de « peut-être », je l'entendais à votre respiration. Vous devriez aller vous coucher.

— C'est une idée tentante, mais j'ai encore du travail, lui répondit-il en bâillant.

— Cassidy, le monde ne va pas s'écrouler si vous ne répondez pas aux mails dans la minute qui suit leur réception.

— Le monde peut ne pas l'être, mais j'ai un patron plutôt exigeant.

— Je vous promets que votre patron exigeant ne vous fera aucune remarque si, demain, vous avez quelques mails en retard.

Un nouveau bâillement échappa à Cassidy, et au moment où il s'apprêtait à accepter, la porte de la salle de bains s'ouvrit sur la petite bouille froissée de Jamie.

— J'ai fait un cauchemar.

— Va te recoucher, chéri, j'arrive dans une seconde, lui lança-t-il par automatisme avant de réaliser sa bêtise.

Merde. Putain de merde !

— Il y a quelqu'un avec vous ? lui demanda Adam, d'une voix qui avait perdu toute chaleur.

— Je dois vous laisser.

— Attendez, ne raccro…

— Bonne nuit, Adam. Merci pour ce soir.

Le cœur battant, il mit fin à l'appel.

# CHAPITRE 03
## Et les mots lui échappèrent

# Adam

La colère n'avait cessé de croître depuis que Cassidy lui avait raccroché au nez. Non seulement elle l'avait empêché de se concentrer sur son travail, mais aussi de dormir. Après des heures d'insomnie, Adam avait fini par abandonner toute tentative de sommeil pour se rendre à la salle de sport. Cependant, même de l'exercice n'avait pas réussi à l'apaiser. Son irritation persistait, rongeant progressivement son bon sens.

Sans prendre la peine de se faire annoncer, il pénétra dans le bureau de son frère et se planta devant lui, poings serrés.

— Est-il en couple ? cracha-t-il avec hargne.

— Pardon ?

— Réponds-moi !

Avec une expression soucieuse, Troy ferma le classeur qu'il consultait, le poussa sur le côté et croisa les mains devant lui.

— Je te répondrais avec plaisir si je savais de qui on parlait.

— Cassidy !

Il avait lâché le prénom avec une certaine dureté.

Son frère fronça les sourcils et lui lança un regard empreint non seulement de suspicion, mais aussi d'inquiétude.

— Tu me demandes si Cassidy est en couple, c'est bien ça ?

— Oui.

Et cette fois, Adam avait clairement grogné.

— Comment veux-tu que je le sache ?

— Il te dit des choses qu'il ne me dit pas.

— Des choses ?

— Il t'a dit pour son père et l'institut !

Face à son éclat de colère, Troy garda le silence et se recula dans son siège.

— Alors ? aboya Adam.

— Non, je ne sais pas si Cassidy est en couple. Pourrais-je savoir pourquoi tu me demandes ça ?

Se mettant à marcher de long en large, il tenta d'évacuer la frustration qui faisait vibrer son corps. Elle se répercutait jusqu'à ses orteils, et c'était insupportable.

— Hier soir, il m'a appelé, il n'avait pas l'air bien.

— Et ?

— Et on a discuté jusqu'à ce que j'entende une voix.

— Une voix ?

— Cassidy a dit : « Va te recoucher, chéri, j'arrive dans une seconde. »

« Chéri », putain ! Il avait dit « chéri ».

Toute la nuit, l'image de Cassidy, écrasé sous le poids d'un corps qui n'était pas le sien, l'avait hanté. Ça n'avait aucun sens, mais ça le rendait dingue. Le pire était qu'il n'avait même pas besoin de s'imaginer ses gémissements de plaisir. Pour les avoir entendus une fois, une unique fois dont ni lui ni Cassidy n'avaient jamais reparlé, il savait à quel point ils étaient érotiques.

— Je crois que tu as ta réponse, lui dit Troy d'un ton prudent.

Oui, il l'avait, mais il la détestait.

Cassidy avait quelqu'un dans sa vie. Quelqu'un qui vivait chez lui et partageait son lit. Quelqu'un dont il ne lui avait jamais parlé, qu'il lui avait caché.

— Où est-ce que tu vas ? lui lança son frère alors qu'il se dirigeait vers la sortie.

— Travailler !

Son grognement fit sursauter le secrétaire de Troy, qui se tenait debout à côté de la porte, attendant d'être invité à entrer. D'un bond, le bêta se plaqua contre le mur pour l'éviter.

Depuis l'ascenseur où Adam appuyait avec une certaine frénésie sur le pauvre bouton d'appel, il vit Troy prendre son téléphone et parler à son interlocuteur tout en le fixant, les sourcils froncés.

Un coup d'œil à l'horloge numérique au-dessus de sa porte lui indiqua que Cassidy avait trois minutes de retard lorsqu'il arriva enfin.

Ses doigts tapant nerveusement sur la table, Adam l'observa s'installer, notant les cernes prononcés sous ses yeux. Il ne les aimait pas, tout comme il n'aimait pas le fait de savoir que Cassidy avait quelqu'un dans sa vie. Non... «ne pas aimer» était un euphémisme ; «détester» était plus proche de la vérité.

Se forçant à ne pas le faire venir pour exiger des explications auxquelles il n'avait aucunement droit, Adam tenta de se concentrer sur son travail. Il y parvint presque jusqu'à ce que Cassidy le rejoigne pour déposer sur son bureau les dossiers du jour et son planning.

— Monsieur Hooper doit vous appeler à dix heures. Soyez aimable avec lui, même s'il commence à aborder le sujet de ses fils et de son mari. J'ai programmé une réunion avec votre avocat à dix heures quarante-cinq. Vous disposez de quinze minutes pour résoudre le problème, car à onze heures...

Tout en continuant à lui détailler l'organisation de sa journée, Cassidy se pencha pour déposer devant lui le trieur contenant les papiers en attente de sa signature. C'est là qu'il la sentit : l'odeur d'un oméga. Elle était infime, et si Cassidy n'avait pas été aussi proche, il ne l'aurait jamais perçue. Mais aussi légère soit-elle, cette trace olfactive le prit aux tripes, éveillant tous ses instincts. Une chaleur dérangeante se propagea dans sa poitrine, et son sexe se pressa contre sa braguette. Au désir subit se mêla une colère irrationnelle.

Le mec de Cassidy était un putain d'oméga, et un proche d'entrer en chaleur à en juger par l'odeur qui l'excitait dangereusement. S'efforçant de ne pas respirer par le nez, il tenta de faire abstraction du parfum de Cassidy mélangé à celui d'un étranger. Ils avaient dû partager le même lit pour que son odeur persiste ainsi. Son imagination s'emballa : les doigts de Cassidy parcourant un torse inconnu, sa queue enfoncée dans le trou lubrifié d'un oméga, des marques rouges sur son torse là où il avait été griffé...

— Je vous ai épinglé les mails urgents, celui de...

— Pourquoi êtes-vous arrivé en retard ? l'interrompit-il brusquement.

Surpris, Cassidy leva les yeux vers lui.

— Pardon ?

— Vous avez trois minutes de retard aujourd'hui.

— Je n'ai pas fait attention.

— Veillez à ce que ça ne se reproduise plus.

— Désolé, je...

— Ne soyez pas désolé, soyez à l'heure.

À peine eut-il craché sa colère qu'Adam la regretta. Ses reproches étaient injustes et ils le savaient tous les deux.

— Si vous me cherchez, je serai en train de rattraper ces trois minutes de retard impardonnables, lança Cassidy avec froideur avant de tourner les talons.

D'un pas raide, ce dernier se dirigea rapidement vers son bureau, s'y installa et se mit à taper furieusement sur son clavier. Pendant les heures qui suivirent, Cassidy ne releva pas une seule fois les yeux vers lui, et lorsqu'il lui transmit l'appel de Hooper, ce fut d'une voix dénuée de toute chaleur.

Alors qu'il écoutait le directeur d'une de ses filiales de vente en ligne déblatérer sur sa famille parfaite, Adam s'efforçait désespérément de chasser de son esprit l'image de Cassidy gémissant sous les caresses d'un autre. Cette image le tourmentait, elle tournait et tournait et tournait dans sa tête jusqu'à le rendre dingue. Elle le ramenait à ce qu'ils avaient partagé deux ans plus tôt, lors du décès de ses parents.

S'il avait réussi à gérer le deuil de son pa, il avait sombré lorsque son père s'était laissé dépérir par la suite. Abruti par les litres d'alcool ingérés, il ne se souvenait pas vraiment des jours qui avaient suivi ce second enterrement. Enfermé dans son appartement, il avait ignoré les appels de son frère, de ses amis et du bureau.

De cette période, il ne conservait que des impressions brouillées par le bourbon et le cognac. Les choses devenaient plus claires à partir du moment où Cassidy était apparu, des sacs de courses à la main. Son assistant n'avait rien dit en le voyant en boxer et vautré dans son canapé. Il l'avait simplement observé pendant un moment avant de se rendre à la cuisine. Il en était revenu avec un bol de bouillon, échangeant ce dernier contre le verre d'alcool qu'il tenait. Il lui avait ordonné de manger, tandis qu'il ramassait toutes les bouteilles éparpillées pour ensuite les vider et les jeter dans le vide-ordures. Lorsque Cassidy était revenu de la cuisine, il s'était agenouillé devant lui et, de son pouce, avait frotté sa barbe mal entretenue. Un long frisson avait parcouru l'échine d'Adam, et pendant une seconde, la douleur s'était dissipée. Il n'avait plus pensé à sa perte.

— Vous êtes un idiot, monsieur Anderson, lui avait dit Cassidy.

Des bras étaient passés sous ses aisselles et, avec une force insoupçonnée, Cassidy l'avait relevé et traîné jusqu'à sa chambre, un étage plus haut. Allongé sur son lit, le regard rivé au mur, Adam l'avait entendu se déplacer, ouvrir des tiroirs, fermer les rideaux et la porte. Lorsque le silence était revenu, il avait pensé qu'il était parti et en avait ressenti de la déception. Mais son matelas s'était affaissé, un corps s'était blotti contre son dos, un bras l'avait enlacé, et des doigts s'étaient délicatement mêlés aux siens. Cette soudaine proximité aurait dû le déranger. Ça n'avait pas été le cas. Rien ne lui avait jamais paru aussi naturel.

Ils étaient restés là, dans le noir et le silence. Adam s'était laissé bercer par le souffle chaud de Cassidy contre sa nuque, finissant par s'endormir pour se réveiller des heures plus tard, toujours dans cette même posture. Lorsqu'il s'était retourné pour faire face à Cassidy, ce dernier n'avait pas ouvert les yeux. La lumière grise du matin, bien que tamisée par le rideau, avait été suffisante pour lui permettre de discerner les traits apaisés de son visage. Là, dépourvu de son habituelle expression sévère, Cassidy avait semblé plus jeune, se rapprochant davantage de vingt-cinq ans que de trente. Adam avait admiré sa beauté jusqu'à ne plus pouvoir résister à l'envie d'effleurer de son pouce sa bouche entrouverte. Les yeux de Cassidy s'étaient ouverts, lui offrant une plongée dans l'océan turquoise de son regard.

— Adam…

Il ne se souvenait plus qui de lui ou de Cassidy avait embrassé l'autre en premier, mais il se souvenait de la pression de ses lèvres. De sa langue qui était venue à la rencontre de la sienne. De la chaleur dévorante née de ce baiser. Du regard de Cassidy animé par une faim répondant à la sienne. De son gémissement lorsque sa main fine et délicate s'était pressée contre son sexe. De ses doigts glissant sous l'élastique de son boxer pour enserrer son érection. Et il se rappelait avoir enfoui son nez dans son cou, avant de lui murmurer :

— Tu sens si bon…

Ces quatre mots avaient tout arrêté. Cassidy avait lâché son sexe et s'était reculé, le souffle court. Puis il était parti non seulement de son lit, mais aussi de son appartement, ne laissant derrière lui que son odeur sucrée pour preuve de son passage.

Adam était revenu au bureau pour lui, pour le voir, lui parler, le toucher. Mais à sa grande déception, Cassidy avait fait le choix frustrant d'agir comme si rien ne s'était passé. Un choix qu'Adam avait respecté, enfermant ce baiser dans une boîte de Pandore. Et aujourd'hui, la boîte était là, devant lui, ouverte, et il ne pouvait pas faire autrement que de regarder à l'intérieur avec envie et jalousie.

Il y pensait toujours lorsqu'il raccrocha avec Hooper pour répondre à son téléphone personnel en voyant s'afficher le nom de Nathan. Le bêta était l'une des rares personnes qu'il considérait comme un ami, même si leur relation basculait parfois du côté intime lorsqu'ils étaient tous les deux célibataires. C'était d'ailleurs comme ça que leur amitié avait commencé : des coups d'un soir répétés qui avaient conduit à une affection réciproque, mais sans attentes. Parce que si le sexe était satisfaisant, ils s'étaient rapidement rendu compte de l'incompatibilité de leurs caractères sur des périodes plus longues que quelques jours au lit. Son besoin de rigueur ne concordait pas avec la propension de Nathan à s'éparpiller, que ce soit dans ses pensées ou dans ses actions.

— Tu m'évites ?

— Bonjour à toi aussi, lui rétorqua-t-il.

Mais son ami ne se laissa pas démonter.

— Tu ne m'as pas rappelé pour le gala.

— Je ne savais pas que je devais te rappeler.

— J'ai laissé un message à ton assistant.

— À Cassidy ?

— Je suppose, si c'est comme ça qu'il s'appelle.

— Quand ?

— Il y a deux jours.

Adam grogna.

— Tu lui as dit quoi ?

— Que tu avais oublié tes capotes et ta veste chez moi. Et aussi de me rappeler pour le gala.

Adam allait tuer Nathan.

Plus besoin de chercher la raison de la mauvaise humeur de Cassidy. Son assistant n'était pas un fan de Nathan, qu'il qualifiait de nanti conservateur grossier et inculte. Chaque fois qu'il le voyait, une expression pincée s'affichait sur son visage, la même qu'il réservait à tout ce qu'il méprisait.

— Il a dû oublier, mentit-il.

Cassidy n'oubliait jamais de transmettre un message.

— Si j'étais toi, je changerais de secrétaire.

— Si tu étais moi, tu n'embaucherais que des beautés écervelées et mon entreprise ferait faillite.

— *Outch*, touché.

— Et Cassidy n'est pas mon secrétaire, mais mon assistant.

Cette rectification lui semblait importante.

— Et du coup, tu as pris des billets pour le gala ?

— C'est pour quelle cause déjà ?

— Les omégas orphelins, je crois. Ou un truc comme ça.

C'était précisément à cause de ce genre de commentaires que Cassidy méprisait Nathan. Né avec une cuillère en argent dans la bouche, son ami n'avait jamais travaillé une seule journée de sa vie et avait la fâcheuse habitude de dénigrer tous ceux dont la fortune n'atteignait pas au moins sept chiffres.

— Deacon sera là.

Adam se retint de grogner.

— Je ne suis pas sûr que mon ex soit le meilleur argument pour me convaincre de venir.

— Oh, allez, vous alliez bien ensemble. Il m'a dit que toi et ta grosse queue d'alpha lui manquiez.

— Nathan… le prévint-il.

— OK, je disais ça comme ça. Je laisse tomber.

— Parfait.

— Pour Deacon, pas pour le gala. J'ai vraiment besoin que tu sois là. Ta présence va attirer du monde.

— Par « du monde », tu entends tous les parents qui voudront me présenter leur fils oméga dans l'espoir qu'il soit mon âme sœur ?

— Allez, Adam. Pense à tous ces petits orphelins tristes et abandonnés par la société !

— Je ne te promets rien.

— Parfait, on se voit là-bas alors !

— Je n'ai…

Cet idiot raccrocha, l'empêchant de répliquer. Dépité, Adam lui envoya un texto composé en tout et pour tout d'un gif doigt d'honneur, auquel Nathan répondit par un cœur et un clin d'œil.

Trois coups frappés à sa porte lui firent lever la tête. Cassidy se tenait là, l'air hésitant à l'interrompre.

— Vous avez terminé avec monsieur Hooper ?

Il acquiesça d'un hochement de tête tout en remettant son téléphone dans sa poche.

— Auriez-vous trois minutes à m'accorder ? demanda Cassidy en s'approchant.

— Vous connaissez mieux mon emploi du temps que moi.

Debout devant son bureau, Cassidy semblait mal à l'aise. Cela ne lui ressemblait pas. Il pouvait être énervé, froid ou autoritaire – parfois les trois à la fois –, mais jamais hésitant.

Pour la première fois, Adam le vit baisser les yeux et éviter son regard. Cette fragilité lui déplut ; elle lui donna l'envie de comprendre ce qui le mettait dans cet état, de l'attirer dans ses bras pour le protéger.

— J'aurais besoin de prendre un congé, murmura son assistant à peine assez fort pour qu'il l'entende.

— C'est votre droit.

Il ne voyait pas là-dedans ce qui mettait Cassidy si mal à l'aise.

— J'aurais besoin des trois jours de la pleine lune.

Sous ses mains, le bois craqua.

— Non.

— Adam, j'en aurais vraiment besoin, s'il…

— J'ai dit non !

À présent, Cassidy le fixait, le visage dénué de toute expression.

— Vous l'avez dit, c'est mon droit.

— Prenez les jours avant ou après, je m'en contrefous. Vous n'aurez pas la pleine lune.

L'imaginer pendant trois jours baiser cet oméga qui partageait sa vie le rendait fou.

— Je ne vous l'aurais pas demandé si cela n'avait pas été important. Il s'agit d'une urgence familiale…

— Une urgence familiale ? répéta-t-il avec hargne. Vous vous moquez de moi !

— Adam, qu'est-ce qui vous prend ?

— Vous puez l'oméga ! lui balança-t-il avant d'avoir pu s'en empêcher.

Les yeux de Cassidy s'écarquillèrent de surprise, et étrangement, Adam aurait juré y déceler aussi une lueur de crainte.

— Je… Je… balbutia son assistant face à son éclat de colère.

— Si vous voulez ces trois jours, c'est uniquement pour baiser le cul mouillé d'un de ces putains d'omégas.

Les mots, aussi cruels qu'odieux, lui échappèrent.

Tout lui échappait : son contrôle, le grognement qui remontait de sa gorge, et sa main qui balaya son bureau. Les dossiers que Cassidy prenait tant de soin à ordonner valdinguèrent, s'ouvrirent, et les feuilles s'étalèrent au sol dans un chaos de notes froissées.

Un silence s'installa, au cours duquel son assistant fixa le désastre, abasourdi, la bouche entrouverte par la stupeur. Lorsqu'il releva les yeux vers lui, ils brûlaient d'une rage sauvage.

— Va te faire foutre !

Adam ne sut pas ce qui le surprit le plus : le tutoiement ou le fait que Cassidy se mette à crier. En cinq ans, il ne l'avait jamais entendu élever la voix. Quel que soit le conflit, même lorsque quelqu'un lui hurlait dessus et l'insultait, son assistant conservait en toutes circonstances son ton professionnel et sa froide rationalité.

— Cass…

— Monsieur Miller ! Pour toi, espèce d'abruti d'alpha, ce sera désormais « monsieur Miller ». Seuls mes amis m'appellent par mon prénom, et je me glorifie de n'avoir parmi eux aucun connard abusif !

Cassidy hurlait à présent.

— Tu affirmes constamment que les omégas sont faibles, car soumis à leur nature, mais tu t'es vu ? Tu n'es qu'un sale con hypocrite, incapable de maîtriser ta nature violente d'alpha ! Tu me rugis dessus, tu balayes des heures de travail par terre, et pourquoi ? Parce que tu n'es pas content ? Et le pire, c'est que ça n'a absolument aucun sens, bordel ! Qu'est-ce que ça peut bien te foutre que je baise un oméga pendant la pleine lune ? Toi, à ce que je sache, tu ne te prives pas. Dans combien de petits culs mouillés, comme tu les appelles avec tant de délicatesse, t'es-tu soulagé ces dernières années ? Dix ? Vingt ? Trente ? Plus ? Allez, dis-le-moi pour qu'on rigole !

— Cassidy…

— Miller ! Je t'ai dit de m'appeler Miller à partir de maintenant ! Tu es pitoyable si tu te crois supérieur juste parce que tu es né avec une queue plus grosse, capable de nouer. Vous, les alphas, vous n'avez aucune idée de votre chance. Vous n'avez jamais eu à vous battre pour rien, tout vous est donné à la naissance ! Vous êtes les rois de ce monde, mais vous n'avez aucun mérite. Vous êtes simplement nés avec les bons gènes et vous êtes convaincus que cela vous donne le droit de mépriser le reste de la population !

Adam vit le moment où Cassidy prit conscience de son emportement. Ses yeux s'écarquillèrent, son visage devint pâle, et ses doigts commencèrent à trembler.

— Pardon... Je...

Sans terminer sa phrase, Cassidy tourna les talons et quitta précipitamment le bureau pour récupérer une pochette noire parmi ses affaires avant de se diriger vers les toilettes.

# CHAPITRE 04
*Pas maintenant... Tout sauf maintenant*

# Cassidy

Avec violence, il ouvrit la porte des toilettes qui claqua contre le mur dans un *bang* assourdissant. Un quadragénaire en train de se laver les mains sursauta et le fixa avec des yeux écarquillés, avant de baisser la tête face à son expression orageuse.

Cassidy grogna. La lumière vive se réverbérant sur la céramique blanche exacerbait sa migraine. Elle le suivait depuis ce matin, et même trois cachets d'antidouleur n'y avaient rien changé. Se réfugiant dans la dernière cabine, il s'y enferma et, de ses doigts tremblants, défit son pantalon afin de découvrir sa cuisse.

Il sentait l'oméga ! C'était impossible, ou du moins, ça aurait dû l'être. L'injection de la veille aurait dû suffire, et pourtant, Adam avait réussi à percevoir sa véritable nature. Angoissé, il fixa la seringue d'endocrine qu'il venait de sortir de sa trousse de secours. Deux doses en moins de vingt-quatre heures... Il hésita, mais la panique gagna. Si Adam découvrait la vérité, tout serait terminé : finis son travail et son bon salaire, finies leur sécurité financière et l'école privée pour Jamie. Il reviendrait à avant, aux galères et à la précarité. Il devrait rendre son appartement, chercher un nouveau job, tout recommencer... Il se piqua la jambe et le regretta tout aussitôt.

Les battements de son cœur s'accélérèrent, et sa peau le picota. Il tira sur le col de sa chemise, submergé par une bouffée de chaleur, tandis que des remontées acides lui brûlaient la gorge. Se retournant précipitamment, il vomit le peu qu'il avait mangé ce matin-là, des spasmes violents lui soulevant l'estomac. Le monde tangua, et s'il n'avait pas déjà été à genoux, il était certain qu'il aurait chuté. Les mains agrippées à la cuvette et la joue posée sur la céramique froide, il ferma les yeux, attendant que sa vision cesse d'être trouble. Des abeilles bourdonnaient à ses oreilles, et sa tête était prise dans un étau si serré que des larmes s'échappèrent, traçant un chemin gelé sur sa peau brûlante.

Ça allait passer. Ça passait toujours.

Cette journée était un enfer, allant de mal en pis. Lui s'était réveillé patraque, tandis que Jamie avait commencé sa journée de très mauvaise humeur, ce qui les avait mis en retard. Son fils avait non seulement renversé son bol de céréales, obligeant Cassidy à courir partout pour nettoyer, mais avait également râlé lorsqu'il avait fallu changer ses vêtements tachés, parce que *je veux le pull rouge, pas le bleu!* Une fois arrivé à l'école, son ingrat d'enfant était parti sans lui faire de bisous, vexé d'avoir été sermonné pour son caprice, et Liam, qui était déjà là, l'avait superbement ignoré.

Les difficultés avaient continué de s'enchaîner : un métro à l'arrêt, aucun taxi disponible, et lorsqu'il avait finalement réussi à arriver avec seulement trois minutes de retard, Adam lui avait crié dessus. Il n'avait rien compris à ce qui s'était passé dans le bureau, à comment ils en étaient venus à se hurler dessus. Leur dispute n'avait eu aucun sens. Son emportement, tout comme celui d'Adam, avait été totalement disproportionné.

Trois coups secs furent donnés à sa porte.

— Cassidy, vous êtes là-dedans ?

La voix chaude de Troy le tira de son état semi-comateux, le poussant à ouvrir les yeux.

— Cassidy ? insista le frère de son connard de patron, face à son absence de réponse.

— Je sors, donnez-moi une minute.

Une minute qui lui servit à se remettre debout et à se rhabiller. Il s'essuya la bouche avec du papier toilette et tira la chasse pour effacer toute trace de son malaise. Lorsqu'il sortit enfin, Troy était là, les bras croisés, appuyé sur le meuble des lavabos. Comme Adam, il incarnait parfaitement le stéréotype de l'alpha: grand, large, musclé, mâchoire carrée et cou épais. Bien que les deux frères se ressemblent en raison de leur gémellité, Cassidy ne pouvait s'empêcher de trouver son patron plus séduisant.

Relevant la tête pour observer son reflet dans le miroir, il nota que si Troy avait bougé, c'était pour lui tendre de quoi s'essuyer. Au regard de ce dernier, qui s'attarda un peu trop sur ses mains, Cassidy sut que ses tremblements ne lui avaient pas échappé.

— Je suis viré ? demanda-t-il d'une voix qu'il aurait aimée moins faible.

— Non, Cassidy, vous n'êtes pas renvoyé.

— Au nom de Destin, merci.

Le soulagement le fit vaciller, et Troy commença à tendre une main vers lui avant d'interrompre son geste et de reculer d'un pas.

— Je suis ici parce que j'ai reçu plusieurs appels de vos collègues qui s'inquiétaient pour vous, ne vous voyant pas revenir des toilettes. Ils m'ont informé que vous vous étiez disputé avec Adam.

— Je m'excuse d'avoir élevé la voix contre votre frère.

— Je suis sûr qu'il l'avait mérité.

— Je ne sais pas.

Cassidy cessa de fixer le miroir pour se tourner vers Troy.

— Je ne sais pas ce qui nous a pris, avoua-t-il.

— Cassidy, j'ai déjà posé la question à Adam, mais y a-t-il quelque chose entre vous ?

Il cligna des yeux, surpris par cette demande.

— Entre nous ?

— Est-ce qu'il y a plus qu'une relation professionnelle entre Adam et vous ?

— Je ne sais pas. On est amis… Enfin, du moins, je crois, ajouta-t-il en se sentant présomptueux dans cette affirmation.

Un rire grave s'échappa de la gorge de Troy.

— Vous croyez ? Vraiment ?

Cassidy sentit le rouge lui monter aux joues.

— Mon frère est un foutu misanthrope obsédé par le travail, et il a si peu d'amis qu'ils se comptent sur les doigts d'une main. Et c'est précisément en raison de leur rareté que je m'inquiète de sa relation la plus importante : vous.

— Je ne crois pas être…

— Vous êtes son ami, Cassidy. Il vous accorde plus de crédit qu'à tous ses conseillers réunis, et vous avez réussi l'exploit de l'humaniser suffisamment pour qu'il voie les autres autrement que comme des pions à déplacer sur son échiquier du pouvoir.

Cassidy garda le silence, incapable de trouver une réponse appropriée.

C'était une conversation étrange, surtout compte tenu du lieu où elle se déroulait.

— Mon frère considère les finances comme un jeu cruel, et jusqu'à votre embauche, il jouait sa partie de façon impitoyable et calculatrice. Il achetait, revendait et investissait, ignorant sciemment les vies derrière les chiffres. Je préfère vraiment l'homme qu'il est à vos côtés. Vous développez son empathie et lui prouvez que, contrairement à ce qu'on lui a montré toute sa vie, on peut être à ses côtés de manière désintéressée.

— Il me paye, je suis intéressé, ne put-il s'empêcher de rétorquer.

À nouveau, Troy rit et secoua la tête.

— Cassidy, si c'était une question d'argent, vous auriez accepté de travailler pour moi ou pour un des nombreux PDG qui, je le sais, vous ont sollicité, et ce, moyennant un salaire bien plus avantageux. Vous restez aux côtés d'Adam parce que vous en avez envie. Et si vous pensez le contraire, je suis désolé de vous le dire, mais vous êtes aussi idiot que lui.

La conversation le mettait mal à l'aise, surtout après avoir dérapé comme il l'avait fait. Il s'observa dans la glace, se demandant ce qu'Adam percevait lorsqu'il le regardait et si, comme Troy l'affirmait, Adam voyait en lui plus qu'un assistant efficace.

Un frisson le traversa, et Troy dut le remarquer, car il lui lança d'un ton inquiet :

— Est-ce que vous allez bien, Cassidy ? Vous êtes pâle.

— Je… J'ai mal dormi, et depuis ce matin, j'ai une migraine.

Le prenant par surprise, Troy tendit le bras et lui toucha le front du dos de la main.

— Bon sang, vous êtes brûlant ! Rentrez chez vous.

— Adam…

— Adam peut se passer de vous une journée.

Il eut un bref moment d'hésitation, jusqu'à ce qu'un nouveau frisson remonte son échine, le poussant à hocher la tête. Il commençait vraiment à se sentir mal.

— Cassidy! l'appela Troy alors qu'il s'éloignait. N'oubliez pas votre trousse.

Du menton, il lui désigna la petite pochette noire qu'il avait négligemment posée sur le rebord d'un des éviers.

Au moins, il n'eut pas besoin de s'expliquer avec Adam avant de partir. En regagnant son bureau, il constata que la porte de son patron était fermée, et les vitres high-tech qui séparaient leurs deux espaces étaient obscurcies.

Cette façon de lui faire comprendre qu'il n'était pas le bienvenu le blessa plus qu'elle ne l'irrita, et c'est sans un mot qu'il récupéra ses affaires et partit. Alors qu'il avait envisagé de rentrer chez lui pour dormir quelques heures avant d'aller chercher Jamie, l'école l'appela, et c'est dans le bureau du directeur qu'il se retrouva, plutôt que dans son lit.

La pièce était à l'image de l'école, vaste et somptueuse. Des bibliothèques en acajou, remplies de vieux livres, couvraient une partie des murs. Des fenêtres à petits carreaux étaient encadrées par d'épais rideaux en velours vert ornés de franges dorées. Et sur le seul mur dépourvu de meubles, une série de portraits représentant tous les directeurs qui s'étaient succédé en ces lieux était soigneusement accrochée. Au plafond, une toile tendue imprimée du motif répété des armoiries de Savasay faisait écho aux luxueux tapis recouvrant le sol.

Les coudes posés sur le bureau et les mains croisées dans une posture savante, le directeur laissa échapper un soupir théâtral. Comme pour la plupart des postes à responsabilités, celui-ci avait été confié à un alpha. Le regard dédaigneux que l'homme lui lança suffit à faire comprendre à Cassidy ce que ce dernier pensait de lui : pas grand-chose de bien. Son attitude méprisante lui donna envie de tendre une main protectrice vers son fils, assis sur une chaise à côté de la sienne.

— Monsieur Miller, comme vous le savez, Savasay est une

école prestigieuse avec des règles bien établies. Toute forme de bagarre est strictement interdite.

Cassidy jeta un regard à la lèvre fendue de Jamie et à la bosse sur son front qui avait encore grossi.

— Le comportement de votre fils, Jamie, est inexcusable, continua le directeur. Pendant la récréation, il a saisi son camarade de classe par les oreilles avant de lui asséner un coup de tête.

— Mais c'est pas moi qui…

— Ça suffit !

D'un regard noir, Cassidy ordonna au sujet de la conversation que s'il ne voulait pas aggraver son cas et être privé de télévision jusqu'à sa majorité, sa meilleure option était de garder le silence.

— Je suis conscient de votre situation familiale compliquée…

Au ton employé, ce foutu directeur aurait aussi bien fait de remplacer *compliquée* par *critiquable*.

Mâchoires serrées, Cassidy encaissa sans répliquer.

— … et que votre fils manque d'une figure d'autorité, mais…

— Une figure d'autorité ? s'étrangla-t-il, sans réussir à s'en empêcher cette fois-ci.

En retirant ses lunettes, l'alpha se pinça l'arête du nez, comme si cette conversation l'ennuyait profondément.

— Une figure d'autorité, en effet, répéta-t-il. Quelqu'un qui prenne en main son éducation.

— Mon fils est parfaitement éduqué.

— Pas assez pour ne pas se bagarrer avec son petit camarade.

Cassidy se contraignit au silence. Malgré la fortune qu'il déboursait chaque année en frais de scolarité, il était bien conscient que le directeur détenait tout pouvoir sur l'avenir de Jamie, car rien ne l'obligeait à le garder. La liste d'attente interminable pour s'inscrire à Savasay constituait en soi une menace claire.

Si Cassidy n'était pas satisfait des choix éducatifs du corps enseignant, il avait la possibilité de partir et personne ne chercherait à le retenir.

— Quelles vont être les sanctions ? demanda-t-il finalement.

— Pour cette fois, je vais me contenter de lui donner un avertissement et de l'exclure seulement pour le reste de la journée. Cependant, nous ne pouvons pas tolérer ce genre d'incident. Si cela se reproduit, les conséquences seront plus graves.

D'un léger mouvement de tête, Cassidy acquiesça.

— Nous vous remercions pour votre indulgence. Cela ne se reproduira plus. Je m'en assurerai.

— J'espère, monsieur Miller, que vous parviendrez à appliquer cette fermeté qui manque tant aux omégas. Votre fils semble prendre une mauvaise direction, veillez à le remettre sur le droit chemin.

Il avait envie de crier. De hurler. De frapper. Il se contenta de se lever et de tendre la main à Jamie qui l'ignora, préférant repousser brusquement sa chaise avant de le contourner pour sortir. Sous le regard désapprobateur du directeur, Cassidy récupéra le manteau et le cartable abandonnés par son fils, puis quitta la pièce. Juste avant de refermer la porte, il entendit l'alpha marmonner d'un ton désobligeant : « Ces omégas... », ce qui ne fit que le rendre un peu plus amer.

Alors qu'ils traversaient les longs couloirs en ogive de l'établissement, il avait l'impression d'être jugé par chaque personne qu'ils croisaient. *Mauvais parent. Oméga sans alpha. Soumis à leurs hormones. Faibles. Faibles. FAIBLES.* Il se sentit faible. Il étouffait. Il avait chaud et froid. Des frissons descendaient et remontaient le long de ses vertèbres. Pendant une seconde empreinte de culpabilité, il se laissa aller à imaginer sa vie sans Jamie, à quel point tout serait plus simple. Cette pensée lui fit honte, car, au nom de toutes les destinées, il le jurait : il aimait son fils plus que tout. Et pourtant, parfois...

Dehors, il ne laissa pas le choix à Jamie et attrapa sa main. Une fois sortis du métro, ils marchèrent en silence et ce n'est qu'à l'intérieur de leur appartement que Cassidy prit la parole.

— Tu retires et ranges tes chaussures. Tu accroches ton manteau sur le portant et tu vas m'attendre dans le salon.

— Mais...

— Jamie, ne me force pas à répéter.

Le regard noir qu'il reçut en réponse lui fit mal, mais il ne céda pas. Une fois son fils disparu dans la pièce de vie, il se laissa tomber sur la banquette coffre. La tête appuyée contre le mur frais, il ferma les yeux. Il avait besoin de quelques secondes… Seulement quelques secondes pour se reprendre et ne pas craquer. Demain serait un jour meilleur. Il devait juste arriver au bout de sa journée, tenir encore quelques heures. Ensuite, il pourrait enfin dormir…

Se frottant les tempes dans l'espoir de soulager sa migraine, il abandonna la banquette pour se diriger vers la cuisine. Là, il avala de nouveaux comprimés contre la douleur avant de passer un torchon humide sur sa nuque.

Lorsqu'il pénétra dans le salon, Jamie était assis sur le canapé, les bras croisés sur sa poitrine, le visage fermé. S'agenouillant devant lui, avec douceur, Cassidy releva sa tête d'un doigt sous le menton et, de son pouce, caressa l'entaille sur sa lèvre.

— Est-ce que ça fait mal ?

— Non.

— Je peux te donner quelque chose si ça fait mal.

— Je t'ai dit que ça faisait pas mal ! marmonna Jamie en se dégageant d'un mouvement vif.

— OK, c'est comme tu veux, lui concéda-t-il. Si tu n'as pas mal, alors on va pouvoir discuter de ce qui s'est passé. Tu as frappé quelqu'un, aujourd'hui. C'est mal. Ce n'est pas comme ça que je t'ai éduqué.

— Oui, mais j'avais mes raisons.

— Il n'y a aucune raison qui justifie la violence.

— Bah là si ! C'est lui qui a commencé, il a dit…

— Non, Jamie ! le coupa Cassidy avec fermeté. On en a déjà discuté : la violence est légitime uniquement pour se défendre.

— Mais…

— Est-ce qu'il t'avait frappé ?

— Non, mais…

— Est-ce que tu t'es senti en danger ?

— Non, mais…

— Est-ce que si tu ne l'avais pas frappé, il t'aurait fait mal physiquement ?

— Non, mais...

— Alors ton geste n'était pas justifié.

— Il a dit...

— Jamie ! Je ne veux pas savoir ce qu'il a dit. On ne frappe pas ! Si tu as un problème, tu vas trouver un adulte responsable et...

— J'avais le droit de le frapper, parce qu'il t'a insulté ! cria soudain Jamie en se levant d'un bond du canapé. Ils se sont tous moqués de toi et d'oncle Liam ! Charlie a dit que si tu ne t'étais pas remarié après la mort de père, c'était parce que tu étais débile et trop moche et que personne ne voulait de toi ! Et là, y a Skye qui a balancé que tu étais une pute qui préférait se faire baiser par tous plutôt que par un !

Cassidy ouvrit la bouche, mais aucun son n'en sortit.

C'était trop violent. Il ne savait pas quoi répondre.

— Et tout le monde a ri ! J'aurais dû tous les frapper pour les faire taire.

Le visage de Jamie était rouge, et ses petites mains étaient fermées en des poings serrés.

— Pourquoi je n'ai pas de père ? Pourquoi tu ne t'es pas remarié pour être comme tous les pa ?

— Jamie, attends, on en a déjà parlé, c'est compliqué. Tu le sais...

— C'est pas compliqué ! C'est nul !

Maintenant, Jamie hurlait. Des larmes dévalaient ses joues, tandis que de longs sanglots agitaient son petit corps.

— Je te déteste ! Tu es nul ! J'aurais préféré un autre pa !

Ça fit mal. Tellement mal. Plus que toutes les douleurs déjà éprouvées et rassemblées en une seule.

De l'épaule, Jamie le repoussa et s'enfuit dans sa chambre. La porte claqua et un lourd silence s'abattit sur l'appartement. Cassidy s'assit par terre, le dos appuyé contre le canapé. Ses larmes, de plus en plus nombreuses, s'écrasèrent sur le tapis entre ses jambes.

Six ans… Ces enfants n'avaient que six ans et déjà, ils étaient imprégnés de la haine conservatrice de leurs parents. Peu importait tous les efforts qu'il déployait pour son fils, pour devenir ce pa parfait, cela ne serait jamais suffisant. On lui reprocherait toujours cette chose qu'il n'avait pas choisie et contre laquelle il ne pouvait lutter : être un oméga.

Une nouvelle fois, il implora Destin pour que son fils soit un bêta. Il ne voulait pour lui aucune des injonctions sociétales imposées aux omégas et aux alphas. Il voulait que Jamie puisse choisir sans devoir louvoyer pour esquiver ces saloperies de diktats qui régissaient sa vie.

Lorsqu'il eut le courage de se lever et d'aller toquer doucement à la porte de son fils, sa petite voix lui cria de partir. Il n'insista pas. Sa migraine empirait, et il avait de plus en plus chaud, même après avoir retiré son pull et ouvert grand la fenêtre. Jamais les effets secondaires de l'endocrisine n'avaient été aussi difficiles à supporter. Le mois prochain, il arrêterait, il s'en fit la promesse. Il demanderait à Liam de garder Jamie.

Il posa son ordinateur sur la table du salon, ouvrit un dossier, mais se trouva incapable de rester concentré dessus. Son regard dérivait constamment vers la chambre de son fils, et les chiffres qu'il devait vérifier se mélangeaient, l'obligeant à recommencer cinq fois la même opération. La lumière vive de l'écran ne faisait qu'accentuer son mal de tête et sa nausée. Épuisé, il traita ses mails les plus urgents, avant de finalement renoncer, se traînant péniblement jusqu'au canapé où il s'écroula. Sa bouche était horriblement sèche, mais il n'eut pas le courage de se lever pour chercher une bouteille d'eau dans la cuisine.

Demain, tout irait mieux.

Demain…

Il rouvrit les yeux sur un gémissement. Il brûlait, le tissu contre sa peau était fait de tessons coupants. Son souffle était rauque et saccadé, et le simple fait de bouger provoquait des vagues de douleur. Son sexe était dur et, entre ses cuisses, il sentit une étrange humidité, réalisant finalement qu'il s'agissait de ses sécrétions anales. Non... Non... Non... Impossible. Il entrait en chaleur. On était à deux jours de la pleine lune et il avait pris ses médicaments. Ça ne pouvait pas arriver, pas maintenant! Il tenta de se mettre debout, mais ses jambes le lâchèrent et il tomba à quatre pattes. Pendant un instant, une seconde qui le terrifia, il s'entendit implorer le sexe d'un alpha.

Il grogna, lutta contre cette force primitive qui dévorait sa conscience, le transformant en une bête dont le seul but était de se reproduire. Il ne pouvait pas entrer en chaleur, Jamie était là. Son odeur attirerait tous les alphas et... Protéger, il devait protéger son petit. Il se traîna jusqu'à la table pour s'y agripper et se relever, malgré ses jambes tremblantes. Il fit un pas de côté et une chaise tomba dans un bruit sourd qui lui vrilla le crâne.

— Pa? appela Jamie depuis le seuil de sa chambre.

Sa voix semblait distordue, lointaine, tout comme son visage.

— Retourne jouer... balbutia Cassidy d'une voix pâteuse.

Il attrapa son portable et, s'agrippant au mur, tituba vers la cuisine.

— Pa...

— Je t'ai dit de retourner dans ta chambre!

*Chaud, chaud, chaud.*

Trempé de sueur, il tira sur sa chemise et la déchira. Tout comme le sol, les murs n'étaient plus droits, et il tomba deux fois à genoux avant de réussir à rejoindre la cuisine. Il parvint à atteindre l'évier en même temps qu'il réussit à appuyer sur le contact de Liam dans sa liste d'appels. Il y eut un bip, puis un second et il tomba directement sur un répondeur. Il ne comprit pas ce que la voix mécanique racontait, il s'en fichait.

— Liam... Pardon. Pardon. Tu avais raison. Je t'en supplie... ça arrive.

Un nouveau gémissement, mélange de douleur et de désir, remonta sa gorge et s'échappa sous la forme d'un cri étranglé.

— Il faut que tu viennes chercher Jamie. Ne le laisse pas voir ça. Ne le laisse pas me voir comme ça... Je t'en supplie.

Il pleurait.

Il avait mal.

Il voulait du sexe. Il voulait le nœud d'un alpha.

— Jamie ne doit pas voir ça. Il ne doit…

Un spasme parcourut son corps, et ses doigts lâchèrent le téléphone. Sans chercher à le récupérer, il l'abandonna et ouvrit frénétiquement les placards. Il fit tomber tout ce qui se trouvait dedans, à la recherche de sa pochette d'injections. Assiettes et plats se brisèrent au sol, mais il s'en fichait. Peu importait que les bouts de verre lui rentrent dans les pieds. Ce n'était rien comparé à la souffrance du besoin. Il serra la pochette noire dans sa main, déterminé à mettre fin à cet enfer, parce qu'à cet instant précis, il brûlait. Il brûlait !

Ses jambes l'abandonnèrent une fois de plus. Il essaya de s'accrocher au mange-debout, mais ne parvint qu'à entraîner dans sa chute le chemin de table faisant office de nappe. Tout ce qui se trouvait dessus tomba avec lui. Sa tête heurta le carrelage, et le goût du sang emplit sa bouche. Il tendit le bras vers la pochette qui lui avait échappé, mais elle était hors de portée. Le désespoir s'ajouta à la folie du désir. Ça arrivait, il entrait en chaleur, et il ne pourrait rien faire. Et Jamie était là, au nom de Destin, il était là !

Allongé sur le sol gelé, il vit les petits pieds de son fils à quelques pas de lui.

— Non…

Son fils ne devait pas assister à ça.

— Va-t'en…

— Pa… sanglota Jamie.

— Va…

Cassidy cria, gémit, hurla.

Il voulait qu'on le baise, fort et violemment. Il voulait être rempli de la semence d'un alpha. Il voulait sentir le poids d'un corps contre le sien. Il voulait qu'on prenne possession de lui. Il voulait jouir et qu'on jouisse en lui. Il voulait être mordu et revendiqué. Il voulait un alpha. Il voulait Adam.

— Adam…
Il n'était plus lui.
Il n'était plus qu'instinct animal.

# CHAPITRE 05

*Et il le regretta*

# Adam

Pendant des heures, assis dans son fauteuil, il contempla la métropole qui s'étendait devant lui. Le soleil avait lentement décliné, se dissimulant derrière les immeubles et faisant rougeoyer leurs façades vitrées. Adam aimait cet instant où la ville capturait les derniers rayons du jour, donnant l'illusion d'être en feu. Peu à peu, les teintes cramoisies nappées d'or s'estompèrent, chassées par la nuit. Les ombres s'étendirent, engloutissant les édifices un à un. À leur surface émergèrent des motifs abstraits créés par les fenêtres éclairées, tandis qu'en bas, dans les rues, les phares des voitures traçaient des guirlandes mouvantes.

Pour la centième fois de la journée, Adam se passa la main dans les cheveux. La colère avait mis du temps à se dissiper, une colère irrationnelle qu'il n'avait pu refouler. Il l'avait ressentie dans tout son corps, une pulsation névrosée qui l'avait poussé à dire des choses horribles.

Le mail de son frère n'avait rien arrangé. À la lecture de ces simples mots, « Tu as merdé », il avait failli briser son PC. Parce que, putain, oui, il avait merdé. Que Destin lui en soit témoin, il le savait ! La fureur de Cassidy et son regard blessé le hantaient.

Adam pouvait compter sur les doigts d'une main le nombre de personnes qu'il estimait. Il pouvait faire ce qu'il faisait, racheter des entreprises et les démanteler pour les reconstruire, parce qu'il avait toujours été imperméable aux critiques. Si elles ne venaient pas de ses proches, elles lui étaient parfaitement indifférentes. Pourquoi devrait-il prendre en considération les opinions de connaissances dont il n'avait pas sollicité les conseils et pour lesquelles il avait peu de respect ?

Adam ne se percevait pas comme cruel, mais plutôt comme pragmatique. Si les gens recherchaient de l'empathie, Troy était là. C'était lui qui avait hérité de la bienveillance et de l'indulgence de leur pa. Adam, quant à lui, était dépourvu de ces qualités, sa vision trop rationaliste et utilitariste l'empêchant de compatir avec les mille et un malheurs du monde. C'était également pour cette raison qu'il ressentait rarement de la honte, car il savait pourquoi il faisait ce qu'il faisait et comment il le faisait. Il ne découvrait pas a posteriori les conséquences de ses actions. Non, il agissait toujours en toute conscience, de manière froide et réfléchie. Ou, du moins, c'était vrai sauf avec Cassidy qui réveillait en lui un comportement imprévisible, Cassidy qu'il estimait – peut-être même plus que son frère – et qu'il avait blessé. Cette fois, de simples excuses ne suffiraient pas. Il avait dépassé les limites, il le savait. Il regrettait son emportement autant qu'il en ressentait de la honte ; une honte à laquelle il n'était pas habitué et qui l'embarrassait.

Chaque mot que Cassidy lui avait craché était vrai : il avait été un sale con, un salaud qui l'avait traité comme une propriété sur laquelle il avait tous les droits. Son comportement était tout bonnement odieux. En dehors de leur relation professionnelle, en tant qu'employé et patron, Cassidy ne lui devait absolument rien. Ses fréquentations ne le concernaient pas, même si la simple idée qu'un autre que lui le touche le rendait fou. Adam n'avait jamais ressenti cela, cet instinct possessif extrême, même lorsqu'il sortait avec Deacon, un oméga.

Il n'eut pas besoin de jeter un coup d'œil à sa montre pour savoir qu'il était tard. En plus de l'obscurité, le calme à l'étage indiquait qu'une bonne partie des employés avaient déjà terminé leur journée. Plus de discussions dans les couloirs, de bruit de machine à café ou d'imprimante. Cassidy aussi devait être parti depuis un moment, et à cette pensée, un profond soupir lui échappa. Là encore, il avait merdé. Il aurait dû le rattraper pour demander pardon, mais il ne l'avait pas fait. À la place, il s'était stupidement enfermé dans son bureau, ajoutant un regret supplémentaire à tous ceux accumulés dans la journée.

Se levant, il éteignit son ordinateur et récupéra son téléphone portable qu'il avait mis en silencieux. L'écran affichait plusieurs appels en absence, et lorsqu'il fit défiler les noms pour s'assurer qu'il n'y avait aucune urgence, son regard s'arrêta sur celui de Cassidy. Son cœur rata un battement. Il avait manqué son appel de seulement quelques minutes. Tout en rangeant ses affaires, le téléphone coincé entre son oreille et son épaule pour garder ses mains libres, il écouta ses messages jusqu'à celui qui l'intéressait.

— Liam… Pardon. Pardon. Tu avais raison. Je t'en supplie… ça arrive.

Son sang se glaça.

Cassidy respirait avec difficulté.

– *Il faut que tu viennes chercher Jamie. Ne le laisse pas voir ça. Ne le laisse pas me voir comme ça…*

Cassidy pleurait.

– *Je t'en supplie… Jamie ne doit pas voir ça. Il ne doit…*

Un bruit sourd retentit, suivi d'une voix faible. Cassidy articula quelques mots indistincts, puis son prénom.

– *Adam…*

Cassidy l'appelait.

Une fois, puis deux, puis trois, et le message coupa.

Les pleurs de Cassidy, même s'il ne les entendait plus, résonnaient à ses oreilles et le rendaient fou. Cassidy souffrait, et il n'était pas là pour le protéger. Un grognement furieux remonta de sa poitrine et ses lèvres s'ourlèrent sur ses dents.

Il appuya brusquement sur le contact de son assistant, et l'écran se fissura.

— Cassidy ! aboya-t-il lorsqu'il décrocha après trois sonneries.

Mais ce ne fut pas Cassidy qui répondit.

Une voix d'enfant, secouée de sanglots, résonna à travers le téléphone.

— Aidez mon pa.

— Qui es-tu ? grogna-t-il.

— Jamie.

Juste Jamie. L'enfant n'ajouta rien comme si ça suffisait à répondre aux mille questions qui se bousculaient dans sa tête.

En arrière-plan, Adam percevait un souffle rauque et des gémissements douloureux qu'il identifia immédiatement comme ceux de Cassidy. Il prit une profonde inspiration, s'efforçant de se calmer pour ne pas perdre le contrôle.

— Jamie, donne ce téléphone à Cassidy.

Les sanglots de l'enfant s'amplifièrent.

— Je peux pas. Pa ne me répond pas. Il pleure. Il a mal. Très mal. Et il tremble.

*Pa…* Il avait appelé Cassidy *pa*. Mais Adam n'eut pas le temps de s'arrêter sur cette ineptie, Jamie continuant à parler à toute vitesse.

— Je ne sais pas quoi faire. J'ai essayé d'ouvrir la porte pour aller chercher monsieur Harper, mais je ne trouve pas la clef. J'ai voulu appeler les urgences, mais pa a dit non. Oncle Liam ne répond pas. Et y a du sang, et pa a mal ! Dès que je le touche, il crie, et il pleure, et je ne sais pas quoi faire.

Du sang… Adam ne devait pas penser à Cassidy blessé ni à ses gémissements. Il devait garder la tête froide.

— Jamie, où sont tes parents ? Est-ce qu'ils sont avec toi ?

— Il n'y a que pa.

*Pa…* Encore ce mot pour désigner Cassidy.

— Et ton papa est encore au travail ?

— Papa est au ciel.

— Au ciel… répéta Adam en réfléchissant à toute vitesse.

Tout ça n'avait aucun sens ! Au nom de la destinée, à qui était cet enfant ?

Un nouveau cri de douleur retentit, et une rage mêlée d'impuissance et d'effroi lui broya la poitrine. Cassidy souffrait, et il n'était pas là, à ses côtés, là où il aurait dû être !

— Où es-tu, Jamie ?

— Dans la cuisine.

— Chez vous ?

— Oui.

— Quelle adresse ?

— Je ne sais pas.

Adam se pinça l'arête du nez pour ne pas hurler sa frustration, et éviter de terroriser l'enfant déjà paniqué.

— OK, Jamie. Il y a une fenêtre près de toi ?

— Oui.

— Parfait. Qu'est-ce que tu vois à travers cette fenêtre ?

— Des immeubles rouges.

— Rouges ?

— Oui, rouges.

Réfléchissant à toute vitesse, Adam chercha un indice plus parlant.

— Tu connais le nom de ta rue ?

— Non.

— Tu habites près de ton école ?

— Non, on prend le métro pour y aller.

— Et connais-tu le nom de la station de métro près de là où vous vivez ?

— Pa dit toujours : « Ange à la plage ».

— Quoi ?

Son *quoi*, sans doute un peu trop sec, eut pour seul effet de faire fondre Jamie en larmes.

Rallumant son ordinateur, Adam consulta la carte du métro. Des bâtiments rouges, et « ange à la plage »…

— Angelic Bridge, c'est ça, Jamie ? le pressa Adam.

C'était un arrêt dans le West Connin, un quartier aujourd'hui résidentiel, mais autrefois ouvrier. Bâtie en urgence pour répondre à la demande de logements, l'architecture adoptait le style rustique de l'est, facile à construire et utilisant un matériau abordable : la brique.

— Jamie, est-ce que c'est ça ?

Seuls ses pleurs se firent entendre. Sans attendre de confirmation, Adam sortit précipitamment de son bureau et appuya frénétiquement sur le bouton d'appel de l'ascenseur, mais cela prenait trop de temps. Il abandonna pour descendre en courant les escaliers jusqu'au parking.

De l'autre côté du téléphone, les sanglots de Jamie se mêlaient à ceux de Cassidy, vrillant les nerfs d'Adam.

— Jamie. Jamie ! l'exhorta-t-il avec plus d'autorité pour attirer l'attention du petit garçon alors qu'il ouvrait sa voiture.

— O... Oui ?

— Je vais devoir raccrocher.

— Non ! Il faut que tu aides pa !

— Je vais venir, Jamie. Mais pour cela, il va falloir que je raccroche pour trouver votre adresse.

Le moteur de son coupé rugit, et dans un crissement de pneus, Adam enclencha la marche arrière.

— Mais tu vas venir aider pa ?

— Oui, mon grand. Je suis en route.

À cet instant, un nouveau cri de douleur s'éleva dans le combiné. Un cri qui se termina sur des pleurs déchirants.

— Pa ! Pa !

— Jamie, écoute-moi !

— Oui ? lui répondit la petite voix du garçon.

Adam s'engouffra dans la circulation dense, tout en tapotant sur son GPS pour y entrer « Angelic Bridge ».

— Bien, tu es courageux, Jamie. Une fois que j'aurai raccroché, tu resteras près de Cass... près de ton pa, s'obligea-t-il à préciser en grimaçant. Tu garderas le téléphone dans ta main et quand je rappellerai, tu décrocheras. Est-ce que tu m'as compris, mon grand ?

Un reniflement lui répondit.

— Jamie ? J'ai besoin que tu me confirmes que tu as bien compris.

— Oui... Oui, j'ai compris. Je reste près de pa avec le téléphone, et je décroche si ça sonne.

— C'est bien, mon grand. C'est très bien. J'arrive.

Adam n'avait jamais conduit aussi rapidement et imprudemment. Tout en dépassant une voiture beaucoup trop lente d'un coup de volant sec, il ordonna à son téléphone connecté au tableau de bord de composer un nouveau numéro. Chaque sonnerie était une sonnerie de trop, un temps pendant lequel Cassidy souffrait.

— Monsieur Anderson ? lui répondit enfin Javier, le directeur des ressources humaines. Que puis-je...

— Donnez-moi l'adresse de Cassidy !

Un silence.

Il n'avait pas le temps pour ce silence.

— Maintenant !

— Je… Il faut…

— Vous me fournissez cette information dans l'instant, sinon demain vous devrez trouver un nouvel emploi.

— Donnez-moi quelques minutes pour chercher dans les registres, monsieur Anderson.

— Vous en avez une ! Ensuite, appelez l'équipe de Walker et envoyez-les là-bas !

— Votre équipe de premiers secours ? lui demanda Javier d'un ton plus aigu.

— Obéissez !

Et Adam raccrocha.

Il changea de file pour slalomer entre les voitures qui se traînaient. Il était à mi-chemin, toujours trop loin. La sonnerie de son téléphone résonna dans l'habitacle, mais il ignora son frère pour rappeler Jamie qui décrocha tout de suite.

— Jamie ?

— Oui ?

Sa voix était tremblante.

— Comment va Cass… ton pa ?

— Il ne bouge plus.

Un froid glacial l'envahit.

Il passa sur la voie d'en face, presque déserte, afin de contourner la file de voitures attendant au feu rouge.

Ignorant le tumulte des klaxons et l'indignation des autres usagers face à sa conduite, il s'engagea dans une rue perpendiculaire. À cet instant précis, il se foutait des risques, seul le sort de Cassidy comptait. Cassidy qui ne bougeait plus.

— Est-ce qu'il respire ?

— Je crois, sa poitrine se soulève.

Son cœur se remit à battre.

Cassidy respirait. C'était tout ce qui importait.

— Jamie, essaye de lui parler.

De l'autre côté du téléphone, il entendit l'enfant se déplacer et sa petite voix devenir plus lointaine.

— Pa, pa ! Je suis désolé. Je retire ce que je t'ai dit. Je ne veux pas changer de pa.

Un gémissement s'éleva, et un soulagement sans nom se répandit dans sa poitrine.

— Tiens bon, Cassidy ! jura Adam entre ses dents.

Les pleurs de Jamie se rapprochèrent et sa petite voix lui dit :

— Il a mal.

— Je sais, mon grand. Je sais.

Il traversa un boulevard, et enfin, l'architecture des bâtiments changea, le béton laissant la place à la brique rouge. Les panneaux jaune et vert du métro étincelaient au loin, et bientôt, il put lire : « Angelic Bridge ».

— Je suis presque là !

Adam saisit son téléphone pour lire le message de Javier, qui se limitait à une simple adresse, et ignora un nouvel appel de Troy, le renvoyant directement vers son répondeur.

Il était tout près.

Sans prendre la peine de chercher une place, il arrêta sa voiture sur la voie et en descendit précipitamment pour se diriger vers l'immeuble qui lui faisait face. Dans le hall, il parcourut les boîtes aux lettres jusqu'à celle indiquant : « Famille Miller, quatrième étage ».

*Famille…* L'idée que Cassidy ait un enfant était démente. Ça ne pouvait pas être vrai, Cassidy était un bêta. Il ne pouvait avoir d'enfant, être pa lui était tout simplement impossible.

C'est en courant qu'Adam s'engagea dans l'escalier et gravit les marches, quatre à quatre. Avant même d'atteindre le dernier étage, il le sentit : un parfum qui réveilla tous ses instincts primaires, celui d'un oméga en chaleur. Un grognement animal remonta de sa poitrine. Il reconnaissait cette fragrance, l'ayant déjà flairée sur Cassidy. Elle lui avait fait perdre la tête une fois et menaçait à nouveau sa raison.

Ça sentait si bon, ça l'appelait.

Il voulait cet oméga. Non, c'était plus fort que ça : il lui appartenait.

*À lui.*

Il était « *à lui* ».

Une évidence.

Adam n'eut pas besoin de demander la porte à Jamie, il lui suffit de suivre l'odeur enivrante.

Celle de son oméga.

Son oméga qui était en chaleur.

Seuls les cris déchirants de l'enfant maintenaient les derniers fils de sa raison. Adam se tenait au bord du précipice de cette folie contre laquelle on mettait en garde les alphas et les omégas. Le lien vibrait, l'attirant irrésistiblement vers cette âme à laquelle il devait se lier.

— Jamie, peux-tu ouvrir ?

Sa voix était rauque, chaque mot articulé exigeant un effort considérable.

Tout ce qu'il désirait, c'était réclamer son compagnon.

— Je ne trouve pas les clefs !

— D'accord, Jamie, écarte-toi. Je vais entrer.

Parce qu'il rentrerait. Parce que de l'autre côté de cette porte se trouvait sa destinée : Cassidy, blessé et en chaleur. Cassidy qui lui avait menti. Cassidy qui était un oméga. Son oméga.

Il s'élança une première fois, son pied frappant la serrure dans un *BANG* retentissant. Il réitéra, frappant toujours plus fort. Sous ses coups répétés, le bois craquait, se fissurait. Il entendit la porte de l'appartement d'en face s'ouvrir, et grogna en direction du vieux bêta qui en sortit.

— Qu'est-ce que… commença ce dernier avant de porter son bras à son nez.

Au même moment, la serrure céda enfin, et le battant s'ouvrit dans un claquement bruyant. Là, dans l'entrée sombre, à peine éclairée par la lumière de la cuisine, se tenait une minuscule silhouette. Le cœur d'Adam s'arrêta sous la stupeur. Jamie était la copie conforme de Cassidy, même regard et même chevelure. Plus aucun doute ne subsistait : Jamie était bien le fils de Cassidy, de son oméga.

Ce furent les pieds nus, visibles dans l'encadrement de la porte de la cuisine, qui tirèrent Adam de son ahurissement.

— Cassidy !

Passant à côté de l'enfant en pleurs, il se précipita vers Cassidy allongé par terre, dont le corps était secoué de spasmes. Du sang maculait le carrelage près de sa tête, et sa chemise était déchirée. Sur son torse, des griffures fraîches se dessinaient, et Adam comprit qu'il se les était auto-infligées en le voyant rouler sur le côté et se gratter frénétiquement la gorge tel un forcené. Précipitamment, il s'agenouilla et, d'une main ferme, attrapa les poignets de Cassidy pour les éloigner de son visage.

— Doucement, lui ordonna-t-il alors que Cassidy criait et se débattait.

Un gémissement lui répondit et, bien que Cassidy ouvre enfin les yeux, à son regard vitreux, Adam sut qu'il n'était pas pour autant avec lui.

— Je suis là, ça va aller.

D'une main moite de sueur, Cassidy agrippa soudainement la nuque d'Adam, le forçant à se pencher pour murmurer à son oreille d'une voix rauque :

— Prends-moi, alpha. Baise-moi.

Pendant une seconde, une simple seconde, Adam faillit céder. Se mordant la lèvre, il lutta contre son instinct qui lui dictait de le prendre là et maintenant, se foutant de la détresse de Cassidy.

— Fait chier, putain ! Fait chier !

Avec toute la douceur dont il était capable, il passa ses bras dans son dos pour le ramener contre son torse. À peine l'eut-il contre lui que la langue de Cassidy traça un chemin de son épaule à son menton. Dans une réaction instinctive, les doigts d'Adam s'enfoncèrent dans le corps chaud de son compagnon, et seul le cri douloureux de ce dernier retint sa folie : il devait le protéger, le sortir de là.

— Je te jure, Cassidy, qu'une fois que tu auras recouvré tes esprits, nous aurons une sérieuse conversation sur le mensonge et la vérité.

Du coin de l'œil, il aperçut Jamie s'approcher, mais le vieux bêta le retint avec prudence.

— Reste derrière moi, garçon, ordonna le voisin.

Adam grogna en leur direction.

— Je ne suis pas une menace. Je suis un bêta, et qui plus est, un vieil homme.

Il resserra son étreinte autour de Cassidy. Jamais il ne le partagerait.

— Garde ta lucidité, alpha. Tu en auras besoin pour le sortir de là. Nous sommes à deux nuits de la pleine lune. Quelque chose ne va pas, ses chaleurs ne sont pas normales.

Le bêta plissa le nez.

— Même moi, simple bêta, je le sens. Tu sais ce que ça veut dire.

Nom d'un destin, Adam le savait.

— Ils vont finir par le sentir.

Les autres.

Les alphas.

Tous ceux des environs.

— Ils vont venir.

Et ils tenteraient de le lui arracher.

Et il les tuerait.

Parce que Cassidy lui appartenait.

Son regard se posa sur l'enfant, agrippé au pantalon en velours côtelé du vieil homme. Ses grands yeux le fixaient, terrifiés. Adam ne pouvait pas l'abandonner ; Jamie était une partie de Cassidy, et par conséquent, il lui appartenait également.

— Pars, alpha. Emmène ton compagnon loin d'ici, je veillerai sur l'enfant. Je te promets que rien ne lui arrivera.

— Il m'appartient aussi.

— Je le sais, mais pour l'instant, tu dois t'occuper de Cassidy. Tu dois le conduire quelque part où il n'attirera pas tous les alphas. Un endroit où tu pourras prendre soin de lui en toute sécurité.

Il grogna. Il ne put s'en empêcher.

Jamie sursauta.

— J'enverrai quelqu'un chercher l'enfant.

Le bêta hocha la tête.

— Il sera chez moi, en sécurité, je te le promets.

La main de Cassidy se posant sur sa braguette le décida.

Adam était sur le point de succomber, dangereusement près de se laisser emporter par ses instincts, de le revendiquer, de le marquer. Mais ça ne devait pas se produire ici, sur le sol ensanglanté de cette cuisine, en présence du gamin. Il devait protéger Cassidy, le sortir de cet immeuble, l'éloigner des autres, et aussi de lui-même.

Tous les alphas étaient une menace. Ils voudraient le baiser, l'odeur insupportable des chaleurs de Cassidy les rendant maniaques. D'un geste vif, Adam se redressa, son oméga toujours dans ses bras, et le bêta écarta Jamie pour le maintenir hors de son chemin. Passant rapidement devant eux, il entendit l'enfant appeler son pa, tandis que le vieil homme tentait de le rassurer.

Alors qu'il descendait l'escalier, quelques voisins sortirent attirés par leurs cris. Les yeux de plusieurs alphas s'illuminèrent, l'odeur des phéromones de Cassidy réveillant brutalement leur instinct reproducteur. S'il n'avait pas tenu fermement Cassidy, Adam leur aurait sauté à la gorge pour avoir osé le regarder.

D'un coup d'épaule, il ouvrit la porte d'entrée et, déboulant dans la rue, fonça vers sa voiture.

Tous les passants s'arrêtèrent et se tournèrent vers eux. Des alphas grognèrent et des bêtas, conscients de ce qui se jouait, tentèrent de s'interposer, lui donnant assez de temps pour ouvrir la portière et allonger sur la banquette arrière son compagnon.

— Oui, oui, oui, soupira Cassidy lorsque Adam le recouvrit de son corps pour attraper la ceinture de sécurité.

Les doigts de son compagnon glissèrent cruellement sur lui, des caresses auxquelles Adam ne pouvait pas céder. La mâchoire serrée, la respiration bloquée pour ne pas laisser son odeur le distraire de son objectif, il clipsa sa ceinture et s'éloigna d'un bond, provoquant les cris de Cassidy.

— Non. Non. Non ! Reviens ! Je te veux ! Tu dois me baiser !

Adam claqua la portière et s'installa derrière le volant. Il démarra dans un crissement de pneus, et au moment où il déboîtait sur la chaussée, il entendit des coups frapper sa voiture. Dans le rétroviseur, il vit un alpha tomber tandis qu'un autre les poursuivait, l'expression démente.

Il accéléra, se forçant à ignorer les supplications de Cassidy et à ne surtout pas le regarder. S'il le faisait, il céderait : il se garerait sur le côté et le baiserait.

Cette fois-ci, lorsque son frère appela, il répondit.

— Où es-tu ? demanda Troy sans préambule.

— Dans ma voiture.

— Qu'est-ce qui se passe ? Javier m'a appelé paniqué. Pourquoi as-tu besoin de l'adresse de Cassidy ?

Adam serrait les dents si fort qu'il lui était impossible de répondre.

— Adam, où est Cassidy ?

— Avec moi, parvint-il à articuler. Dans la voiture.

— Est-ce qu'il va bien ?

— Non.

Un mot qu'il expira difficilement.

— Non, il ne va pas bien.

Comme pour souligner sa réponse, Cassidy gémit. Un long gémissement empreint de douleur, mais aussi d'érotisme, qui lui vrilla les nerfs.

Le volant craqua sous ses mains, et avant qu'il ne puisse plus conduire, il déversa sa rage en un coup de coude sur la vitre. Le verre se fissura en mille éclats sans toutefois se briser.

— Qu'est-ce qui se passe ?

— C'est un oméga.

Un silence s'installa.

— Troy, parle-moi, s'il te plaît. Je dois l'emmener en sécurité, mais là, la seule chose à laquelle je pense, c'est de m'enfoncer en lui.

De le mordre, le marquer, le faire sien.

— Où l'emmènes-tu ?

— Loin. Le plus loin possible de la ville.

— Pourquoi ?

— Il est en chaleur.

— Ce n'est pas la pleine lune…

— IL EST EN CHALEUR ! hurla-t-il en perdant son calme.

— Respire, calme-toi.

— Je ne peux pas. Chaque inspiration est une torture, son odeur me brûle.

Elle lui griffait la gorge, le nez.

Il se tapa l'arrière du crâne contre l'appui-tête.

— Ça me rend dingue. Il ne va pas bien, et la seule chose à laquelle je pense, c'est de le sauter. Qu'est-ce que ça fait de moi, Troy ?

— Un alpha.

— Ouais, un foutu salopard d'alpha. Son alpha !

— Cassidy est ton compagnon ?

— Oui !

— C'est pour ça qu'il est entré en chaleur ? Des chaleurs de contacts ?

— Non ! Il l'était déjà quand je suis arrivé. Elles ne sont pas normales. Il n'est plus là. Vraiment plus là. Je n'ai jamais vu, vécu, ou entendu parler de ça ! Il m'aurait laissé le baiser devant son fils ! Et au nom de Destin, j'ai failli le faire !

— Son fils ?

— Oui, son fils ! aboya-t-il.

Son fils qu'il avait oublié.

— Tu dois aller le chercher ! Il est chez le voisin de Cassidy. Un bêta.

— Qu'est-ce que…

— Arrête ! Ne me demande pas d'explications, je n'arrive plus à réfléchir. C'est tellement difficile. C'est… si fort. Si puissant.

Ça dépasse tout.

— Le cottage.

— Quoi ?

— Va au cottage. Il est isolé au milieu de la campagne et entouré d'une grille. Je vais envoyer notre équipe de sécurité...

— Des bêtas ! le coupa-t-il.

— Oui, Adam, je ne suis pas assez bête pour envoyer des alphas.

Il prit la sortie qui se présentait sur le périphérique, direction les Landes Perdues.

— Demande à Walker de venir aussi. Je ne sais pas si Cassidy a besoin de soins, mais ses chaleurs ne sont pas normales. Il souffre, et ça aussi, ça me rend fou.

— Adam... l'appela alors une voix implorante à l'arrière.

Il cessa de respirer et s'obligea à fixer la route. Les lumières des phares lui brûlaient les yeux.

— Adam, je t'en supplie...

Il ne devait pas écouter.

— Adam... Adam... Adam !

Il accéléra, dépassant la vitesse autorisée de plus de cent kilomètres par heure.

— Tu en es capable, petit frère. Jusqu'ici, tu as su te maîtriser. Ne craque pas maintenant, le soutint Troy.

Adam grogna, ouvrant grand les fenêtres pour aérer l'habitacle empreint de l'odeur enivrante de Cassidy.

— Troy...

— Oui ?

— Merci.

— Je ne raccroche pas avant que tu n'arrives au cottage.

Trente minutes... Il y serait dans trente minutes.

Il pouvait le faire.

Il pouvait y arriver.

# CHAPITRE 06

## Corps éprouvés et âmes esseulées

Il était un brasier.

Il brûlait.

Son sang était acide.

Son corps, écartelé.

L'enfer devait ressembler à ça.

Le tissu contre sa peau était fait d'échardes.

L'air glacé giflait son visage.

Sa langue était lourde et gonflée.

Les tressautements de la voiture lui donnaient envie de hurler.

Et l'envie. Le besoin. Cette soif qui lui arquait le dos. Qui le faisait supplier.

Un alpha était là.

Tout près.

Mais il ne le prenait pas, et son refus était une souffrance indicible.

Car lui le voulait tellement.

Si fort. Fort. FORT.

Il voyait son ombre, sa main effleurant le pommeau de vitesse.

Cette main qu'il réclamait contre sa peau, son sexe.

Il entendait son souffle rauque et lourd.

Une odeur musquée et enivrante. L'odeur du désir.

Rien n'avait jamais senti aussi bon.

Mais l'alpha l'ignorait.

Il ne le touchait pas. Ne le prenait pas. Et ça faisait mal.

Mal. Mal. MAL.

— S'il te plaît… croassa-t-il.

Il était prêt à toutes les supplications pour le faire céder.

L'alpha devait céder.

Il devait le toucher, le prendre, le remplir.

Faire cesser la souffrance.

— Ça va aller, souffla l'alpha.

Non ! Ça n'allait pas !

Ça n'irait pas tant qu'il ne sentirait pas son sexe le pénétrer profondément, le nouer.

— Besoin…

Parler était difficile.

— Toi…

Chaque mot était une lame dans sa gorge à vif.

— Adam…

Ce prénom résonnait en un écho incessant dans sa tête.

— Adam…

Adam était quelque chose, quelqu'un d'essentiel. Mais il ne parvenait pas à se rappeler quoi, qui. Tout était si confus, englouti dans l'obscurité visqueuse du désir frénétique.

— Adam…

Il essaya de tendre le bras, mais sa main était lourde, et le bout de ses doigts n'atteignait pas l'alpha. Il retenta, encore et encore, la ceinture enroulée autour de sa taille lui rentrant douloureusement dans le ventre. Il allait abandonner, épuisé, lorsque des doigts vinrent à la rencontre des siens. Il s'y accrocha de toutes ses forces. La peau de l'alpha était chaude contre la sienne gelée, et même si ce n'était rien qu'un infime contact, c'était agréable. Puis, l'agréable se dissolut, dévoré par l'intolérable. Des lames le transperçaient. Des pieux lui traversaient le torse. Des aiguilles s'enfonçaient sous ses ongles. On lui arrachait les cheveux, chaque poil de son corps. Des larmes de lave creusèrent ses joues, corrodant sa peau avant de ronger l'intérieur de sa tête.

Il hurla. S'arqua. Se débattit contre la ceinture qui le comprimait, le retenant prisonnier et lui entaillant le ventre à coups de serpe affûtée.

Une portière claqua, le bruit perça ses tympans, brouillant les sons ambiants qui se muèrent en une plainte stridente.

Des mains fortes, viriles et protectrices l'attrapèrent.

Au-dessus de lui : l'alpha.

— Pitié… Pitié… Pitié…

— Chut…

— S'il te plaît…

Avec ses mains, douloureuses au point de lui donner la sensation d'être recouvertes de plaies, il agrippa la chemise de l'alpha pour la lui arracher. Le tissu craqua, et ses doigts glissèrent le long d'un torse musclé. Il tenta de descendre plus bas, cherchant à atteindre son sexe, mais une poigne ferme le retint.

— Non, je ne peux pas, Cassidy.

Il cria, se débattit, mais l'alpha ne céda pas.

Pourquoi ?!

Alors qu'il pouvait mettre fin à la douleur !

— Tu n'es pas toi.

Il s'en foutait, de qui il était.

Tout ce qui importait était ce qu'il voulait.

Être rempli.

Possédé.

Marqué.

Qu'il se répande en lui ! Sa semence chaude dans ses entrailles !

Il vit ses yeux brillants, puis ceux-ci furent remplacés par les étoiles au-dessus de leur tête, lesquelles disparurent ensuite pour faire place à un plafond de bois.

On le posa sur un lit.

L'alpha s'éloigna, et Cassidy chercha à le rattraper. Son corps engourdi chuta sur un plancher rugueux. Il rampa alors pour le rejoindre, le bois égratignant ses paumes et son menton. Il ne put aller bien loin. La douleur le faisait se tordre dans tous les sens, l'empêchant non seulement de se relever, mais aussi de crier.

Lorsque des bras passèrent sous les siens et le redressèrent, il pleura de soulagement. L'alpha qui était revenu le rallongea sur le lit. Un front se posa contre le sien, tandis que des mains maintenaient ses poignets plaqués contre le matelas pour l'empêcher de saisir l'objet de ses désirs.

— Cassidy, je t'en supplie, je ne vais pas tenir.

Il ne voulait pas qu'il tienne. Il voulait qu'il cède.

En bas, une porte claqua, et des voix se firent entendre.

— Walker ! Par ici.

L'alpha appelait un autre homme, un bêta, à en juger par son odeur nauséabonde qui, bien que lointaine, le révulsait. L'alpha le repoussait au profit d'un autre qui ne pourrait pas lui offrir ce qu'ils désiraient tous les deux : un accouplement et des enfants.

Lui pouvait tout cela !

Pas le bêta !

Alors pourquoi ?

À la tourmente s'ajouta une rage telle qu'il n'en avait jamais connu. Il voulait arracher les yeux de cet autre qui tentait de lui prendre ce qui lui appartenait. Il éprouva le désir impérieux de planter ses crocs et ses griffes dans son ventre, de l'écorcher comme on le ferait avec un lapin.

La porte de la chambre grinça, et un homme à la barbe poivre et sel entra.

Cassidy le haït instantanément. Il le maudit, l'injuria, cracha.

— Puis-je m'approcher ? demanda le bêta.

— Je le retiens.

— Ce n'est pas de lui que je me méfie, Adam.

Adam…

Le nom résonna en lui.

Quelque chose qu'il désirait ardemment, depuis si longtemps.

— Je me contrôle, grogna l'alpha.

— Bien.

La prise qui maintenait Cassidy captif se fit plus ferme lorsqu'il chercha à se dégager pour attaquer le bêta qui s'approchait.

Des mains froides se posèrent sur son front, tirèrent sur ses paupières, et une lumière vive l'éblouit.

— Qu'est-ce qui lui arrive ?

— Des chaleurs singulières. Je pense qu'il a pris trop d'endocrisine pendant trop longtemps.

Des doigts touchèrent sa gorge, et Cassidy tenta de les mordre.

— Depuis quand prend-il des inhibiteurs ?

— Je ne sais pas ! Je ne savais même pas qu'il était un oméga !

Se tortillant, il parvint à asséner un coup de pied au bêta. Les deux hommes jurèrent simultanément, et l'alpha s'assit sur son bassin pour l'empêcher de recommencer. La bosse proéminente de son sexe appuya contre le sien, et cette simple friction aurait été merveilleuse s'il n'y avait pas eu de tissu entre eux. Cassidy détestait leurs vêtements presque autant que le bêta.

— Adam, garde le contrôle! aboya le bêta.

— J'essaie!

— J'ai besoin d'une réponse concernant sa prise d'inhibiteurs. Si cela fait moins d'un an sans interruption, je pourrai lui administrer un calmant pour l'aider à traverser les prochains jours. Cela atténuera les douleurs.

— Et si ça fait plus?

— Alors, l'ajout de tout nouveau médicament à son organisme pourrait le conduire à une overdose, et je ne prendrai pas ce risque.

Un grognement fit vibrer le corps de l'alpha et remonta jusqu'au sexe de Cassidy.

Son anus s'humidifia, prêt à l'accueillir.

— Cassidy, depuis combien de mois prends-tu de l'endocrisine?

Il gémit, frotta son érection contre celle imposante de l'alpha.

— Au nom de Destin!

Ses poignets furent relevés au-dessus de sa tête, maintenus par une main puissante, pendant qu'une autre s'emparait de son menton pour immobiliser sa tête.

— Cassidy, depuis quand n'as-tu pas arrêté l'endocrisine?

Les doigts serrèrent sa mâchoire et lui firent mal.

— Cassidy! Réponds-moi!

La voix autoritaire était empreinte d'érotisme.

— Pitié… Prends-moi!

— Réponds, et j'y réfléchirai.

— S'il te plaît… ça fait si mal.

— Quand as-tu arrêté l'endocrisine pour la dernière fois?

— Six… articula-t-il, incapable de résister à l'injonction.

— Mois? insista l'alpha.

— Ans.

— Six ans… répéta le bêta d'un ton effaré.

— Putain, Cassidy, espèce d'abruti!

— À quelle dose prend-il l'inhibiteur ? Il a forcément dû augmenter le dosage pour ne pas perdre l'efficacité du médicament.

— Cassidy, quel dosage ?

— Tu... Tu avais dit que... si je répondais...

— QUEL DOSAGE ?

— Trois, gémit-il. Trois. Trois. Trois.

Il sanglotait à présent. À travers ses larmes, il vit les deux hommes échanger un regard. Le bêta secoua la tête, la mine sombre.

— Walker...

— Six ans, Adam, et un dosage multiplié par trois. Qu'il soit encore en vie relève du miracle.

— Que pouvons-nous faire ?

— Moi, rien.

— Non, tu dois...

— Si je lui administre quoi que ce soit, il mourra. Ce n'est pas une supposition, mais une certitude.

Un silence pesant s'installa, rompu uniquement par ses pleurs et ses gémissements.

— Adam, là, ce n'est que le début, reprit le bêta d'une voix douce. Il souffre, mais cela ne fera qu'empirer. Dans deux jours, la douleur sera si intense qu'elle pourrait le tuer. Les chaleurs singulières sont... pires, bien, bien pires que les chaleurs virginales. Ceux qui s'en sont sortis ont décrit cela comme... être plongé dans un bain d'acide.

— Comment ils s'en sont sortis ?

— Ils ont eu ce dont ils avaient besoin.

— Et qui est ?

— Adam, regarde-le. Tu sais ce qu'il demande. Tu sais ce qui pourrait le soulager.

— Donc, ce que tu me dis, c'est qu'il n'a que deux choix : se faire baiser ou crever ?

— Oui. Je suis désolé.

— Combien de temps ?

— Quoi ?

— Combien de temps vont-elles durer, ces saloperies de chaleurs singulières ?

— C'est variable. Cinq jours, une semaine, voire plus…

— Est-ce qu'il a conscience de ce qui se passe ?

— À ce stade ? Non. Il n'y a que ses instincts.

— Donc si…

L'alpha bougea, son bassin se pressant contre son sexe endolori, et Cassidy gémit d'anticipation.

— C'est mal…

— Je connais des alphas qui…

— NON !

— C'était une simple suggestion.

— Il est à moi ! À MOI !

— Et je pense que c'est justement parce qu'il est à toi que tu te contrôles encore.

— Plus pour longtemps.

— Tu vas devoir prendre une décision.

— Il n'y a pas de bon choix.

— Non, mais il y en a un qui lui offrirait une chance de vivre.

— Putain de merde !

— Je ne crois pas que Cassidy choisirait la mort.

Une nouvelle vague de chaleur le traversa, le faisant hurler. Il se débattit et réussit à libérer l'un de ses poignets. Avec maladresse, il tenta de glisser ses doigts sous la ceinture du pantalon de l'alpha.

— D'accord, Cassidy. On va le faire ensemble.

Des lèvres se posèrent sur son front brûlant.

— Je vais avoir besoin d'eau et de barres protéinées.

— Je demanderai à ce que ce soit laissé devant la porte.

— Et de préservatifs.

— Adam… ça ne fonctionnera pas. Une fois que tu t'abandonneras à tes instincts, tu ne seras pas plus présent que lui.

— Je dois essayer. Bordel, je dois essayer !

— Comme tu veux.

Le bêta s'éloigna, et l'alpha se pencha pour inspirer longuement son cou.

— Je vais te lâcher, Cassidy, mais tu ne vas pas bouger.

— Pourquoi ?

— Parce que je le veux, c'est tout.

— Prends-moi.

— Je vais le faire. Je te le promets. Si tu ne bouges pas.

— En moi.

— Oui, en toi. Vas-tu bouger ?

Il secoua la tête et des lèvres parcoururent sa mâchoire. Une langue descendit le long de son cou. Des doigts défirent les derniers boutons de sa chemise avant de s'attaquer à son pantalon, qui disparut en même temps que son boxer.

Nu. Il était nu.

Des ongles éraflant ses tétons, ses côtes. Une bouche étouffant son cri.

L'alpha s'éloigna, une porte s'ouvrit puis se ferma, mais il eut à peine le temps de s'indigner qu'il se retrouva brusquement sur le ventre, tandis que des mains s'enfonçaient dans ses hanches. Le son d'une fermeture Éclair se fit entendre, suivi du glissement d'un sexe large et épais entre ses fesses.

Cassidy était humide, ses fluides s'écoulant le long de ses cuisses. Ses jambes pliées contre son ventre facilitaient l'accès à son intimité, agitée de spasmes d'anticipation. Il était prêt. Enfin, il allait obtenir ce qu'il désirait, ce qui le tourmentait.

— Je suis désolé, Cassidy. Je n'arrive plus à me retenir.

Et au moment où les mots furent murmurés à son oreille, l'imposant sexe le pénétra d'une seule poussée, tandis que des dents s'enfonçaient dans sa nuque. Il hurla, la douleur et le plaisir se mêlant si intimement qu'ils étaient impossibles à distinguer.

Il n'y eut pas de douceur. Il n'en demandait pas.

Il avait ce qu'il voulait, un sexe d'alpha qui le martelait. Le déchirait. Le remplissait.

Il était là, pleinement conscient de son corps. Il ressentait tout, pour, l'instant d'après, ne plus rien percevoir. Plus d'odeur. Plus de toucher. Plus de saveur. Puis tout revenait en une explosion de sens.

Un poids l'écrasant. Des dents écorchant sa peau. Le goût du sang dans sa bouche. Leurs odeurs délicieusement mêlées. Ses chairs écartées. Le sexe d'un alpha allant et venant au plus profond de lui. La sensation jouissive d'être comblé, plein, à sa place. Puis, le vide. L'absence totale, même de lui-même. Et, de nouveau, l'explosion d'odeurs et de couleurs.

Et ainsi de suite. Et encore et encore.

Un besoin inassouvi.

Une faim sans fin.

Des orgasmes se succédant.

Toujours plus.

Jamais assez.

Enivrant, mais insuffisant.

Un désir insatiable. Une frustration constante.

Le soulagement à portée de main, mais impossible à atteindre.

Jamais.

Et ça faisait mal.

Mais aussi du bien.

Les deux à la fois.

Il disait : *encore.*

Et l'alpha jouissait. Le nouait. Le remplissait.

Leurs fluides marquant son corps.

Il s'arquait. Quémandait. Suppliait. S'enfonçait. Prenait. Recevait.

Des lèvres effleuraient sa peau.

Un pouce caressait sa bouche, s'y introduisit.

Des doigts qu'il suçait et mordillait.

— Cassidy…

Une voix rauque.

Un grognement ravivant son érection éteinte.

— Bois.

Une bouteille pressée contre sa bouche.

De l'eau coulant sur sa peau brûlante et dans sa gorge sèche.

Il tenta de s'éloigner, mais on l'en empêcha.

— Tu bois.

Un ordre qui le fit gémir, se tortiller.

— Encore.

L'eau glacée glissa jusqu'à son ventre, mais elle n'était pas assez froide pour éteindre l'incendie qui le dévorait.

Les draps collaient à sa peau trempée de sueur et poisseuse de sperme.

Sur le dos, il écarta les cuisses, s'offrit.

— Oui…

On plia ses jambes, on s'appuya dessus, on pénétra en lui.

— Oui.

De grands coups.

Des coups lents.

De profonds coups.

— Oui !

Une langue lécha une à une les blessures qui parsemaient son cou et son torse. Et même s'il ne pouvait plus jouir, il jouit quand même.

Le vide. Le plein.

Le poids de l'alpha le clouant au lit.

Des mains tenant les siennes. Des doigts serrant son cou.

Il tenta de saisir le sexe de l'alpha pour l'enfoncer en lui, pour apaiser la souffrance moins intense, mais toujours présente. Il n'arriva pas à bouger, il était trop épuisé pour cela. Ses membres étaient si lourds, impossibles à soulever. Il désirait dormir, juste une minute, une seconde, mais il en était incapable. La souffrance l'en empêchait, s'assurant de le maintenir éveillé, de le torturer un peu plus.

Des doigts cruels serrèrent sa mâchoire, la forcèrent à s'ouvrir.

— Mange.

Il mangea.

— Bois.

Il but.

— Tu es à moi.

Oui. C'était tout ce qu'il voulait : être à lui.

Jouir et faire jouir.

Des lèvres effleurèrent ses paupières closes.

— Encore ?

Oui, encore.

— Plus ?

Oui, toujours plus.

Il avait mal. Mais moins.

— Je te noue.

Oui. Et c'était bon. Délicieux.

— Nous sommes liés.

La manière dont l'alpha prononça le mot « liés » le fit gémir.

Il aurait aimé bouger, mais ses muscles étaient engourdis, ses mains parcourues de fourmis, et ses paupières impossibles à soulever. Il n'avait plus de force, et la faim ainsi que la soif le tourmentaient. Cependant, quand l'alpha le pénétra à nouveau, il oublia qu'il avait faim et soif. Il oublia qu'il était épuisé. Il oublia tout, car à cet instant, l'alpha était son « tout ».

— Plus fort.

Le plaisir et la souffrance se confondirent, puis se dissocièrent.

À peine son nœud dégonflé que déjà, l'alpha le pénétrait à nouveau.

C'était réconfortant, apaisant.

— Cassidy.

Cassidy… c'était lui, mais à cet instant, il se sentait tout sauf lui-même.

Les sensations étaient trop enivrantes, trop agréables après la douleur.

Il dérivait.

Loin. Ici et ailleurs.

— Reste… chuchota-t-il d'une voix éraillée quand l'alpha commença à se retirer.

Et l'alpha resta.

Et c'était si bien. Si vrai.

Un linge sur son torse. Une bouche frôlant délicatement ses doigts. Des caresses sur son visage.

On le manipula, on le tourna. On embrassa son bras, son cou, chacune des morsures qui ornaient sa peau ; nombreuses et exquises.

— Tiens bon, Cass.

Il gémit.

Grogna.

Effleura la verge qui s'offrait à lui puis la guida de nouveau en son sein.

Cette fois, l'union fut douce. Loin de la frénésie qui l'avait happé plus tôt.

— C'est bientôt fini.

Il ne voulait pas que ça se finisse.

Pourtant, il était exténué.

Il était allongé sur le côté. Des bras l'entouraient, le maintenant contre une poitrine musclée, tandis qu'on le prenait avec douceur. Au moment où l'alpha jouit au creux de son corps, une chaleur apaisante se répandit en lui. C'était agréable. Cela le calma suffisamment pour lui permettre de respirer sans douleur.

À présent, il avait froid. Des frissons parcouraient sa peau, et il tremblait. Une couverture fut délicatement tirée sur ses épaules, et il enfouit son visage contre le torse de l'alpha, cherchant refuge dans sa chaleur. Là, il se sentait en sécurité, protégé et aimé. Des sensations qu'il croyait perdues et auxquelles il avait renoncé.

— Dors, Cass.

— Encore…

— Non.

La voix était ferme, sans appel.

— S'il te…

Un doigt fit taire sa supplication.

— Dors. Tu es épuisé.

Effectivement, il l'était.

— Je veille. Repose-toi.

Il lutta une dernière fois contre le sommeil avant d'abandonner.

C'était trop dur de résister.

— C'est bien, chéri. Laisse-toi aller.

Un baiser sur son front.

Un nez chatouillant son cou.

— Je suis là. Je ne te laisse pas.

Des bras l'enserrant, le protégeant du monde.

On fredonna contre son oreille.

Il était en paix, plus rien ne le tiraillant.

— C'est bien, lâche prise, Cassidy.

Il obéit.

Il lâcha prise et se laissa emporter.

# CHAPITRE 07

## Quand le réveil sculpte le destin

# Adam

Il avait envie de grogner.

Ne pas le faire était difficile.

— Trente secondes, Adam, et je m'éloigne de ton compagnon, soupira Walker.

— Je n'ai rien dit.

— Tu n'as pas besoin de le dire. Tu te tiens si près de moi que je sens ton souffle sur ma nuque.

— Excuse-moi.

Les mâchoires serrées, Adam fit un pas en arrière, s'obligeant à s'éloigner de Walker qui lui lança un regard désabusé.

Dans la cinquantaine, le bêta était devenu le médecin attitré de sa famille après avoir été réformé de l'armée environ vingt ans auparavant, suite à une blessure à la jambe. Aujourd'hui encore, il en portait les séquelles : un boitement qui perdurerait tout au long de sa vie. Même si Adam avait une confiance totale en lui et que la partie raisonnable de son cerveau savait qu'il ne ferait jamais de mal à Cassidy, il ne pouvait s'empêcher d'être irrité de les voir si proches.

— C'est… difficile.

— Et cela le sera encore pendant quelques jours. Les premiers temps après la reconnaissance sont toujours délicats pour les deux âmes liées.

Walker lui sourit tristement.

— J'imagine que ça l'est d'autant plus dans ces circonstances.

— Te voir à côté de lui me dérange.

— Je sais. Je me dépêche.

Avec des gestes assurés, le médecin remplaça les poches de la perfusion qui avait servi à alimenter Cassidy en nutriments et en eau au cours des quarante-huit dernières heures. Car même si Adam avait réussi à le faire boire et manger durant ces chaleurs interminables, le dessin de ses côtes était plus prononcé et ses joues bien trop creuses. Et Seigneur Destin, il détestait le voir ainsi : affaibli et inconscient.

— Il ne s'est toujours pas réveillé, murmura-t-il.

— Après sept jours de chaleurs, il n'est pas surprenant qu'il dorme encore.

— Cela fait trois jours qu'elles sont terminées…

Walker s'éloigna, et aussitôt, Adam prit sa place, s'asseyant sur le bord du lit. De son pouce, il frotta doucement sa paume inerte.

— Allez, Cass…

Ses yeux glissèrent le long de son bras, et chaque bleu qui le marquait assombrit son humeur. Ces derniers étaient passés du rouge à un noir cerclé de jaune. Sur son biceps, on pouvait distinguer l'empreinte de sa main. Et si cela était déjà impressionnant, ce n'était rien comparé à l'état de ses épaules et de son cou. Sous les bandages soigneusement posés par Walker se dissimulaient treize morsures. Son ventre et ses cuisses s'en sortaient à peine mieux.

Adam avait toujours pensé que marquer son compagnon, laisser l'empreinte de ses dents sur la nuque de son âme sœur, devait être l'une des expériences les plus belles et intimes d'une vie. Il ne s'était jamais autant trompé. À présent, il était à deux doigts de vomir face à ce qu'il avait fait.

— Arrête de te blâmer, Adam. Vous vous en êtes bien sortis.

— On dirait qu'il a été écrasé par un bus.

— Tu n'avais aucun contrôle.

— J'aurais dû.

Il ne l'avait pas protégé. Ses souvenirs de ces sept jours étaient morcelés, brouillés par la frénésie. Il l'avait baisé un si grand nombre de fois qu'il lui aurait été impossible de tenir le compte. Sans les répits imposés par le nœud, il n'aurait même pas pensé à le faire boire.

— Il s'en est bien sorti, je te le promets. J'ai vu…

Mais Walker ne continua pas, se contentant de secouer la tête.

— Les chaleurs singulières rendent fous tant les omégas que les alphas, pouvant mener à des actes tragiques et irréversibles.

Adam ferma les yeux et inspira.

Il ne voulait pas penser à ce qui aurait pu se passer.

Il aurait pu le perdre.

— J'aurais dû le protéger.

— Tu l'as fait.

Son torse marbré de bleus disait tout autre chose. Ce n'était pas cela qu'il appelait protéger.

La main de Walker se posa sur son épaule, compatissante.

— Je vais y aller.

— Merci.

— Je repasse d'ici demain, si jamais il se réveille, appelle-moi. Il risque d'être désorienté.

— De quoi va-t-il se souvenir ?

— De tout ou de rien. C'est très variable.

— Il va me haïr.

Qu'il se rappelle ou pas, Cassidy le détesterait pour ce qu'il avait fait.

Lui se détestait.

— Vous allez vous en sortir. Tu pourrais être surpris.

Walker lui serra une dernière fois l'épaule avant de s'éclipser, les laissant à nouveau seuls, lui et Cassidy. Se penchant, Adam inspira son odeur.

— Réveille-toi. Allez…

Il n'avait jamais autant désiré quelque chose, mais si un soupir lui répondit, les yeux de Cassidy, eux, demeurèrent résolument clos.

— Comment on en est arrivés là ? murmura Adam pour lui-même.

Tout cela n'avait aucun sens. Non pas parce que Destin avait choisi Cassidy pour lui, mais parce que c'était lui, Adam. Il n'avait jamais cherché à établir ce lien, ni espéré ni prié pour que cela se produise, mais Destin ne l'avait pas oublié, lui offrant bien plus qu'il ne le méritait.

— Pourquoi tu n'as rien dit ?

Cinq ans qu'ils travaillaient ensemble, et Adam n'avait rien vu, rien ressenti jusqu'à ce qu'il soit presque trop tard. Si Cassidy ne l'avait pas appelé… Imaginer comment et où il aurait pu le retrouver lui donnait la nausée. Cassidy aurait pu devenir un putain de fait divers. La rage et l'angoisse comprimèrent soudainement sa poitrine, une résurgence des mêmes sentiments qu'il avait éprouvés lorsqu'il avait découvert Cassidy à peine conscient. Et à cet instant, il sut: si quelqu'un tentait de le lui enlever, de le blesser, de les séparer, il serait prêt à détruire le monde pour l'en empêcher. Adam s'efforça de respirer, luttant contre ses instincts protecteurs qui le submergeaient.

— Cassidy est en vie. En sécurité.

Il se le répéta, encore et encore, jusqu'à ce qu'il réussisse à relâcher ses poings, jusqu'à ne plus se sentir sur le point de perdre le contrôle.

Faisant attention à la perfusion, il s'allongea face à Cassidy et le contempla. À son visage endormi se superposèrent les souvenirs de ses lèvres entrouvertes, de ses joues rouges et de ses yeux embués de désir. Malgré le silence environnant, Adam pouvait encore entendre ses supplications et ses cris où douleur et plaisir se mêlaient.

Si Cassidy avait été absent du début à la fin, lui avait commencé à reprendre ses esprits vers le cinquième jour. Là, il avait pris conscience du corps meurtri de Cassidy et du mélange de sang et de sperme qui souillait les draps du lit. Malgré cela, il ne s'était pas arrêté. Il n'avait pas pu. Bien que la frénésie de l'accouplement se soit suffisamment estompée pour qu'il réussisse à adoucir ses pénétrations, il n'avait pas pour autant cessé de jouir en lui et sur lui. Comme une bête, il avait étalé sa semence sur sa peau, le marquant de son odeur.

Ce n'était qu'à la fin du sixième jour qu'il avait repris le contrôle. Tandis que Cassidy en demandait toujours plus, Adam, lui, avait réussi à maîtriser la fièvre du désir. Voir son compagnon à peine conscient, le corps marqué par la dureté de leurs ébats, avait freiné sa folie. Mais Cassidy avait continué à supplier, à gémir, le feu s'apaisant uniquement lorsque Adam le nouait. Alors il s'était forcé à faire ce qui devait être fait, priant Destin de mettre rapidement fin à la souffrance de son compagnon. Ce n'était qu'au bout du septième jour que, épuisé, Cassidy s'était enfin endormi dans ses bras. Il avait fallu plusieurs heures à Adam pour surmonter son instinct protecteur et appeler Walker. À défaut d'avoir le courage de changer les draps, il avait emmené Cassidy dans une chambre voisine pour échapper à l'odeur de son sang, qui ne l'aidait vraiment pas à rester maître de ses émotions.

À présent, ils en étaient au dixième jour sans la moindre évolution notable.

Du bout des doigts, Adam effleura l'épaule nue de Cassidy. Il ne pouvait s'empêcher de le toucher. Remontant les couvertures pour le couvrir au mieux, il entrelaça leurs doigts et ferma les yeux.

Du bas, les voix d'Abel et Léo, le couple de bêtas en charge de l'entretien du cottage, s'élevaient. Leurs chuchotements se mêlaient au chant aigu des oiseaux, accompagnant la lente et profonde respiration de son compagnon. Adam déplaça sa main sur son torse, et les mouvements de sa poitrine lui procurèrent une étrange satisfaction, le berçant doucement.

Ce fut la sonnerie stridente de son téléphone qui le sortit brusquement du sommeil. L'esprit encore embrumé, il tâtonna pour le récupérer sur l'une des tables de chevet et décrocha avec un grognement en guise de salutation.

— Tu dormais ? lui demanda Troy.

— Ouais…

— Désolé, je vais te laisser.

— Non, attends.

Adam bâilla et passa sa main sur ses yeux dans l'espoir de s'éclaircir l'esprit.

— Comment va-t-il ?

— C'est plutôt à moi de poser la question.

— Jamie, précisa-t-il.

À l'autre bout de la ligne, il entendit Troy se déplacer et une porte se fermer.

— Il va bien, mais il est inquiet. Il réclame son pa. Pour le moment, il est avec Jeremy.

— Qui ?

— Bon sang, Adam. L'assistant de ton assistant.

— Et il est en sécurité avec lui ?

— Oui, Adam. Jamie est en sécurité avec Jeremy.

Il grogna. Il ne put s'en empêcher.

Savoir le fils de Cassidy avec quelqu'un en qui il n'avait pas une confiance totale le dérangeait profondément.

— Écoute, le bureau n'est pas un lieu approprié pour un gosse. Impossible de le remettre à l'école vu que nous ne savons pas où il est inscrit, et personnellement, je préfère le savoir en sécurité avec Jeremy plutôt qu'avec un baby-sitter inconnu. Si tu as une autre proposition, n'hésite pas.

Adam n'en avait pas. Doucement, afin de ne pas déranger Cassidy, il s'assit sur le bord du lit. Les coudes appuyés sur ses genoux, il se frotta les yeux.

— Désolé, c'est…

— Plus fort que toi ?

— Oui, quelque chose comme ça.

Jamie était une part de Cassidy, et il éprouvait à cet égard un fort instinct protecteur.

Un rire discret résonna à son oreille.

— Quoi ? grogna-t-il.

— Cassidy… Destin n'aurait pas pu mieux choisir pour toi.

— Connard.

— Je ne sais pas lequel de vous deux je dois plaindre le plus.

— Lui, sans doute.

Adam reconnaissait que sa fortune, qui le plaçait parmi les partis les plus prisés du pays, constituait sa seule qualité notable, son charme ne résidant certainement pas dans son caractère. Il n'avait jamais ignoré les véritables raisons pour lesquelles ses amants demeuraient à ses côtés : l'argent, le pouvoir, son apparence physique, le sexe… Jamais rien de plus.

Incapable de s'investir émotionnellement dans ses relations,

Adam savait d'emblée qu'elles étaient vouées à l'échec. Bien que les séparations aient parfois pu le contrarier, ce n'était pas pareil qu'en être affecté.

Cassidy le qualifiait régulièrement d'insensible, et, à maintes reprises, avait exprimé sa compassion pour les cœurs brisés laissés dans le sillage de son indifférence. Adam se demanda si c'était la raison pour laquelle il ne lui avait rien dit, le considérant d'avance comme un compagnon médiocre.

— Troy ?

— Oui ?

— Penses-tu qu'il le savait ?

Il se tourna vers Cassidy et, du bout des doigts, repoussa délicatement ses cheveux pour dégager son visage.

— Qu'il est mon âme sœur, précisa-t-il.

— Je ne sais pas. Il y a des chances que non, les suppresseurs et les inhibiteurs empêchent la reconnaissance, et vu les doses qu'il s'injectait… Mais il y a toujours eu quelque chose entre vous. Peut-être qu'il l'avait compris. Vraiment, je ne sais pas.

— Et toi, tu le savais ?

— Qu'il est ton compagnon ? lui demanda Troy, déconcerté. Comment aurais-je pu…

— Non, qu'il est un oméga, le coupa-t-il.

Un profond soupir lui répondit.

— Je m'en doutais.

— Tu ne m'en as jamais parlé.

Impossible de cacher l'amertume dans ses mots.

— C'étaient des doutes, Adam. Je n'avais rien pour étayer mes soupçons, à part la façon dont vous vous comportiez l'un envers l'autre.

— On se comportait normalement.

À nouveau, son frère rit doucement.

— Il n'y a jamais rien eu de normal entre vous. Toi, il t'a toujours obsédé. Et lui, il ne pouvait s'empêcher de prendre soin de toi. Les repas du midi, sa façon discrète de vérifier que tu ne passais pas toutes tes nuits au bureau, sa présence à la mort de nos parents… Des comportements instinctifs d'oméga. Je ne suis même pas sûr qu'il se soit rendu compte de ce qu'il faisait et pourquoi.

— Je n'ai rien vu.

Pas une seule fois le doute ne l'avait traversé.

— Disons que les rapports humains ne sont pas ton domaine d'expertise.

Non, ça, c'était le domaine de Cassidy. Lorsqu'il fallait faire preuve de finesse, c'était lui qui prenait le relais pour amener avec habileté leur interlocuteur là où il le désirait. Cassidy était un maître de la négociation. Si Adam utilisait l'intimidation, son assistant recourait à des stratagèmes plus subtils ; son sourire à lui seul pouvait faire basculer le cours d'une transaction en leur faveur.

— Je vais devoir te laisser. Rappelle-moi quand Cassidy sera réveillé et pense à te nourrir et à dormir. Ces chaleurs n'ont pas été éprouvantes que pour ton compagnon.

Quelqu'un interpella son frère, et il raccrocha après un rapide au revoir.

Des heures s'étaient écoulées, et même si Cassidy dormait toujours, il était sur le point de sortir de sa léthargie. Une main qui tressaute, un soupir… autant de signes annonçant un réveil imminent.

Adam avait abandonné sa place près de Cassidy pour un fauteuil positionné au bout du lit. Les pieds sur le matelas et son ordinateur portable sur ses genoux, il consultait ses e-mails accumulés au cours des dix derniers jours, relevant la tête dès qu'il percevait le moindre mouvement de son compagnon.

Bien qu'un simple mètre les sépare, il détestait se tenir à une telle distance. Cependant, Walker l'avait averti : les souvenirs de Cassidy pouvaient osciller entre tout et rien, et lui laisser de l'espace à son réveil était la meilleure chose qu'il puisse faire.

Trois coups discrets résonnèrent contre la porte, le faisant se redresser et poser son ordinateur. Pieds nus, habillé en tout et pour tout d'un pantalon et d'une chemise, il se leva pour ouvrir et manqua grogner en voyant Léo qui l'attendait de l'autre côté. Prévenant, l'homme dans la soixantaine se tenait en retrait autant que possible, la tête baissée afin de paraître moins menaçant, malgré sa carrure imposante de footballeur.

— Je suis désolé de vous déranger, monsieur Anderson, mais nous avons un souci au portail.

— Quel est le problème ?

— Quelqu'un exige de voir monsieur Miller.

— Qui ? demanda-t-il un peu plus durement qu'il n'aurait dû.

— Il n'a pas souhaité décliner son identité.

En dehors de Troy et de Walker, personne ne savait que Cassidy était ici.

— Nous avons tenté de lui expliquer qu'il se trompait et que monsieur Miller n'était pas présent, mais il persiste. Nous n'avons pas ouvert, espérant qu'il finirait par partir, mais cela fait plus de trois heures maintenant, et il menace désormais d'appeler la police.

Adam jeta un coup d'œil vers Cassidy, toujours endormi, avant de se résigner à sortir de la chambre, une chose qu'il n'avait pas faite depuis plus de trois jours.

— Merci, Léo. Je vais m'en occuper.

D'un hochement de tête, le bêta le remercia avant de s'éloigner, et après une profonde inspiration, Adam se décida à le suivre. À peine eut-il refermé la porte de la chambre qu'il sentit l'irritation le gagner. Chaque pas l'éloignant de Cassidy lui faisait grincer des dents, et lorsqu'il arriva en bas de l'escalier, il lutta contre le besoin impérieux de remonter. Savoir que son angoisse était irrationnelle ne l'aidait en rien à surmonter ce sentiment oppressant.

Sans même prendre le temps de mettre ses chaussures, il sortit. Au cœur d'un terrain de dix hectares, composé de bois et de prés fleuris, le cottage était une maison de pierres sèches aux tons de miel. La façade avant était couverte de lierre, et un toit de chaume couronnait l'édifice de deux étages. Trois marches en vieille pierre polie conduisaient aux jardins, où des buis taillés avec précision et des parterres de fleurs structuraient l'espace.

Bien que le cottage soit séparé du portail en fer forgé donnant sur une petite route de campagne privée par seulement une centaine de mètres, la distance lui parut démultipliée. Sans la menace des forces de l'ordre, il aurait fait demi-tour, tous ses instincts le poussant à retrouver Cassidy.

Derrière la grille se découpait une silhouette longiligne, assise sur le capot d'une voiture de sport d'un jaune hideux. Des cheveux d'un vert surprenant encadraient un visage fin aux yeux perçants. Les bras croisés sur un torse habillé d'une veste en cuir, l'inconnu l'observait approcher avec une expression hostile.

Une inspiration suffit à Adam pour déterminer qu'il s'agissait d'un oméga.

— Où est Cassidy ? lui lança le jeune homme avant même qu'il l'ait rejoint.

— Il dort.

— Réveillez-le. Je veux lui parler.

— Qui êtes-vous ?

— Quelqu'un qui fera de votre vie un enfer si vous lui avez fait quoi que ce soit.

Un grognement échappa à Adam qui avança d'un pas menaçant avant de se reprendre et de se forcer à reculer.

— Cassidy est en sécurité.

— Je veux le voir !

— Ce n'est pas possible.

— Soit je le vois pour m'assurer qu'il va bien, soit j'appelle la police.

Ils se fixèrent, et devant son silence, le jeune homme sortit son téléphone.

— Ne le faites pas… s'il vous plaît, ajouta Adam. Je pourrais mal réagir en présence d'autres personnes.

— Je me fous…

— Cassidy est mon compagnon, le coupa-t-il. Notre lien vient tout juste de se créer, et mon contrôle est fragile. Alors, ne contactez personne, je vous en prie.

L'oméga abaissa son bras et le regarda, interdit.

— Son compagnon... Son patron despotique est son âme sœur ?

Ce fut au tour d'Adam de plisser les yeux.

— Vous savez qui je suis ?

— Bien sûr que je sais qui vous êtes, Adam Anderson. Cass n'a que deux sujets de conversation : vous et son fils. Et c'est bien parce que je sais qui vous êtes que je n'ai pas encore appelé les flics pour enlèvement.

— Et il a dit que j'étais un despote ?

— Il a dit beaucoup de choses à votre sujet.

L'oméga jeta un regard vers le cottage avant de revenir à lui.

— Est-ce qu'il va vraiment bien ?

Adam hocha la tête.

— Et Jamie ?

— En sécurité, mais pas ici, rajouta-t-il avant qu'il ne le lui demande.

L'inconnu en parut sincèrement soulagé.

— Je ne sais toujours pas qui vous êtes.

— Liam, lui répondit enfin l'oméga.

Liam... C'était le prénom que Cassidy avait mentionné dans son message. C'était lui qu'il avait pensé appeler.

— Le meilleur, et sans aucun doute, le seul ami de Cassidy, continua-t-il. Nos fils fréquentent la même école.

— Votre alpha est au courant que vous êtes ici ?

— Qui a parlé d'avoir un alpha, espèce de crétin conservateur.

Un sourire étira les lèvres d'Adam.

— Vous êtes bel et bien un ami de Cassidy.

— Je prends cette remarque comme un compliment.

— C'en est un.

À nouveau, le regard de Liam alla du cottage à lui.

— Qu'est-ce qui lui est arrivé ?

— Des chaleurs singulières.

Toute couleur quitta le visage de l'oméga.

— Est-ce qu'il... A-t-il subi... Où était... Des alphas ? finit-il par résumer sa question.

— Juste moi.

Liam cacha son visage dans ses mains.

— Merci Destin. Merci.

Lorsqu'il lui fit de nouveau face, ses yeux étaient rouges, et même s'il tentait de le dissimuler, sa lèvre supérieure était parcourue d'un tremblement nerveux.

— Je n'aurais pas supporté qu'il lui arrive quelque chose… pas à lui.

— Il m'a appelé, je suis arrivé à temps pour l'emmener ici.

Liam croisa les bras sur sa poitrine, son regard se perdant vers le cottage.

— Je sais qu'il doit m'en vouloir à cause de notre dispute et qu'il ne veut sans doute pas me parler, mais j'aimerais vraiment le voir.

— J'étais sincère quand je disais qu'il dormait. Ses chaleurs ont été brutales et l'ont épuisé.

— La pleine lune remonte à plus d'une semaine.

— Ses chaleurs ont duré sept jours.

— Sept…

Liam ne termina pas, se contentant de secouer la tête.

— Vous n'allez pas m'ouvrir, n'est-ce pas ?

— Non.

Adam ne pouvait laisser un inconnu s'approcher de Cassidy. Que Liam soit un oméga n'y changeait rien. Il le percevait comme une menace.

— Vingt-quatre heures…

— Pardon ?

— Je lui laisse vingt-quatre heures pour me contacter. Passé ce délai, compagnon ou pas, j'appelle la flicaille.

Et sans plus de cérémonie, Liam contourna sa voiture, ouvrit la portière, s'installa derrière le volant et alluma le moteur. Dans un crissement de gravier, il fit marche arrière et, trente secondes plus tard, les phares de la voiture s'évanouirent dans la nuit tombante. Adam demeura là, le regard rivé sur la route, jusqu'à ce qu'un cri retentisse, celui de Cassidy.

Avant même d'en avoir conscience, il se précipitait vers la maison. Un nouveau hurlement brisa le silence, et il ouvrit la porte avec une telle force que le panneau vitré vola en éclats.

— Jamie ! Jamie !

Le cri de Cassidy était déchirant.

— Jamie !

Adam traversa le couloir jusqu'au salon où son compagnon se tenait nu. Au-dessus de sa tête, il brandissait un vase toucan en Émaux de Longwy d'une valeur inestimable. En face de lui, Léo et Abel se tenaient en retrait, les mains tendues en un geste universel de paix.

— Attendez…

— Où est Jamie ?!

— Douce…

— Ne vous approchez pas ! Où est Jamie ?

La voix de Cassidy tremblait, des larmes dévalaient ses joues, et son bras saignait là où il avait arraché sa perfusion.

— JAMIE ! appela-t-il à nouveau, avec désespoir.

Cassidy lança le vase alors qu'Abel tentait de s'approcher, et ce dernier n'évita le projectile que grâce à l'intervention de Léo qui le poussa hors de sa trajectoire. Dans un fracas retentissant, la céramique explosa en mille éclats. Avant que Cassidy ne puisse saisir une nouvelle œuvre d'art ou se blesser sur les débris tranchants de la précédente, Adam le rejoignit en trois enjambées et le tira loin du désastre.

— Lâchez-moi !

Dans son hurlement résonna une terreur pure.

Prisonnier de ses bras, Cassidy ruait et se débattait. Ses dents s'enfoncèrent dans sa chair, mordant jusqu'au sang, tandis que ses ongles le griffaient douloureusement.

— C'est moi, Cassidy ! C'est moi !

Le retournant, Adam l'obligea à lui faire face.

— Adam ?

Le visage de son compagnon exprimait la plus totale incompréhension. Peu à peu, la fureur l'abandonna, laissant place à un corps secoué de tremblements violents.

— Adam…

Son nom avait été prononcé avec une certaine incertitude, comme si Cassidy n'était pas vraiment sûr que ce soit lui. Puis la surprise s'étiola, et la peur réapparut.

— Où est Jamie ?

Sa voix était à peine audible.

— En sécurité, avec Troy et Jeremy.

— Il va bien ?

— Oui, ton fils va bien.

— Vraiment ?

— Jamais je ne te mentirais à ce sujet.

Les jambes de Cassidy cédèrent et, sans le lâcher, Adam l'amena doucement au sol avec lui. Les mains accrochées à ses épaules et le front appuyé contre son torse, son compagnon sanglotait, exprimant un profond soulagement.

— Ils ne me l'ont pas pris. Merci Destin. Il va bien. Il ne nous a pas retrouvés.

À ces derniers mots, le sang d'Adam se glaça.

# CHAPITRE 08
*Dis-moi la vérité*

La tête enfouie contre le torse d'Adam, il ne pouvait pas s'arrêter de pleurer, libérant toute la terreur qui l'avait étouffé à son réveil.

Il avait cru qu'on le lui avait enlevé, qu'il l'avait perdu à jamais.

L'esprit embrumé, il avait ouvert les yeux sur un plafond inconnu. La lumière du jour l'avait aveuglé, ne faisant qu'obscurcir davantage ses pensées. Celles-ci lui échappaient, tout comme la compréhension de la situation.

Il avait bougé, et contre son bras, il avait senti une résistance. Il avait tourné la tête, et son cou lui avait fait horriblement mal. Perdu, sa vision oscillant entre netteté et flou, il avait fixé le pied en métal d'une perfusion et les pochettes transparentes qui y étaient attachées. Tout ça n'avait aucun sens.

Nauséeux, il avait tenté de soulever sa main pour la porter à sa gorge douloureuse. Ce geste, qui aurait dû être aisé, lui avait demandé des efforts inouïs, comme si son corps était lesté de poids invisibles. Et lorsqu'il avait enfin réussi, sous ses doigts, il avait senti des bandages. C'est là qu'il l'avait vue : la trace noirâtre d'une main sur son biceps.

*La chaleur dévorante. Un corps l'écrasant. Un sexe s'enfonçant en lui. Des dents lacérant sa chair.*

Les souvenirs soudains l'avaient fait se redresser dans le lit et arracher d'un geste vif ses pansements. Le cœur au bord des lèvres, du bout des doigts, il avait effleuré ses blessures, des empreintes de morsures. La peur avait asséché sa gorge, tandis que d'autres réminiscences s'étaient imposées à lui.

*Ses supplications. Les larmes dévalant les joues de son fils.*

Alors, les questions oppressantes du « qui » et du « combien» avaient cédé la place à une seule, terrifiante : où était Jamie ? Car Jamie n'était pas là, à ses côtés. Il s'était précipité dans le couloir, s'appuyant contre les murs, tentant d'avancer tant bien que mal. Il y avait tant de chambres, tant de portes, et pas de Jamie.

Il l'avait appelé, tout en essayant d'échapper aux souvenirs nauséabonds.

*La cuisine. La seringue à quelques centimètres de ses doigts. Son coup de fil désespéré à Liam.*

Il avait heurté une balustrade, s'y était agrippé, l'avait suivie jusqu'à atteindre un escalier.

*Jamie criant, suppliant, pleurant.*

Chancelant, il avait essayé de descendre, mais ses jambes avaient cédé, son pied avait glissé, et il avait dégringolé les dernières marches sur ses fesses déjà douloureuses. Des mains fermes avaient fini par le rattraper. Relevant la tête, il s'était retrouvé face à un visage inconnu : un bêta à la carrure imposante et au visage austère. La terreur s'était muée en épouvante et, se jetant en arrière, il s'était libéré de la prise du colosse.

*Un corps qui le fait sien. La queue d'un alpha profondément enfouie en lui.*

Il était tombé au sol, et avait rampé jusqu'à buter contre un guéridon. Un nouvel homme était apparu, ramenant à nouveau la question du « qui » et du « combien ».

*La sensation de ne jamais être rassasié. Ses pleurs et ses supplications pour être pris, encore et encore.*

À quatre pattes, il s'était échappé, ses genoux passant de tapis râpeux à du carrelage gelé. Lorsqu'il avait enfin réussi à se remettre debout, les deux hommes se dressaient face à lui, leurs mains tendues dans sa direction. Et ces mains l'avaient terrifié. Ces mains qui lui avaient fait Destin sait quoi.

*Sa peau collante de sueur. Ses jambes écartées en une invitation obscène, jouet soumis au plaisir des autres. Son désir ne faiblissant pas.*

Et puis, il s'était rappelé qu'il y avait quelque chose de plus crucial que lui, plus essentiel que tout. Une absence déchirante. Il avait hurlé le nom de son fils. Jamie, qu'il ne voyait pas. Jamie, qui ne lui répondait pas. Jamie enlevé par Alicar. Parce que ce dernier avait pu les retrouver. Parce qu'il n'avait pas été là pour le protéger.

Les deux bêtas avaient continué de s'approcher. Entre eux, il n'y avait plus eu que le canapé. C'est alors que Cassidy s'était saisi du vase, seule arme à sa portée, et le leur avait lancé. Puis, des bras puissants l'avaient ceinturé. Il avait griffé et mordu jusqu'à ce que son agresseur l'oblige à se retourner. Adam. Impossible. Il n'avait pas compris. Il n'y avait pas cru. Puis, il l'avait touché et avait entendu sa voix.

— Doucement, Cass... lui murmurait à présent Adam.

Une de ses mains serrait sa nuque tandis que l'autre lui frottait le dos. Contre le sommet de son crâne, il sentit la pression de ses lèvres. Ce n'était rien et pourtant, cela lui procura un bien-être profond. Une onde chaude se propagea à travers son corps, relâchant les tensions de ses muscles contractés.

— J'ai cru... J'ai cru...

Que son cauchemar se réalisait, qu'Alicar les avait retrouvés et lui avait enlevé Jamie.

— Respire, Cass.

Il essayait vraiment, mais il avait l'impression de se noyer dans ses larmes.

Derrière lui, il perçut un mouvement, et une couverture fut posée sur ses épaules.

— Merci, Léo, dit Adam à la personne qui la leur avait apportée. Pouvez-vous appeler Walker, s'il vous plaît ?

Du coin de l'œil, Cassidy vit le colosse qui l'avait tant effrayé un peu plus tôt s'éloigner. Le deuxième inconnu le suivit et referma la porte derrière lui, les laissant seuls.

Cassidy se crispa lorsque Adam bougea, mais au lieu de s'écarter, il le repositionna contre son torse, ajusta le plaid et referma ses bras protecteurs autour de lui. Jamais Cassidy ne s'était senti aussi en sécurité.

Avec des mots doux, Adam le berça jusqu'à ce qu'il ne soit plus secoué de sanglots.

— Cass ?

Il ne répondit pas, ne bougea pas. Il ferma les yeux. Car, là, tout de suite, il ne voulait se confronter ni au présent, ni au futur, et encore moins au passé. Il ne voulait pas penser à ce qu'Adam avait pu voir et à l'état dans lequel il l'avait découvert. Il refusait catégoriquement de faire face à ses mensonges dévoilés, à la douleur dans son corps. Il ne pouvait pas. Il n'y arrivait pas.

— Cassidy ?

— Encore cinq minutes…

La couverture sous laquelle il était caché et la chaleur émanant du torse d'Adam créaient un cocon protecteur dont il ne voulait absolument pas sortir. Là, il était bien, il avait moins peur, il arrivait à respirer.

— Laisse-moi encore cinq minutes comme ça avant d'exiger des explications.

— Ce n'est pas ce que j'allais te demander.

Il ouvrit les yeux et les leva vers Adam, dont le regard perçant était fixé sur lui. Une de ses grandes mains se posa délicatement sur sa joue, et son pouce caressa sa peau.

— J'allais te proposer d'appeler Jamie.

Oui, il voulait appeler Jamie… Aucune autre raison n'aurait pu le convaincre de quitter le réconfort de ses bras. Avec un soupir, il s'écarta légèrement. À peine l'eut-il fait que l'angoisse le saisit, un frisson remontant le long de sa colonne vertébrale.

— Tout va bien ? lui demanda Adam, comme s'il avait perçu son malaise.

— Oui, pardon… aïe !

Une vive douleur traversa sa cheville lorsque Cassidy essaya de se redresser, le faisant retomber sur ses fesses.

— Merde !

— Hé, doucement ! gronda Adam en s'accroupissant, son imposante silhouette le dominant.

— Ma cheville…

Adam sortit cette dernière de la couverture, la plaça sur son genou et la fit lentement tourner. Bien qu'il prenne soin de ne pas faire de mouvements brusques, Cassidy ne put s'empêcher de laisser échapper un gémissement.

— Pas cassée, probablement foulée.

— Je me la suis tordue tout à l'heure.

Le regard sombre d'Adam aurait pu l'effrayer, mais sa colère n'était pas dirigée contre Cassidy, qui reconnaissait là l'expression protectrice d'un alpha envers un oméga, un instinct primaire difficile à maîtriser.

— Adam…

— Oui ?

La voix de son patron était plus rauque que d'ordinaire, et une chaleur indésirable se propagea dans le ventre de Cassidy sans qu'il réussisse à l'arrêter.

— Tu me serres trop fort…

Adam baissa les yeux sur sa cheville, avant de les fermer et de prendre de profondes inspirations. Enfin, la pression se relâcha, et Cassidy poussa un soupir de soulagement.

— Je peux récupérer ma jambe ? demanda-t-il, gêné.

Tout son corps était dissimulé sous la couverture enroulée autour de ses épaules, à l'exception de sa jambe nue, accentuant ainsi la sensation de vulnérabilité qui l'étreignait. Son cœur manqua un battement lorsque la main d'Adam remonta le long de son mollet, puis de sa cuisse. Ses lèvres s'entrouvrirent. Son souffle se fit court. Sa bouche se dessécha et une agitation soudaine le submergea. À travers les picotements laissés par ses doigts, même s'il ne les avait pas observés attentivement, il aurait pu reconstituer leur parcours sur son corps avec une précision étonnante.

— Je…

À l'instar de ses pensées, ses mots s'embrouillèrent et jaillirent en un gargouillement embarrassant.

Lorsque Adam se pencha, l'enveloppant de sa silhouette imposante, et que seulement quelques centimètres les séparèrent, Cassidy ne put s'empêcher de fixer ses lèvres. Il l'aurait embrassé si Adam n'avait pas brisé l'instant en le soulevant par surprise pour l'aider à se mettre debout.

— Appuie-toi sur moi, souffla son patron à son oreille tout en le maintenant contre lui.

Une nouvelle vague de chaleur envahit la poitrine de Cassidy.

Même le dégoût qu'il éprouvait pour son corps meurtri, remplissant le vide de ses souvenirs absents, ne parvint pas à dissiper le fourmillement dans son ventre.

— Cass ?

Il cligna des yeux, puis, relevant la tête, il nota le sourire discret d'Adam.

— Quoi ? demanda-t-il un peu plus brusquement que la situation ne l'exigeait.

— Tu arrives à marcher ?

— Oui.

Son mensonge aurait probablement été plus convaincant s'il avait réussi à dissimuler sa grimace lorsqu'il tenta de s'éloigner d'Adam pour se tenir debout sans son aide.

— Normalement, tu es bien meilleur menteur.

— La situation n'est pas exactement ce que l'on pourrait qualifier de « normale ».

L'amertume qui imprégnait ces paroles ne passa pas inaperçue, et effaça le sourire d'Adam. En un instant, ce dernier était à ses côtés, son bras glissant sous le sien pour alléger son poids.

— Adam… l'interrompit Cassidy lorsqu'il tenta de l'amener vers le canapé.

— Oui ?

— Je… Est-ce que je pourrais prendre une douche? Et m'habiller ?

Parce qu'à cet instant, il en avait vraiment besoin. Se lever et marcher réveillaient des douleurs dans ses épaules, sa nuque et son intimité, le contraignant à s'interroger sur des sujets auxquels il ne voulait surtout pas penser. Il se sentait sale et à l'étroit dans sa propre peau. L'absence de souvenirs clairs le rendait nauséeux, et chaque nouvelle réminiscence d'un corps s'enfonçant dans le sien le poussait à nouveau au bord des larmes.

Que Destin en soit témoin, il ressentait une profonde gratitude envers Adam pour avoir mis Jamie en sécurité et l'avoir sorti de la situation à laquelle un oméga en chaleur et sans protection était inévitablement confronté.

Mais une part plus sombre et égoïste en lui aurait préféré qu'Adam ne le trouve pas, qu'il n'apprenne pas la vérité de cette manière, alors qu'il était... que quelqu'un d'autre... La honte le brûlait, lui donnait envie de disparaître.

Plus rien ne serait jamais comme avant, il avait irrémédiablement perdu l'estime et la confiance d'Adam. Il ne pouvait en être autrement.

## Adam

Cassidy avait claudiqué du salon au palier, en bas de l'escalier, tout en évitant son regard et cela le dérangeait. Ça ne lui ressemblait pas : Cassidy n'évitait jamais rien, et lui encore moins. Un soupir las trahit sa fatigue et son découragement lorsqu'il observa les marches.

— Cassidy ?

— Hmm ?

— Laisse-moi te porter.

Instantanément, Cassidy se raidit.

— Ça ira, grinça-t-il entre ses dents en lui faisant finalement face.

— Tu es épuisé, tu as mal, et ça réveille mon instinct protecteur. Alors, si je pouvais t'aider, ça t'éviterait de souffrir inutilement et à moi, d'avoir envie de gronder.

— Les alphas et leur foutu instinct protecteur.

— Toi et ta fierté.

— Là, il ne m'en reste pas beaucoup, souffla-t-il si bas qu'Adam faillit ne pas l'entendre.

Se retenant de l'y contraindre, Adam le regarda tenter de monter trois marches à l'issue desquelles celui-ci lâcha une série de jurons. Lorsque son oméga lui tendit la main, tête baissée et résigné, Adam n'hésita pas. Il passa ses bras sous ses jambes et le souleva.

La couverture glissa, et Cassidy la remonta maladroitement jusqu'à son menton, dissimulant la courbe de sa nuque marquée par ses morsures.

— On est en haut, lui dit-il une fois qu'ils eurent atteint l'étage.

— Je sais, lui répondit Adam sans pour autant le reposer.

Ignorant son grognement, il le porta dans la salle de bains attenante à la chambre, où il l'aida à s'asseoir sur la cuvette fermée. Puis, s'accroupissant devant lui, il prit délicatement ses mains.

— Ça va aller ?

— Oui… Oui, ça va aller.

Il attendit que Cassidy lui demande de rester, mais à la place, ce dernier retira ses doigts des siens et s'obstina à fixer un point entre ses pieds. Lorsqu'il essaya de caresser sa joue pour attirer son regard, Cassidy se recula brusquement, comme si le simple fait de l'effleurer l'avait brûlé. Même si Adam s'y attendait, son rejet fit mal.

— Désolé… lui murmura-t-il en se redressant pour lui laisser de l'espace.

Il récupéra une épaisse serviette sous l'évier, qu'il disposa à côté de la vasque rustique.

— J'ai fait laver tes vêtements, je vais…

— Je n'en veux pas.

Cassidy le dit d'un ton vif, empreint de dégoût.

— Tu peux les brûler.

— Cass…

— Je ne les remettrai pas !

— D'accord, comme tu veux, acquiesça Adam pour l'apaiser. Je te trouverai autre chose.

Un silence pesant s'installa. Adam aurait dû partir, le laisser seul, mais il en était incapable. C'était trop difficile. Il détestait voir Cassidy agrippé à sa couverture, comme si c'était la dernière chose à laquelle il pouvait s'accrocher, tout autant qu'il détestait les deux lignes blanches inquiétantes formées par ses lèvres serrées.

— Est-ce que ça va…

— Je t'ai dit que ça allait ! cria Cassidy en relevant la tête.

Bien que la colère illumine ses yeux, elle ne parvenait cependant pas à dissimuler totalement la détresse cachée derrière.

— Va-t'en !

Les mots étaient durs, volontairement blessants.

— Cassidy...

— S'il te plaît...

Ce fut ce « s'il te plaît » murmuré d'une voix brisée qui le poussa à tourner les talons.

— Je reste à côté. Je ne pars pas, lui dit-il avant de refermer la porte de la salle de bains.

Jamais il n'avait autant détesté une porte... cette maudite porte qui le séparait de Cassidy. La main crispée sur la poignée, il luttait contre l'impulsion de la rouvrir, de rejoindre son compagnon, et sans le son strident de son téléphone, il aurait probablement cédé.

— Cassidy est réveillé ? demanda Troy à peine eut-il décroché.

— Oui.

— Et comment il va ?

— Pas très bien.

— Et toi ?

S'éloignant pour éviter que Cassidy ne l'entende, Adam se dirigea vers la fenêtre avant d'écarter les rideaux. L'obscurité avait englouti les prairies de fleurs et les arbres.

— Il voudrait parler à Jamie, enchaîna-t-il pour esquiver sa question.

— Il est avec Jeremy. Je peux leur demander de rentrer.

— Oui, s'il te plaît.

— Cassidy est avec toi ?

— Non, il prend une douche.

— Tu n'es pas avec lui ?

— Il ne veut pas de moi.

Le simple fait de le dire asséchait sa gorge.

Cassidy ne voulait pas de lui.

Son compagnon le rejetait.

— Adam...

— Je le comprends. Je m'y attendais. Je sais ce que j'ai fait, et le choix que je lui ai imposé.

— Il n'y avait pas de bon choix.

— Ce n'est pas pour autant que j'ai pris le meilleur.

— Sa seule autre option était la mort.

— Peut-être aurait-il préféré quelqu'un d'autre... Un inconnu... Je ne sais pas.

— Il est ton compagnon. Tu aurais été son choix s'il l'avait eu.

Face à la réaction de Cassidy, il en doutait sincèrement.

— Walker est en route ?

— Oui, je l'ai fait appeler. Il ne devrait pas tarder.

Il observa la cour éclairée par les lumières extérieures, où Léo rejoignit Abel, occupé à fendre du bois, pour enrouler une épaisse écharpe autour de son cou. Quand ils échangèrent un sourire empreint de tendresse, une vive jalousie lui griffa la poitrine, le poussant à laisser retomber le rideau et à se diriger vers la salle de bains. Il fronça les sourcils en constatant l'absence de bruit : pas d'eau qui coule, seulement le silence.

— Je dois te laisser.

— On se rappelle tout à...

Il raccrocha avant que Troy ait pu terminer sa phrase.

Devant la porte, la main suspendue au-dessus de la poignée, il hésita un instant avant d'entrer.

Cassidy se tenait debout, face au miroir. La couverture descendait bas sur sa chute de reins, tout en reposant partiellement sur ses avant-bras croisés sur son torse. Avec précaution, Cassidy effleura du bout de ses doigts les marques de morsures sur son cou. Un geste qui fit glisser le tissu jusqu'au sol, dévoilant ainsi son corps. À cette vue, Adam faillit refermer la porte, mais les larmes sur les joues de son compagnon l'en empêchèrent.

— Cassidy ?

À son sursaut, il comprit que Cassidy n'avait pas remarqué sa présence. À travers le miroir, il le vit relever les yeux et le fixer.

— Est-ce que Jamie a vu quelque chose ? demanda Cassidy sans bouger, sans chercher à se couvrir.

— Vu quoi ?

— Moi et...

La main qu'il porta à son cou compléta sa phrase.

— Non, il n'a rien vu.

— Tant mieux, murmura-t-il en fermant les yeux. Est-ce qu'ils...

Sa main se ferma en un poing, et après une profonde inspiration, il demanda d'une voix rauque :

— Étaient-ils nombreux ?

— Nombreux ?

— C'est déjà difficile de te poser la question, alors ne fais pas comme si tu ne savais pas de quoi je parlais.

En trois enjambées, Adam se positionna derrière lui, faisant glisser ses mains du bas de son dos jusqu'à ses épaules. Ensuite, avec précaution, il le fit pivoter pour le soulever et l'asseoir entre les deux lavabos. Enfin, il ramassa la couverture abandonnée par terre et l'enveloppa autour de Cassidy. Lorsque ce dernier tenta de se dégager, Adam le retint fermement.

— Que penses-tu qu'il se soit passé ?

— Je sais exactement ce qui s'est passé, d'accord? Je suis plus que conscient de là où j'ai mal et des risques pour les omégas lorsqu'ils ne sont pas protégés pendant leur période de chaleurs. J'étais chez moi, au cœur d'une ville pleine d'alphas. Alors, crois-moi, je n'ai pas besoin de me remémorer les détails pour comprendre ce qui m'est arrivé.

Adam ne lui permit pas de détourner la tête. Il saisit son menton, l'obligeant à le regarder, et lui dit :

— Uniquement moi.

— Quoi ?

— Il n'y a eu que moi, Cassidy. Personne d'autre.

Sa bouche s'ouvrit et se ferma sans qu'aucun son en sorte, jusqu'à ce qu'il croasse un :

— Toi ?

— Oui, moi. Je suis un alpha.

— Je le sais...

— Ce n'est pas Liam que tu as appelé, mais moi.

— Tu es venu…

— Bien sûr que je suis venu, et je vous ai trouvés, toi et Jamie.

Cassidy déglutit.

— Je suis désolé…

D'un doigt sur ses lèvres, Adam le fit taire.

— Pas maintenant, on parlera de ça plus tard.

D'une caresse, il repoussa les mèches de cheveux qui collaient à son front.

— Jamie est resté chez ton voisin en attendant que Troy vienne le chercher, pendant ce temps, je t'ai conduit loin de la ville.

Cassidy fronça les sourcils.

— Loin de la ville ?

— Ici. Dans le cottage de mes parents.

— Tu as réussi à m'emmener loin de la ville… reprit-il en attrapant son poignet et en ramenant leurs mains contre son ventre.

Adam baissa les yeux. Cette main à laquelle il avait cru devoir s'agripper pour ne pas qu'elle disparaisse le tenait fermement à présent.

— Tu n'étais pas en sécurité à ton appartement.

— Et ensuite ?

Adam entrelaça leurs doigts et raffermit sa prise. Il hésita à continuer, à modifier la réalité pour la rendre plus acceptable, mais il ne le fit pas. Il ne pouvait pas mentir à Cassidy.

— J'ai vraiment essayé. J'aurais préféré que les choses ne se déroulent pas ainsi, mais j'ai dû prendre une décision pour toi. Tu n'étais plus toi-même. Tes chaleurs étaient incontrôlables, et tu souffrais… Et au nom de Destin, tu avais tellement mal ! Et Walker…

— Walker ? l'interrompit Cassidy.

Il tenta de retirer sa main, mais Adam l'en empêcha.

— C'est un ami médecin. Un bêta. Il ne t'a pas touché. Enfin, pas de cette manière. Pas comme… moi.

Cassidy hocha la tête, et ses doigts serrèrent légèrement les siens, en une invitation à poursuivre.

— À cause de ton overdose d'inhibiteurs et de suppresseurs,

il ne pouvait rien te donner. Tu hurlais. La souffrance te rendait fou, et on n'était qu'au début... Ce n'était même pas la pleine lune. Ne rien faire aurait été te condamner, et je ne pouvais pas...

Il inspira. À présent, il ne savait lequel d'entre eux s'accrochait à l'autre.

— Cela m'était impossible. Laisser un autre alpha te toucher m'était tout aussi inconcevable...

Une main agrippa brutalement sa nuque, l'attira, et une bouche le fit taire.

Cassidy l'embrassa avec désespoir, sa langue se glissant entre ses lèvres dès qu'elles s'entrouvrirent sous le coup de la surprise.

Un grognement s'échappa d'Adam, le baiser coupant net ses pensées. Il oublia son sentiment de culpabilité, il oublia toute explication. Il oublia tout, sauf Cassidy. Les mains à plat de chaque côté des cuisses écartées de son compagnon, il se positionna entre elles et ondula du bassin afin que leurs érections se rencontrent. Et s'il détacha sa bouche de celle de Cassidy, s'attirant un grognement contrarié, ce fut pour faire glisser ses lèvres le long de sa mâchoire jusqu'à son oreille. Là, il mordilla sensuellement son lobe avant de poursuivre son exploration. Du bout de sa langue, il suivit la courbe de son cou, marquant chaque morsure d'un baiser.

Le souffle rauque, Cassidy cessa de s'agripper à sa nuque pour griffer son dos, faisant glisser la couverture et dévoilant son corps lascif. Ses tétons se dressaient, tout comme son sexe, dont le gland laissait échapper quelques perles blanches le long de veines saillantes.

C'est alors qu'Adam le sentit : le parfum musqué de l'excitation, propre aux omégas. Cassidy était en train de s'humidifier pour lui, et cette constatation l'enivra.

— Toi...

— Moi.

— Uniquement toi.

— Oui.

— Personne d'autre.

— Je n'aurais pas laissé faire.

Ses dents effleurèrent sa peau, et Cassidy le supplia, l'encouragea à le mordre à nouveau, à le marquer. Un besoin qui répondait à celui d'Adam. Il le désirait comme il n'avait jamais désiré quoi que ce soit auparavant. Parce que Cassidy lui appartenait. Parce que Destin en avait ainsi décidé. Parce que tous les alphas devaient savoir qu'ils étaient liés, et qu'il se battrait pour le garder.

Il ouvrit la bouche, mais des coups secs furent frappés contre la porte, le tirant brusquement de la transe dans laquelle il était plongé. Il cligna des yeux, son esprit embrouillé par l'envie et le désir. Cassidy ne s'en sortait pas mieux ; ses pupilles étaient totalement dilatées, et ses doigts enfoncés dans ses fesses le maintenaient fermement contre lui. Si son compagnon sembla émerger pendant une ou deux secondes, il le vit replonger tout aussitôt dans le tourbillon enivrant de leur lien. Sa poitrine se soulevait plus rapidement, un gémissement s'échappant de sa bouche entrouverte.

Le contraste entre sa sensualité brûlante et sa beauté froide habituelle était aussi saisissant qu'excitant. Adam ressentit le besoin de l'incliner et de le baiser ici, là, maintenant, leurs regards se croisant à travers le miroir.

Si les cernes noirs n'avaient pas ombré les yeux de Cassidy, s'il n'y avait pas eu ce sursaut lorsqu'il effleura ses blessures, et si ses côtes étaient moins visibles sous sa peau, il l'aurait fait. Mais il ne le fit pas. Lorsque Cassidy s'avança pour l'embrasser, il l'arrêta d'un doigt posé sur sa bouche. Loin de se laisser décontenancer, Cassidy le fixa avec un regard où brillait la promesse de mille plaisirs. Il lécha sensuellement son doigt avant de le sucer avec une lenteur et une audace provocatrices. Le bleu saphir de ses yeux n'était plus qu'un cercle fin, une bordure irisée entourant ses pupilles dilatées.

— S'il te plaît, arrête…

Une main délicate se posa sur sa braguette et pressa son sexe dur.

À nouveau, trois coups furent frappés, cette fois-ci plus vigoureusement.

— Adam ! C'est Walker ! Je ne pourrai pas attendre, j'ai d'autres patients à voir. Si vous n'êtes pas sortis d'ici deux minutes, je m'en vais.

La voix assourdie fit sursauter Cassidy qui se figea avant de cligner des yeux à plusieurs reprises. Son regard parcourut rapidement la pièce avant de revenir à lui, puis son visage perdit toute couleur. D'un geste brusque, il retira sa main de son entrejambe pour la ramener précipitamment contre son ventre.

— Excuse-moi ! Je ne sais pas... Je ne voulais pas... Pardon !

La nervosité et l'angoisse avaient effacé toute sensualité.

D'un geste maladroit, Cassidy remonta la couverture sur ses épaules.

— Désolé, je ne sais pas ce qui m'a pris. Ce n'était pas... Je... Seigneur Destin, gémit-il.

Adam ne résista pas lorsqu'il le repoussa, lui permettant de descendre et de s'éloigner, même si chaque mètre de distance entre eux lui semblait douloureux.

## Cassidy

Mais qu'est-ce qui lui avait pris ? Il se rappelait Adam tout contre lui, son soulagement en réalisant qu'il avait été le seul. Puis, tout s'était dissipé, laissant place à une douce euphorie grisante. Il l'avait voulu et le voulait encore d'une façon impérieuse et déstabilisante. Il avait conscience que cette passion ne découlait pas seulement de la montée d'hormones post-chaleurs, mais également des morsures infligées par Adam, établissant ainsi un lien temporaire entre eux. Au nom de Destin, il le comprenait ! Cependant, cette compréhension ne diminuait en rien la nature irrationnelle de son désir.

Aux frissons parcourant sa colonne vertébrale, il sut qu'Adam le fixait, mais il ne pouvait pas lui faire face. Pas après tout cela. La honte le dévorait. En boitillant, il s'échappa de la salle de bains, et au lieu de s'en sentir mieux, il ne s'en sentit que plus mal. Un mal-être qui s'intensifia davantage lorsqu'il se trouva face à un homme à la barbe poivre et sel.

— Je suis Walker. Le médecin de la famille Anderson, se présenta ce dernier avec un sourire bienveillant.

— Cassidy, lâcha-t-il du bout des lèvres.

Il ne savait pas où se mettre. L'odeur de son excitation emplissait la pièce. Et si lui pouvait la sentir, Walker aussi.

— Je sais. Je suis content de vous voir debout. On va…

Le médecin ne finit pas sa phrase. À la place, il leva les yeux et regarda derrière lui.

Même sans ce geste, la diminution de la douleur lancinante dans sa poitrine aurait fait réaliser à Cassidy qu'Adam se tenait dans son dos. Tout en lui l'encourageait à reculer d'un pas pour se presser contre son torse.

— Je vais te demander de sortir, lui intima le médecin.

— Non.

— Je ne te laisse pas le choix, Adam. Cassidy est mon patient, et je lui dois le secret professionnel.

Le grognement qui lui répondit fit frissonner Cassidy. Avec horreur, il sentit son cœur s'accélérer et son corps réagir de manière involontaire, attirant sur lui le regard des deux hommes.

— Adam, pourrais-tu sortir, s'il te plaît ? insista Walker.

— Cassidy ?

— Oui… s'il te plaît, murmura-t-il sans oser le regarder.

Il perçut le soupir d'Adam contre sa nuque.

— Je ne vais pas loin.

Lorsque la présence d'Adam dans son dos s'effaça, Cassidy ne put s'empêcher de se retourner vers la porte. Même s'il savait qu'Adam était dans le couloir, à seulement quelques mètres de là, il ressentit une envie irrésistible de le suivre. Être séparé était inconfortable. Ça grattait quelque chose en lui, ça le dérangeait profondément. Si la honte le brûlait, elle restait toujours moins pénible que ce malaise grandissant.

— Il va devenir insupportable dans les jours à venir.

— Il est toujours insupportable, rétorqua-t-il sans pouvoir

s'en empêcher.

Un rire échappa au médecin.

— Les alphas le sont toujours, mais cette fois-ci, ce sera plus prononcé.

Sortant de sa sacoche un stéthoscope et une blouse blanche, il lui fit signe de s'asseoir sur le lit.

— Vous semblez sur le point de vous effondrer.

Ce n'était pas qu'une impression. La fatigue, d'abord masquée par l'angoisse puis éclipsée par l'excitation, refaisait brutalement surface.

— Un problème à la cheville ? lui demanda Walker en remarquant son boitillement.

— Je pense que je me la suis foulée.

— On examinera ça après.

Avec appréhension, Cassidy observa le médecin enfiler des gants chirurgicaux avant de s'approcher.

— Puis-je ? lui demanda Walker en désignant ses épaules et son cou.

Cassidy acquiesça d'un hochement de tête et lutta contre l'envie de repousser les mains qui effleuraient ses contusions. Qu'un autre homme qu'Adam le touche le mettait mal à l'aise.

— Pensez à bien désinfecter. Vous pouvez les laisser à l'air libre, puisque de toute façon, l'instinct d'Adam le poussera à retirer les pansements pour exposer ses marques, mais empêchez-le autant que possible d'y toucher.

Par réflexe, Cassidy porta la main à son cou, et Walker l'arrêta en attrapant son poignet.

— Cela vaut également pour vous. Et essayez de ne pas le laisser vous mâchonner avant que cela ait cicatrisé. Je sais que l'attraction est forte au début, mais vous avez besoin de récupérer.

— Ce n'était pas mon intention.

— Bien. Avez-vous d'autres douleurs dont vous voudriez me parler ?

— D'autres ?

— Je fais référence à celles plus intimes.

À nouveau, l'embarras s'empara de Cassidy en comprenant où le médecin voulait en venir.

— Je suis médecin. J'ai déjà tout vu et tout entendu.

— Non, tout va bien. Nous sommes faits pour ça, après tout… ajouta-t-il plus bas.

— Pour des chaleurs de trois jours, oui. Sept jours serait intense pour n'importe qui.

— Sept ?

À sa surprise, les sourcils de Walker se froncèrent.

— Nous sommes le combien ? demanda Cassidy d'une voix vacillante.

— Le six novembre.

— Le six…

Ses derniers souvenirs dataient d'octobre.

— Adam ne vous a rien dit ?

— Nous n'avons pas eu le temps de discuter.

— Vous avez été en chaleur pendant sept jours, puis vous avez dormi soixante-douze heures.

La panique le gagna. Cela faisait plus de dix jours… Dix jours passés loin de Jamie.

— Je peux demander à Adam de revenir si…

— Non ! Ça va aller, ajouta-t-il plus bas.

Ça devrait aller, car même s'il désirait ardemment retrouver Adam, il était conscient qu'il devait lutter contre cette injonction trompeuse, contre ce besoin qui disparaîtrait dès que ses morsures auraient totalement cicatrisé.

— D'accord, Cassidy. Maintenant, j'aimerais discuter de la suite.

— La suite ?

Walker ouvrit à nouveau sa sacoche et en sortit un petit sachet transparent, contenant une seule et unique pilule.

— Qu'est-ce que c'est ?

— Un contraceptif d'urgence.

Cassidy releva brusquement la tête vers lui.

— C'est interdit.

— J'en ai conscience.

— Vous pourriez aller en prison pour me l'avoir proposé, et moi si je la prends.

— Alors, évitez de me dénoncer.

Longtemps auparavant, ce contraceptif était autorisé, mais cela faisait des décennies que ce n'était plus le cas. Le gouvernement, contrôlé exclusivement par les alphas, avait jugé les grossesses trop rares et trop précieuses pour permettre toute interruption volontaire. Peu importait si l'oméga désirait ou non un enfant, peu importaient les circonstances dans lesquelles il était tombé enceint ; seule l'opinion de ceux que cela ne concernait pas comptait.

— Je vous la propose parce qu'Adam me l'a demandé.

— Adam ne souhaite pas avoir un enfant avec moi ? demanda Cassidy d'une voix blanche.

C'était irrationnel, mais les mots lui firent mal.

— Non, Adam veut que vous ayez le choix.

Walker lui tendit le sachet et le déposa délicatement dans le creux de sa paume. Pendant de longues secondes, Cassidy observa le cachet sans vraiment savoir comment réagir.

— Le contraceptif demeure efficace jusqu'à quatre jours suivant le dernier rapport. Au-delà de cette période, sa fiabilité n'est plus assurée. Vous disposez donc d'un délai de vingt-quatre heures pour prendre votre décision.

— Et Adam ? Savez-vous ce qu'il souhaite ?

— C'est votre corps, Cassidy. Adam comprend qu'il n'a pas voix au chapitre dans cette décision. Il est votre âme sœur. Il veut simplement ce qui est le meilleur pour vous, quoi que cela puisse être.

*Âme sœur…*

Un frisson parcourut son corps, tandis qu'une peur insidieuse lui nouait les entrailles.

— Je ne comprends pas.

— Son seul objectif est de vous protéger.

— Non, ce que vous avez mentionné, qu'il était mon âme

sœur...

Walker le regarda, interrogatif.

— Il ne l'est pas. Il n'est pas mon compagnon, se sentit-il obligé de préciser.

Parce que si c'était le cas, il l'aurait su depuis longtemps.

Et il ne savait rien.

Parce que rien ne s'était jamais produit.

Pas de révélation. Pas de besoin irrépressible qui l'aurait conduit vers Adam.

Rien.

Rien jusqu'à aujourd'hui.

— Il ne l'est pas, répéta-t-il.

— Il est persuadé qu'il l'est.

— Il se trompe.

Ce n'étaient que les séquelles des morsures et les résidus hormonaux des chaleurs.

Adam n'était pas son compagnon, son âme sœur, sa moitié choisie par Destin. Il le saurait si c'était le cas. Les omégas décrivaient leur rencontre avec leur alpha comme merveilleuse, l'éclosion d'un sentiment sur lequel ils ne pouvaient pas se tromper. Cependant, lui et Adam se connaissaient depuis six ans, et bien qu'une attraction ait toujours existé entre eux, elle demeurait une simple attirance, typique entre un oméga et un alpha.

— Il se trompe, murmura-t-il en fixant la porte derrière laquelle il savait se trouver Adam.

146

# CHAPITRE 09
*Il aimerait tellement l'être*

# Adam

Cette porte le faisait chier. Huit minutes qu'elle était fermée.

Il se tenait devant, le dos contre le mur, les bras croisés. Lorsqu'elle s'ouvrit enfin, il n'apprécia ni l'expression préoccupée sur le visage de Walker ni le regard qu'il lança à Cassidy.

— Un problème ? demanda-t-il après que le médecin eut refermé la porte, le coupant à nouveau de Cassidy.

— Tout est en ordre, le rassura Walker. Cependant, il va falloir que vous discutiez de votre lien.

Adam fronça les sourcils.

— Il t'a dit quelque chose que je devrais savoir ?

— Parle-lui, Adam. Je ne peux pas te dire plus que ce simple conseil.

Il hocha la tête, puis posa la question qui le tourmentait.

— Tu lui as donné ?

— Oui.

— Il l'a prise ?

— Je ne peux pas te le dire. Cassidy est mon patient.

Il le savait, mais ça ne l'avait pas empêché de demander.

— J'ai réalisé une prise de sang pour surveiller ses niveaux hormonaux. Étant donné les surdoses qu'il s'est infligées, je souhaite évaluer sa situation. En attendant, il ne devrait pas reprendre d'inhibiteurs ou de suppresseurs.

— Il ne les reprendra pas.

Il ne le laisserait pas faire.

Un sourire entendu sur les lèvres, Walker lui tapota l'épaule.

— Vas-y mollo sur le mâle alpha surprotecteur. Ne va pas le faire fuir avec ces conneries.

— J'essaierai.

Il ne pouvait rien promettre de plus. Cassidy était son compagnon, et tout en lui lui criait de le protéger.

— Je dois... commença-t-il en indiquant la chambre d'un mouvement de tête.

— Vas-y.

Contournant le médecin, il rouvrit la porte pour retrouver Cassidy, assis en tailleur sur le lit. La couverture n'était plus drapée autour de ses épaules, mais gisait désormais au milieu de la pièce. À la place, il portait l'une de ses chemises et l'un de ses boxers. Le voir dans ses vêtements, enveloppé de son odeur, lui plaisait plus que de raison. Une pointe d'excitation naquit dans son ventre, rapidement étouffée par l'inquiétude suscitée par son expression épuisée.

À force de passer ses mains dedans, les cheveux de Cassidy étaient en bataille et lui tombaient dans les yeux. À la crispation de sa mâchoire, il était évident qu'il se retenait de bâiller.

S'accroupissant à sa hauteur, Adam prit délicatement ses mains pour les ramener entre eux. À peine les effleura-t-il qu'il se retrouva à lutter contre l'attraction du lien. Résister à ces pulsions lui fut difficile, surtout en le voyant si vulnérable, loin de l'homme inébranlable qu'il connaissait.

— Fatigué ?

— Oui…

Même son *oui* paraissait épuisé.

— Tu devrais dormir.

— Je dois appeler Jamie.

Adam sortit son téléphone, ouvrit le contact de Troy et le tendit à Cassidy qui le tint sans y prêter attention.

— Tout va bien ?

— Oui, je… C'est juste… ça fait beaucoup, avoua Cassidy en relevant les yeux.

— Beaucoup ?

Ses joues s'empourprèrent et son regard se détourna du sien. Il hocha la tête sans prononcer pour autant un mot.

— Parle-moi, Cass.

Un long silence s'ensuivit, et Adam craignit qu'aucune réponse ne vienne, jusqu'à ce que Cassidy pousse un profond soupir et se racle la gorge.

— Je suis tellement fatigué. Je n'arrive pas à penser. Tout est si… confus. Rien n'est à sa place.

— Tu es à ta place, rétorqua Adam sans pouvoir s'en empêcher.

Parce que Cassidy lui appartenait, parce qu'enfin les choses étaient comme elles devaient l'être.

Il détesta son léger mouvement de tête, et dans un geste instinctif, il saisit sa main libre pour porter ses doigts à ses lèvres. De ce simple baiser naquirent des frissons chez Cassidy, des secousses qui devinrent de plus en plus intenses. Bien qu'aucune larme ne mouille ses joues et qu'aucun son ne franchisse ses lèvres, on l'aurait dit parcouru de sanglots muets.

C'en fut trop. Adam ne pouvait pas rester là, impuissant face à sa tristesse. Il l'enveloppa de ses bras, et même si Cassidy ne lui rendit pas son étreinte, son corps demeurant immobile et tendu, au moins ne le repoussa-t-il pas.

— Je ne le suis pas, Adam.

— À ta place ?

— Ton âme sœur. Tu te trompes.

— Cass, ne rejette pas…

— Je ne peux pas rejeter quelque chose qui n'existe pas. Les chaleurs et les morsures ont créé un lien temporaire, ça, je le sens, Seigneur Destin, je le sens, mais… Nous ne sommes pas… pas comme ça… pas comme tu le crois. Je le saurais. Si c'est la seule raison pour laquelle tu n'es pas en colère contre moi, alors sois en colère, déteste-moi ! Au nom de Destin, tu as toutes les raisons de me détester !

Contre sa poitrine, il sentait la respiration précipitée de Cassidy, ses mains agrippant à présent désespérément sa chemise.

— Pourquoi devrais-je te détester ? interrogea Adam après un bref silence.

— Pour t'avoir menti. Sur moi. Sur mon genre. Sur Jamie. Pour t'avoir entraîné dans ce chaos. Pour ces dix jours où…

— Arrête, l'interrompit-il en posant l'une de ses mains sur sa nuque avant d'embrasser le sommet de son crâne. Tu te trompes.

Un soupir fatigué lui répondit, et les tremblements de Cassidy s'apaisèrent. Ce dernier pressa son front contre son torse avant de se reculer légèrement, brisant leur étreinte.

— Écoute-moi attentivement. Je ne ressens ni colère ni rancœur, que les choses soient claires.

Cassidy ne le croyait pas. Cela se voyait à ses lèvres serrées et au léger froncement de ses sourcils.

— Je ne te déteste pas, insista Adam sans plus d'effet. Et nous n'aurons certainement pas cette conversation maintenant, alors que tu es épuisé et que tu sembles sur le point de t'effondrer. Pour le moment, ce que nous allons faire, c'est appeler Jamie, et ensuite, tu iras te reposer parce que pour l'instant, c'est ce dont tu as le plus besoin. Tout le reste peut attendre.

La manière dont Cassidy le regardait, avec méfiance, mais aussi espoir, lui donna envie de le reprendre dans ses bras. Néanmoins, il doutait que cette fois-ci Cassidy le laisse faire. À la place, il récupéra le téléphone de ses mains.

— J'appelle ?

Cassidy hocha la tête, et il composa le numéro de Troy.

— Tout va bien ? le salua ce dernier lorsqu'il décrocha dès la première sonnerie.

— Oui, Cassidy est réveillé. Est-ce que Jeremy et Jamie sont rentrés ?

— Attends…

Il y eut une conversation étouffée, puis la voix timide de Jamie se fit entendre.

— Pa ?

Adam ne lui répondit pas, se contentant de plaquer son téléphone contre l'oreille de son compagnon. Cassidy ferma les yeux, mais pas assez rapidement pour retenir ses larmes, deux perles qui dévalèrent ses joues.

— Chéri, c'est moi…

De l'autre côté de la ligne, un cri retentit, suivi d'un méli-mélo de paroles.

— Je vais bien. J'ai été très malade.

Adam essuya d'un geste du pouce ses joues mouillées. Puis, s'inclinant, il déposa un baiser sur son front, ce qui prit Cassidy par surprise comme en témoignaient ses yeux écarquillés.

— Je serai en bas, murmura-t-il à son oreille avant de quitter la pièce.

Même s'il aurait aimé rester, il ne se sentait pas en droit de le faire.

Au rez-de-chaussée, l'absence d'Abel et de Léo indiquait qu'ils avaient probablement rejoint la maison de chasse qui leur était attribuée. Adam prit le téléphone fixe dans le salon avant de se diriger vers la cuisine. Tout en appuyant sur un raccourci, il saisit une bouteille d'eau gazeuse dans le réfrigérateur.

— Maverick Hill, répondit la voix grave du chef de la sécurité.

— C'est Adam.

— En quoi puis-je vous être utile, monsieur Anderson ?

Ancien marine, Maverick était du genre direct, une qualité qu'Adam avait toujours appréciée.

— J'ai besoin d'une protection rapprochée.

— Pour vous ? demanda-t-il soudain plus alerte.

— Non, pour mon compagnon : Cassidy Miller.

Si Maverick fut surpris par la nouvelle, il n'en laissa rien paraître, se contentant de son habituelle efficacité.

— Je lance la procédure. Où est-il actuellement ?

— Avec moi au cottage.

— Bien.

— Mobilisez nos hommes les plus compétents. Il s'agit de mon âme sœur.

— Ce sera fait. Puis-je me permettre de vous demander les raisons de cette protection ?

— Je ne suis pas certain.

— Nous serons plus efficaces si nous avons une idée de la menace.

— Il a laissé entendre que quelqu'un le recherchait.

Il n'en savait pas plus, et au vu des réactions de Cassidy, il avait jugé plus prudent de ne pas l'interroger sur les paroles qui lui avaient échappé lors d'un moment de faiblesse extrême. D'ailleurs, il n'était même pas sûr que Cassidy ait eu pleinement conscience de ce qu'il disait, voire qu'il s'en souvienne. Sa peur à ce moment-là était palpable, il avait été terrifié à l'idée que quelqu'un de son passé ait pu lui enlever Jamie.

— Étendez la même protection à son fils, Jamie Miller.

— Où se trouve-t-il actuellement ?

— Avec Troy, dans son penthouse.

— Bien. Je vais renforcer votre propre sécurité.

— Ce ne sera pas nécessaire.

— Cela me semble indispensable.

Adam soupira. Maverick le ferait malgré tout, bravant son avis.

— Puis-je vous être utile d'une autre manière, monsieur Anderson ?

— Assurez-vous que cette protection n'ait aucune incidence sur la vie de Cassidy. Soyez discrets. Je ne veux pas qu'il s'en aperçoive. La situation est… compliquée.

— Nous ferons de notre mieux, acquiesça Maverick sans chercher davantage d'explications.

Quelques minutes plus tard, après avoir clarifié certains détails en suspens, il raccrocha avant de remonter, incapable de rester éloigné de Cassidy plus longtemps. Il toqua doucement à la porte de la chambre, mais face à l'absence de réponse, il entra et un sourire étira ses lèvres.

Allongé en position fœtale sur son lit, les yeux fermés et le portable collé à son oreille, Cassidy marmonnait des paroles à peine articulées. S'approchant, Adam récupéra avec précaution le téléphone que son compagnon tenait à peine.

— Qu'est-ce que… balbutia Cassidy d'une voix empâtée par le sommeil tout en entrouvrant les yeux.

— Dors, je suis là.

Du dos de la main, Adam caressa doucement sa joue, et deux secondes plus tard, Cassidy s'endormit, sa respiration devenant lente et profonde.

— Jamie ? demanda-t-il en reprenant la conversation.

L'enfant qui n'avait pas cessé de bavarder se tut brusquement avant de demander d'une toute petite voix :

— Où est pa ?

— Je suis désolé, mais ton pa est très fatigué.

— Mais il va bien ?

— Il va bien, mon grand, mais il doit dormir.

— D'accord.

— Tu lui parleras demain.

— Promis ?

— Oui, promis.

Tout en terminant l'appel, Adam souleva les jambes de Cassidy pour les glisser sous les couvertures qu'il remonta jusqu'à son menton. Il éteignit les lumières, ne laissant que la lampe de chevet allumée dont le halo était suffisamment doux pour ne pas perturber le sommeil.

S'installant dans le fauteuil, à proximité du lit, il l'observa.

Cassidy était beau, un fait qui n'était pas nouveau. Ce qui était nouveau, c'était la révélation de ses nombreux secrets : un fils, quelqu'un à ses trousses, et quoi d'autre ? Là, tout de suite, Adam avait besoin d'un alcool fort. Les jours à venir allaient exiger de lui une patience qu'il ne possédait guère. Cassidy était comparable à un coffre hermétique et verrouillé, résistant à toute tentative d'ouverture par la force. Plus il insisterait, plus Cassidy se replierait sur lui-même. Il le connaissait assez pour savoir ça. Dans tout ce bordel, Adam n'avait qu'une certitude : il ne ferait rien qui risquerait d'éloigner Cassidy.

## Cassidy

Cette fois, lorsqu'il ouvrit les yeux, il sut où il était. Des fragments de la veille lui revinrent en mémoire: son réveil chaotique, le coup de fil passé à Jamie, Adam qui le bordait… Se redressant sur un coude, il regarda autour de lui, mais son patron n'était plus là. Il se frotta la poitrine, là où persistait une sensation de pincement désagréable.

Retombant sur les oreillers, il couvrit ses yeux d'un bras. Il se souvenait s'être réveillé au cours de la nuit et avoir trouvé Adam endormi sur le fauteuil près de son lit. Tout comme il se rappelait l'avoir observé un long moment avant d'oser tendre la main pour effleurer ses chevilles nues posées sur le matelas. Un contact anodin, insignifiant comparé à ce qu'ils venaient de traverser, mais cette simple caresse avait engendré une satisfaction intense, une ivresse qu'il n'avait pas cherché à réprimer. C'était trop agréable, rassurant. Il s'était rendormi, sa main autour de sa cheville, et maintenant, il ne pouvait s'empêcher de se demander s'il la tenait toujours au réveil d'Adam. Une pensée qui le mettait mal à l'aise.

— Fait chier…

Il leva sa main, la regarda un moment avant de la fermer en un poing et de tourner la tête. Le réveil posé sur la table de chevet indiquait que la matinée touchait déjà à sa fin. Des sons familiers s'élevaient du bas : le murmure de l'eau coulant dans un évier, le tintement de vaisselle s'entrechoquant, des portes qui claquaient, et un rire… Celui d'Adam. Aussitôt, une douce chaleur naquit dans son ventre, accompagnée de frissons le long de sa colonne vertébrale, soulignant ses envies contradictoires. Il désirait tout autant fuir Adam que le rejoindre.

Il se sentait toujours sur la brèche. Même si Adam lui avait assuré ne pas être en colère, ne pas lui en vouloir, Cassidy savait qu'une fois que leur lien commencerait à se désagréger, une fois qu'il ne ressentirait plus ce besoin impérieux de le protéger, ses sentiments évolueraient inévitablement. Adam prendrait conscience de ses mensonges impardonnables à la lumière de ce qu'il leur avait infligé : des chaleurs et un lien d'âme. Alors Cassidy perdrait deux des choses auxquelles il tenait le plus : Adam et son travail. Perdre son emploi l'effrayait, mais il savait pouvoir s'en remettre, recommencer ailleurs, mais il n'y aurait pas d'autre Adam… Avec frustration, il essuya la larme glissant sur sa joue, avant de se frotter à nouveau la poitrine.

S'obligeant à repousser les couvertures, conscient qu'il ne pouvait pas y rester éternellement à l'abri, il s'assit au bord du lit. À portée de main, bien en évidence sur le dossier du fauteuil, se trouvaient un sweat-shirt et un jogging qui ne lui appartenaient pas. Se levant, il les attrapa et les porta à son nez. Une seule inspiration lui suffit pour déterminer le propriétaire. Il aurait reconnu ce parfum familier et sensuel entre tous: Adam. Il se rendit compte qu'il frottait sa joue contre le tissu uniquement lorsqu'un grondement sourd et satisfait fit vibrer sa poitrine. Alors, promptement, il relâcha le vêtement comme s'il l'avait brûlé. Adam n'était pas à lui. Adam n'était pas son alpha. Il devait arrêter de se laisser distraire. Il ne pouvait pas y croire, pas même une seconde, parce que le retour à la réalité serait trop cruel.

Si les perspectives de la journée ne lui paraissaient pas plus faciles que la veille, au moins, son esprit était plus clair, maintenant que la fatigue ne l'accablait plus autant. Rien n'avait changé : les doutes étaient toujours là, la peur aussi, mais tout de suite, ça ne comptait pas. La seule chose qui comptait vraiment était Jamie. Peu importait ce qui se passait entre lui et Adam, il gérerait cela plus tard, une fois qu'il aurait retrouvé son fils, s'assurant qu'il était sain et sauf, et surtout à l'abri.

Dix jours… Onze, maintenant, qu'ils étaient séparés.

Trop, beaucoup trop.

Jamie lui manquait de manière démesurée.

Il pensait à lui lorsqu'il rejoignit la salle de bains en boitillant, encore à lui lorsqu'il s'obligea à se laver malgré son corps courbaturé et douloureux, toujours à lui lorsqu'il enfila les vêtements d'Adam, les retroussant à plusieurs reprises pour les ajuster à sa propre carrure.

Le seul moment d'hésitation, de doute, où il marqua une pause, fut lorsque ses yeux se posèrent sur la table de chevet. C'était là qu'il avait rangé le contraceptif. Il ne l'avait pas pris, même en sachant que ses désirs étaient alors soumis à sa nature d'oméga, qu'ils n'étaient pas vraiment les siens. Il n'avait pas pu, tout simplement.

Portant sa main à son ventre, il en caressa la platitude. Il ne savait pas quoi penser de cette possibilité, et il choisit de ne pas s'y attarder. Comme pour le reste, il aviserait plus tard. Une chose à la fois, et la première, la plus cruciale, était Jamie. En sortant de la chambre, il s'appuya contre la porte, comme si cette fine barrière de bois pouvait le protéger des répercussions de cette décision. Et puis, il l'entendit : une voix qui fit manquer un battement à son cœur. Une voix qu'il voulait entendre par-dessus tout. Une voix qui parvint à effacer ses doutes, ses peurs, la douleur à sa cheville, la fatigue… Claudiquant, il traversa le couloir, descendit l'escalier, le cœur battant.

Là, en bas, dans l'encadrement de la porte menant au salon, il le vit.

— Pa ?

Jamie.

Son fils n'aurait pas dû être là, et pourtant…

— Jamie…

Son petit garçon se précipita vers lui. Cassidy s'accroupit pour le réceptionner dans ses bras et la frustration manqua de le faire grogner lorsque Jamie s'arrêta dans son élan, à quelques pas de lui. Avec un air hésitant, son fils tourna la tête vers Adam, qui venait d'apparaître dans l'encadrement de la porte. Appuyé nonchalamment dessus, un torchon sur l'épaule et les bras croisés, il les observait avec ce que Cassidy aurait pu qualifier de tendresse, un adjectif qu'il lui associait très rarement.

— J'ai dit doucement avec ton pa, mais tu peux lui faire un câlin, murmura Adam en adressant à Jamie un clin d'œil.

Cassidy se moquait complètement de ce « doucement ». Son fils était là, vraiment là. Il l'attrapa et le tira dans ses bras, le serrant avec force. Il enfouit son visage dans son cou, inspirant son parfum, se rassasiant après des jours de séparation. Il le tenait. Il était là. En sécurité. Avec lui. Personne ne le lui avait enlevé.

Cassidy n'était plus accroupi, mais assis, berçant maladroitement Jamie contre lui. Le soulagement était si intense qu'il en tremblait.

— Pa ? l'appela Jamie.

Sa petite main caressa sa joue, et Cassidy l'emprisonna entre ses doigts d'adulte pour la porter jusqu'à son cœur. Parce que

Jamie était cela : une partie de son cœur.

— Adam a dit que tu étais malade, et que je devais y aller doucement.

Le nom d'Adam fit relever la tête à Cassidy, et il jeta un coup d'œil rapide dans sa direction. Toujours à sa place, Adam les fixait avec une émotion que Cassidy peinait à déterminer. S'il devait la qualifier, il opterait pour la possessivité. Une possessivité qui faisait briller les yeux d'Adam d'un éclat sauvage hypnotisant. Puis, Jamie bougea dans ses bras, et, silencieusement, Cassidy articula un « merci », auquel Adam répondit par un discret mouvement de tête.

— Tu es guéri, maintenant ? lui demanda Jamie d'une toute petite voix, ramenant son attention vers lui.

— Oui, chéri. Je suis guéri.

— Tu ne vas pas mourir, alors ?

— Qui t'a dit que j'allais mourir ?

Dans ses bras, Jamie haussa les épaules. Avec douceur, d'un doigt sous son menton, Cassidy releva sa tête pour plonger son regard dans le sien. Il n'aima pas la peur qu'il y trouva.

— Je ne vais pas mourir, chéri.

Il posa son front contre le sien.

— Je ne vais nulle part.

À nouveau, il le serra contre lui, le berçant avec des paroles empreintes de réconfort et d'amour.

## Adam

Au milieu de l'entrée, Cassidy était assis, Jamie dans ses bras. Ses mains ne cessaient de caresser les cheveux de son fils et de parcourir son corps, comme s'il voulait s'assurer qu'aucune blessure ne s'y cachait. Ses lèvres couvraient son visage poupin de baisers, tandis qu'il le marquait de son odeur. Après dix jours de séparation, il ne devait plus subsister grand-chose du mélange de leurs parfums. C'était un besoin qu'Adam comprenait. À présent, la simple idée que toute trace olfactive de sa présence s'efface du corps de Cassidy lui donnait envie de grogner.

Il soupira. Beaucoup de choses le faisaient grogner dernièrement. Plus tôt dans la matinée, à sa demande, Troy avait déposé Jamie. Lorsque son frère était descendu de voiture pour accompagner l'enfant à l'intérieur, Adam lui avait littéralement aboyé dessus. Son comportement irrationnel lui avait valu un haussement de sourcil moqueur, ce qui n'avait en rien contribué à apaiser son irritation.

Même si son frère était la personne à qui il confierait sa vie les yeux fermés, il n'avait pas pu le laisser entrer. Troy était un alpha. C'était stupide et déraisonnable, mais il n'arrivait pas à aller au-delà. Il ne le pouvait tout simplement pas. Troy était alors resté à la grille, loin, très loin de son compagnon.

— Pa... râla Jamie alors que Cassidy glissait ses doigts dans ses cheveux et les ébouriffait.

— Tu m'as manqué, chéri, dit-il avec douceur, suscitant une vague de nostalgie chez Adam.

C'était avec cette même voix que son père leur parlait toujours, à lui et à Troy, même lorsqu'ils l'avaient mis en colère, même lorsqu'ils l'avaient déçu. Une voix où l'amour imprégnait chaque note.

Relevant sa frange, Cassidy déposa un baiser sur le front de son fils.

— Je t'aime.

— Moi aussi, mais arrête avec mes cheveux, bougonna Jamie en tentant de s'écarter.

Son pied heurta alors la cheville de Cassidy, lui arrachant un gémissement. Adam, sans même s'en rendre compte, se retrouva accroupi à ses côtés, une main serrant sa nuque, prêt à... il ne savait pas exactement à quoi. Un grognement rauque faisait vibrer sa poitrine, et Jamie, qui s'était éloigné de quelques pas, le scrutait avec appréhension.

— Tu arrêtes ça tout de suite! ordonna Cassidy d'un ton glacial, arborant une expression hostile.

Ses yeux étaient plissés, et sa lèvre supérieure dévoilait légèrement ses dents. Si l'instinct protecteur des omégas envers leurs enfants était connu, c'était la première fois qu'Adam y était véritablement confronté. Cassidy semblait sur le point de lui sauter à la gorge.

— Tu ne grognes pas après mon fils. Jamais.

— Je suis…

— Toi, tu grognes tout le temps après moi, intervint Jamie avant qu'Adam n'ait pu s'excuser.

En réaction, Cassidy grogna en direction de Jamie.

— Tu vois! s'exclama ce dernier, les paumes ouvertes exposant la preuve de cette injustice familiale.

— C'est le privilège des parents de grogner sur leur progéniture quand elle n'est pas sage ou qu'elle leur manque de respect. Tu préfères que je te grogne dessus ou que je te prive de télé?

Les petites lèvres de Jamie se serrèrent tandis qu'il fixait ses chaussures en grommelant.

— C'est bien ce que je pensais, ajouta Cassidy en tentant de se relever.

Mais le peu de poids qu'il mit sur sa cheville suffit à lui faire grincer des dents.

Si Adam réussit à lutter contre le besoin impérieux de le prendre dans ses bras, il ne put s'empêcher de presser plus fermement la nuque de Cassidy. Le regard peu amène qu'il récolta le fit soupirer.

— Cass, laisse-moi t'aider, s'il te plaît.

— Je peux le faire tout seul.

— Tu peux le faire tout seul, mais ça sera plus facile si je t'aide.

Après un bref silence, Cassidy hocha la tête, son expression contrariée indiquant toute sa réticence, puis tendit le bras. Sans aucune hésitation, Adam glissa ses mains sous ses aisselles. Avec toute la délicatesse dont il était capable, il le redressa et entoura son torse de son bras pour soulager sa cheville douloureuse.

— Tu t'es blessé, pa? demanda Jamie en s'approchant.

Son regard inquiet était fixé sur le pied relevé de Cassidy.

— Oui, mais ce n'est rien de grave.

Adam n'était pas d'accord avec cela. Ce n'était pas « rien de grave » si son compagnon avait mal.

— Comment ?

— Ton père est maladroit, répondit Adam pour tenter de le rassurer.

Le regard courroucé que lui lança Jamie lui évoquait tellement celui de Cassidy que même sans leur ressemblance physique, il n'y aurait eu aucun doute sur leur parenté.

— Si tu dis ça parce que c'est un oméga, tu es stu… pas très intelligent, se reprit-il en jetant un regard en coin à son père. Pa n'est pas maladroit. Pa sait faire plein de choses bien mieux que plein d'alphas et de bêtas.

— D'accord… concéda Adam un peu bêtement face à cette réplique. Ton pa n'est pas maladroit.

D'un hochement de tête, Jamie approuva.

Contre son bras, il sentit Cassidy étouffer un léger rire. Lorsqu'il baissa son regard vers lui, son compagnon lui adressa un sourire empreint de fierté paternelle.

— Il a six ans et commence à entrer dans l'âge où l'on comprend les différences entre oméga, bêta et alpha.

Si son sourire s'assombrit en évoquant les trois genres, ses yeux, en revanche, exprimaient cette détermination qu'Adam admirait en lui.

— Peu importe ce qu'il deviendra. J'essaie de le sensibiliser aux discriminations de genre. Récemment, nous avons eu une grande discussion sur la puissance des mots et comment ils peuvent être utilisés pour renforcer la domination alpha. Coquet, sensible, joyeux, curieux, souriant et maladroit… En attribuant ces traits aux omégas dès leur naissance, on les enferme déjà dans des stéréotypes de genre.

— Je n'y avais jamais pensé.

Le rire de Cassidy se fit plus franc.

— Adam, tu incarnes parfaitement le stéréotype de l'alpha. Aucune remise en question. Bien sûr que tu n'y as jamais pensé.

— Hé ! s'indigna-t-il.

— Je suis ton assistant depuis assez longtemps pour savoir comment tu perçois les omégas.

Cassidy marqua une pause, sa joie s'estompant sur son visage, avant d'ajouter :

— Comment tu me perçois.

À ces mots, Adam le sentit se refermer sur lui-même. Il aurait aimé se défendre, mais il en était incapable. Il se remémorait les mots qu'il avait prononcés lors de leur dernière dispute. Trop souvent, il avait utilisé des termes peu flatteurs pour décrire les omégas qu'il fréquentait.

— Je ne t'ai jamais vu ainsi, finit-il par dire tout en sachant que cela ne suffisait pas. Je ne t'ai jamais pensé faible. Et ce que j'ai dit était…

Il secoua la tête sans achever sa phrase. Un frisson le traversa lorsque les doigts de Cassidy effleurèrent sa joue, laissant derrière eux des picotements.

— Je sais. Mais j'étais un bêta. Maintenant…

— Tu es mon oméga.

— Un oméga, le corrigea Cassidy.

Adam grogna.

Il n'avait aucun doute sur le fait que Cassidy lui était destiné. Il le lui prouverait.

— Ça sent le brûlé ! les coupa la voix fluette de Jamie, leur rappelant sa présence.

— Merde ! jura-t-il en se précipitant dans la cuisine alors qu'une légère fumée s'en échappait.

# CHAPITRE 10
## Recommencer...Encore

## Adam

Adam fixait avec dépit le bacon carbonisé dans la poêle qu'il venait de jeter dans l'évier. L'odeur de brûlé lui piquait les narines.

— C'est cramé, commenta Jamie avec une grimace. Encore.

— Encore ? rebondit Cassidy en haussant un sourcil à son attention.

— Il a aussi fait brûler le phô de Jeremy.

— De Jeremy ?

— On l'a préparé chez Troy. Jeremy a dit que le bouillon te ferait du bien. Je l'ai aidé, ajouta Jamie avec une certaine fierté.

— Merci, mon cœur.

Cassidy caressa les cheveux de son fils avant de se tourner vers lui.

— Tu as réussi à brûler une soupe en la réchauffant, vraiment ?

Une hanche appuyée contre le meuble de cuisine, il le fixait, les bras croisés sur sa poitrine, une lueur moqueuse dans les yeux. Adam avait bien tenté de le faire s'asseoir pour soulager sa cheville, mais Cassidy n'avait rien voulu entendre.

— Il était sur son portable, le dénonça impitoyablement le gamin.

— Je répondais à des mails professionnels, se justifia-t-il.

— Pa, il répond à des mails et il prépare le dîner en même temps. Et rien ne brûle jamais.

— Ton pa est un oméga.

Au moment même où les mots franchirent ses lèvres, il réalisa avoir merdé.

— Désolé, ce n'est pas ce que j'ai voulu dire.

— C'est exactement ce que tu as voulu dire, le contredit Cassidy.

Son ton déçu fit mal à Adam. Il n'y avait aucun jugement, seulement de la résignation, comme si Cassidy n'avait rien espéré de plus de sa part.

— Pa cuisine bien parce qu'il a appris à cuisiner. Ce n'est pas une question de genre. Quand je serai plus grand, que je sois alpha, oméga ou bêta, je saurai cuisiner, enchaîna Jamie en le fixant avec un regard courroucé.

Adam leva les mains en signe de défaite.

— Je m'excuse. C'était une remarque stupide.

— Oui, dirent en même temps le père et le fils.

Adam ne put s'empêcher de sourire devant leur union, et avant qu'il n'ait pu se retenir, il caressa la joue de Cassidy. Du pouce, il dessina sa pommette, puis les cernes trop prononcés soulignant ses yeux. Il aurait voulu les effacer ; ils étaient la preuve qu'il n'avait pas su prendre soin de son oméga. Un constat douloureux.

— Je vais m'améliorer. Il va falloir que tu sois patient avec moi.

— Ça fait des années que je suis patient avec toi, je devrais pouvoir continuer encore un peu.

Entre son pouce et son index, Cassidy mima un minuscule espace qu'Adam agrandit légèrement.

— Accorde-moi un tout petit peu plus que « un peu », s'il te plaît.

— Je vais voir ce que je peux faire, mais ne tarde pas trop quand même.

Adam acquiesça avant de porter la main de Cassidy à ses lèvres. Les yeux de ce dernier se plissèrent, puis l'étonnement laissa place à une autre émotion. La chaleur était de nouveau là, entre eux. Intense et dévorante. Leurs respirations s'accélérèrent. Cassidy déglutit, le bleu de ses iris s'assombrissant tandis que ses pupilles se dilataient. Légèrement, il pencha la tête sur le côté, exposant son cou orné de ses morsures.

Adam pouvait le ressentir. Le lien vibrait entre eux, chaque pulsation émettant un écho qui se répétait à l'infini : *nous, nous, nous*. Et ce « nous » était une indomptable puissance. Il était étourdissant, écartant tout ce qui n'était pas eux.

Incapable de résister, Adam se pencha, sûr que l'embrasser était la seule manière d'apaiser la folie qui le tourmentait. Là, tout de suite, il devait le faire pour ne pas se laisser emporter. Alors que ses lèvres étaient à quelques millimètres des siennes, un mouvement attira son attention vers ses jambes où de grands yeux inquiets le fixaient : ceux de Jamie. Jamie qui se tordait anxieusement les mains.

Ça le ramena au présent. À autre chose que ce « nous ».

Il lui était impossible d'embrasser Cassidy. Pas de cette manière, pas à cet instant, pas simplement en raison du lien qui les unissait. Surtout pas en présence de Jamie, dont l'expression effrayée agit comme une douche froide. Relâcher la main de Cassidy et s'éloigner lui coûta cher, d'autant plus lorsqu'il nota la douleur que ce rejet lui causa.

— Jamie, murmura-t-il, les dents serrées.

— Jamie… répéta Cassidy, désorienté.

Le simple fait de prononcer le nom de son fils le tira de sa transe. Il cligna des yeux à plusieurs reprises jusqu'à ce qu'ils retrouvent leur couleur habituelle.

— Merde, jura-t-il en secouant la tête.

— Ouais, merde.

Prudemment, Jamie s'approcha de son père et agrippa son pantalon.

— Tu devrais t'asseoir, lui suggéra Adam en s'éloignant encore d'un pas.

Il se força à détourner le regard pour fixer la plaque de cuisson. À présent, ses mains étaient agrippées au plan de travail. Il les maintint ainsi pour s'empêcher de saisir quoi que ce soit d'autre.

— Oui, je devrais m'asseoir.

Il y avait de la prudence dans le ton de Cassidy, et à chaque pas qu'il fit vers la table, Adam se retint de le ramener tout contre lui. Moins d'un mètre les séparait, mais c'était déjà trop. Son instinct lui hurlait de ne pas le laisser s'éloigner. Parce que s'il le faisait, il serait à nouveau seul, et il ne voulait plus être seul, il le voulait lui. Parce qu'avec lui, ils formaient un « nous » et ce « nous » était ce qu'il avait de plus précieux.

— Adam... l'appela doucement Cassidy.

— Donne-moi quelques minutes. Juste... un moment, d'accord ?

C'était la seule explication qu'il pouvait lui offrir, parce qu'on ne disait pas devant un gamin de six ans qu'on voulait baiser son père jusqu'à ce qu'il ne puisse plus crier. En réalité, c'était bien plus profond que cela. Il voulait plus que le baiser : il voulait protéger Cassidy, le rendre heureux. Sauf que ce n'était pas ce qu'il avait fait. La poêle carbonisée dans l'évier et les marques de morsures disséminées sur le corps de Cassidy témoignaient du contraire : il n'avait pas réussi à le protéger ni à le rendre heureux.

Il n'était pas quelqu'un de bien. Cassidy méritait bien mieux : quelqu'un qui ne sous-entendrait pas que la place des omégas était dans la cuisine, quelqu'un de plus apte à comprendre la nature humaine, quelqu'un de bienveillant et doux... Quelqu'un qui serait à la hauteur, car lui-même ne l'était pas. Savoir qu'un autre serait plus à même de rendre Cassidy heureux le rendait fou de désespoir.

Destin avait commis une erreur en le choisissant, mais ce choix était irrévocable. Ils étaient alpha et oméga, liés pour l'éternité. Cassidy lui appartenait et il appartenait à Cassidy. Peu importait les sacrifices auxquels il devrait consentir, peu importait les épreuves à surmonter : il veillerait au bonheur de son compagnon et le protégerait de tout, même s'il ne connaissait pas encore la nature exacte de ce « tout ». Il se le jurait.

— Je te protégerai et je veillerai à ton bonheur.

— Adam...

— Je te promets de faire ce qui doit être fait.

— Adam, écoute-moi...

— Je serai celui dont tu as besoin.

— Regarde-moi, maintenant ! insista Cassidy avec fermeté.

Cette fermeté le poussa à obéir. Il releva lentement la tête alors que des doigts chauds effleuraient sa peau froide.

Cassidy était là et le regardait avec tendresse, loin de son impassibilité habituelle.

— Je suis en sécurité. Je suis avec toi.

Une main douce serra son épaule.

— Dis-le pour moi, insista son compagnon.

— Tu es en sécurité. Tu es avec moi.

— Oui, c'est ça. Alors lâche ce plan de travail innocent, il ne t'a rien fait.

Adam baissa le regard. Sous ses doigts, le bois avait commencé à se fendre. Avec un soupir, il relâcha sa prise et secoua ses mains crispées. Malgré sa conscience de l'irrationalité de ses émotions, il se sentait toujours emprisonné par elles, enlisé dans cette impuissance à rendre Cassidy heureux.

— Inspire, lui ordonna ce dernier.

Adam le fit.

— Encore.

Il se laissa guider par sa voix, suivant le rythme lent qu'il lui imposait.

— Comment te sens-tu ?

— Mieux, avoua-t-il.

L'angoisse commençait à refluer. Il réussissait de nouveau à penser.

— Les prochains jours vont être compliqués, soupira Cassidy.

De cela, Adam n'en doutait pas. La formation d'un lien entre compagnons était connue pour altérer la raison, les émotions trop fortes pouvant les déconnecter de la réalité. C'est pourquoi une semaine de congé était accordée après une union de Destin, laissant ainsi à l'alpha et à l'oméga le temps de s'ajuster et, surtout, de prévenir d'éventuels incidents fâcheux.

— Mais pour quelqu'un qui a du mal à gérer les émotions fortes, tu t'en sors étonnamment bien, ajouta Cassidy avec un sourire entendu.

— Je gère très bien les émotions fortes, se défendit Adam.

— Si par « gérer les émotions », tu entends les dissimuler derrière ton image d'homme d'affaires insensible, alors oui, tu les gères merveilleusement bien. Ça ira mieux quand le lien aura disparu.

Il plissa les yeux.

— Tu le penses vraiment, n'est-ce pas ?

— Quoi ?

— Que le lien va disparaître.

Il observait Cassidy toucher son sweat, là où, en dessous, ses morsures étaient cachées. Une ombre voila son visage, puis il acquiesça lentement.

— Tu es encore sous le coup de mes...

Cassidy ne termina pas sa phrase. Son regard se posa sur son fils, et il secoua la tête.

— Ça passera. Tout cela finira par disparaître.

Un grognement contrarié remonta dans sa gorge, et Adam le refoula.

Cassidy se trompait, mais cette conversation ne pouvait avoir lieu dans cette cuisine, surtout pas devant Jamie, dont le regard oscillait entre eux deux.

Avec un soupir fatigué, Cassidy s'installa enfin sur une chaise et attira son fils entre ses jambes, le serrant contre son torse et posant son menton sur le sommet de sa tête.

Se forçant à détourner son attention, Adam commença à fouiller dans les placards. Bien qu'il y trouve de quoi dresser une table pour plus de vingt convives, à part un paquet de pâtes abandonné, il n'y avait rien à mettre dans les assiettes. Une fois de plus, il se sentit submergé par un sentiment d'impuissance.

— Laisse tomber, Adam. Ça va, je n'ai pas faim.

Les omégas n'avaient jamais faim après leur période de chaleurs, c'était un fait bien connu. Adam jeta un regard aux traits émaciés de Cassidy. Après dix jours de chaleurs, il avait perdu deux bons kilos. Même si Cassidy avait toujours été mince, ses joues creuses et ses côtes apparentes ne lui plaisaient pas. Walker le lui avait répété à maintes reprises : il devait le nourrir.

— Tu dois manger. Je peux tenter des pâtes ou on peut prendre à emporter en rentrant.

— En rentrant ?

Le sourire de Cassidy s'effaça.

— Je pensais que tu voudrais rentrer au plus vite.

— Oui… Oui, évidemment.

Mais son affirmation sonnait creux.

— On peut…

— Non, le coupa Cassidy avec cette fois plus de fermeté. Tu as raison. Jamie doit retourner à l'école. J'ai besoin de vêtements et je dois…

— Et tu dois ? l'encouragea Adam lorsqu'il ne continua pas.

— Le travail, reprendre ma vie, tout ça.

— Le travail… Sérieusement ? Ce n'est vraiment pas la priorité, là, tout de suite.

La contrariété tordit les lèvres de Cassidy qui lui répondit par un marmonnement inintelligible, avant d'enfouir son nez dans le cou de Jamie. Adam reconnaissait ce geste pour ce qu'il était : une façon de se rassurer. Son père avait agi de même lorsqu'il était stressé, du moins jusqu'à ce que lui et Troy grandissent et se plaignent que ce n'était plus de leur âge.

Quelque chose n'allait pas, mais Adam n'avait aucune idée de quoi ni de comment gérer ce « quoi ». Il referma les placards avec probablement un peu trop de force.

### Cassidy

La nuit commençait à tomber, et ils auraient dû être partis depuis un moment s'il ne bloquait pas sur l'installation du rehausseur apporté par Troy en même temps que Jamie. Trois fois déjà, il avait vérifié qu'il était bien installé et que la ceinture de sécurité était correctement bouclée. Incapable de s'en empêcher, il effectua une nouvelle vérification tout en répondant distraitement à son fils, qui lui racontait son rêve. Penché en avant, le corps à moitié dans l'habitacle, il sursauta lorsqu'une main se posa sur le bas de son dos. Avant que sa tête ne heurte le montant de la portière, la main abandonna sa position pour se placer entre la carrosserie et lui.

— Hé ! Doucement ! gronda Adam en le tirant en arrière.

— Tu m'as fait peur !

— Je t'ai appelé plusieurs fois.

— Je ne t'ai pas entendu.

— Ça ne m'avait pas échappé, répliqua Adam d'un ton ironique.

Cassidy redressa la tête, prêt à lui renvoyer une remarque acerbe, mais rien ne sortit lorsqu'il réalisa être dans ses bras.

— Je suis sûr que le rehausseur est bien installé, continua Adam, ignorant de son trouble.

Sa grande main caressait doucement son dos, et l'angoisse qui nouait le ventre de Cassidy se dissipa lentement, laissant place à une inquiétude moins douloureuse.

— Je sais, souffla-t-il en jetant un coup d'œil au siège.

— Connaissant Troy, il a dû le payer une fortune. Je ne m'inquiète pas de la qualité.

— Je sais !

Vraiment, il le savait, mais le savoir ne changeait rien à ce qu'il ressentait. La terreur qu'il avait éprouvée plus tôt, lorsqu'il avait cru avoir perdu Jamie, était toujours présente, tordant la logique pour transformer tout risque en danger mortel immuable. Là, tout de suite, les images qui lui venaient à l'esprit étaient celles de son fils projeté à travers le pare-brise en cas d'accident.

— C'est plus fort que moi, s'étrangla-t-il en enfouissant son visage contre le torse d'Adam.

Il se figea en réalisant ce qu'il venait de faire, et bien que la voix de la raison lui murmure de s'écarter, il n'en fit rien.

— C'est plus fort que moi, répéta-t-il plus bas.

Il ne savait pas s'il parlait de sa réaction démesurée face à la sécurité de son fils ou s'il faisait référence à sa manière pitoyable d'étouffer son anxiété contre la poitrine de son foutu et autoritaire patron. Au lieu de le repousser, Adam enserra sa nuque et déposa un baiser sur le sommet de son crâne, comme si cette intimité avait toujours été naturelle entre eux.

— Est-ce que ça t'aiderait si je vérifiais une dernière fois que tout est en place ?

Cassidy prit un moment pour réfléchir avant de hocher la tête.

— Je crois...

Avec cette même aisance qui le laissait perplexe, Adam embrassa à nouveau ses cheveux avant de le repousser doucement et de se pencher dans l'habitacle. Les bras croisés anxieusement sur son torse, Cassidy observa attentivement, vérifiant une dernière fois avec lui.

— Tout est en place, lui assura Adam en se redressant.

— Sûr ?

Adam lui releva le menton pour l'obliger à le regarder.

— Tout va bien. Il va bien. Tu vas bien. Est-ce que tu me fais confiance ?

Cassidy plissa les yeux et mordilla l'intérieur de sa joue.

— Ça dépend pour quoi. Parce que si on parle de ta façon de gérer certains clients...

— Pour votre sécurité, le coupa Adam avec un sérieux troublant.

— Oui, répondit immédiatement Cassidy.

Sur ce point, il n'avait aucun doute.

— Très bien. Alors, monte dans cette voiture, s'il te plaît. Sinon, je vais devoir t'attacher pour te faire entrer de force.

Cassidy savait que c'était une plaisanterie, une boutade dénuée de toute connotation sexuelle. Il le savait, mais il ne put pas s'empêcher d'y voir autre chose. Quelque chose qui lui plaisait beaucoup trop. Quand les yeux d'Adam se posèrent sur lui, le fixant avec intensité, Cassidy sut que son excitation soudaine n'était pas passée inaperçue.

— Donc t'attacher est une possibilité... s'amusa Adam d'une voix rauque.

Cassidy sentit ses joues s'embraser.

— Pourquoi j'ai l'impression qu'on ne parle plus de la voiture ?

— Parce qu'on ne parle plus de la voiture.

Adam inspira longuement, le bout de sa langue léchant sa lèvre supérieure.

— Tu sens tellement bon quand tu es excité.

— Qu'est-ce que ça veut dire « excité » ? demanda la petite voix de Jamie, les prenant par surprise.

Cassidy quitta alors les bras d'Adam pour se tourner vers son fils, sans savoir quoi lui répondre.

— Ça veut dire être impatient de faire quelque chose, enchaîna Adam sans se laisser démonter.

— Pa est impatient de faire quoi ?

— De… De… balbutia Cassidy, incapable d'aligner plus de deux mots.

— De monter dans cette voiture, évidemment ! poursuivit Adam en lui ouvrant la portière côté passager, ne lui laissant d'autre choix que de s'asseoir.

Si les premières minutes du voyage s'étaient déroulées dans un silence pesant, Cassidy trop absorbé par la surveillance du compteur kilométrique pour engager la moindre conversation, Adam l'avait rompu en posant des questions à Jamie. À présent, son fils leur relatait en détail la semaine qu'il avait passée avec Troy et Jeremy : les soirées cinéma agrémentées de pop-corn, les après-midi passés au parc et à la bibliothèque, les parties de jeux de société, la confection de cookies et même un concours de blagues, sans oublier la visite à la ferme et l'atelier de peinture. Cassidy se demandait vraiment comment il allait pouvoir remercier Troy et Jeremy pour tout ce qu'ils avaient fait.

— Tu ne leur dois rien. Ne te tracasse pas avec ça, lui dit Adam, comme s'il pouvait lire dans ses pensées.

Pourtant, Cassidy leur devait beaucoup. Troy et Jeremy avaient pris soin de Jamie quand lui-même ne le pouvait plus.

— Je n'avais jamais confié Jamie à qui que ce soit.

Il ne sut pas pourquoi il lui avouait ça.

— À personne ?

— Pas pour plus de quelques heures ou une soirée.

— Même à ton ami ?

— Mon ami ?

— La pile électrique aux cheveux verts… Merde! jura Adam en lâchant le volant pour fouiller dans sa poche.

— Tes mains sur le volant! aboya Cassidy.

Son éclat de voix fit hausser un sourcil à Adam.

— Je voulais juste récupérer mon téléphone.

— Tu n'as pas besoin de ton téléphone en conduisant! Et tu dépasses la limite de vitesse, ralentis.

— De deux kilomètres heure, Cass.

— Deux kilomètres heure de trop! Jamie est avec nous, tu ralentis ou on descend.

Cassidy garda les yeux fixés sur le compteur jusqu'à ce qu'Adam revienne à une vitesse plus raisonnable.

— Voilà.

— Merci, lui répondit-il sèchement.

Quelques secondes s'écoulèrent avant qu'Adam ne reprenne la parole.

— J'ai besoin de récupérer mon téléphone dans ma poche.

— Non, tu n'en as pas besoin. Peu importe ce que tu veux en faire, ça peut attendre.

— Ce n'est pas pour moi. Il faut que tu appelles l'extraterrestre avant que lui n'appelle les flics.

— L'extraterrestre?

— Jeune, oméga, cheveux verts, grande gueule, grosse voiture…

— Liam?

— Oui, Liam. Exactement. Il s'est rendu au cottage hier. Il envisageait d'appeler la police parce qu'il s'inquiétait que je t'aie enlevé.

— Mer… credi, se reprit Cassidy de justesse. Pourquoi ne l'a-t-il pas fait?

— Parce que je lui ai dit pour nous.

— Nous?

— Oui, nous. Toi et moi. Il nous…

L'insistance avec laquelle Adam prononça ces mots témoignait de sa conviction inébranlable quant au fait qu'ils étaient des âmes sœurs.

— … a donné vingt-quatre heures pour que tu l'appelles et lui prouves que tout va bien.

Adam jeta un coup d'œil à sa montre.

— Il te reste trois minutes avant qu'il ne mette sa menace à exécution, et j'aimerais autant ne pas finir en prison pour kidnapping et séquestration.

Soudain, une angoisse saisit son ventre, tandis qu'une nausée lui soulevait le cœur. Pendant une seconde, la crainte d'un accident qui pourrait le priver de Jamie fut supplantée par celle d'une grille le séparant d'Adam. Il n'y survivrait pas. Cette idée lui était insupportable. Puis, une colère inhabituelle remplaça sa peur. Il ne permettrait pas que cela se produise. Jamais. Il protégerait Adam, parce qu'Adam était à lui.

— Quelle poche ?

— De quoi ?

— Ton téléphone, Adam, le rabroua-t-il.

— Droite.

Se penchant, il glissa sa main dans sa poche avant, et à ce moment-là, il perçut la brusque inspiration d'Adam. Ses yeux se posèrent alors sur sa braguette, déformée par son érection, et une soif irrépressible, qu'aucune eau ne pourrait étancher, lui assécha la gorge. Si seulement il pouvait s'incliner un peu plus, si seulement il pouvait tendre la main, il pourrait…

— Cass, si tu continues, je vais devoir lâcher le volant pour t'empêcher de faire une connerie.

Il cligna des yeux, soudain conscient que sa main libre, celle qui ne tenait pas son téléphone, reposait maintenant sur la cuisse d'Adam, dangereusement proche de son aine.

— Je ne vais pas… Ce n'était pas… bafouilla-t-il en se redressant brusquement.

Plaquant son dos contre le siège, il inspira profondément pour se calmer, mais fut immédiatement frappé par l'odeur d'excitation émanant d'Adam. Sans attendre, il ouvrit la fenêtre, comptant sur l'air glacial de ce début de novembre pour étouffer ses ardeurs subites.

Il avait perdu le contrôle. Encore.

— Pardon… murmura-t-il.

— Ne t'excuse pas.

N'ayant pas le courage de croiser le regard d'Adam, il fixa plutôt le paysage verdoyant qui défilait. Bientôt, ils quitteraient la campagne pour la ville, et un frisson d'angoisse parcourut son échine.

— Cass ? demanda aussitôt Adam.

— Ça va.

— Non. Ça ne va pas. Je le sens.

— Eh bien, arrête de le sentir, répliqua-t-il en déverrouillant enfin son portable.

Tout le monde était surpris de découvrir qu'il connaissait ce code, mais c'était bien lui qui répondait le plus souvent aux appels de son patron, que ce soit sur sa ligne professionnelle ou personnelle. Il était d'ailleurs familier avec presque tous les codes d'Adam, de l'alarme de son appartement à l'accès à son ordinateur, en passant par ses codes bancaires. Il pouvait même dire exactement combien il y avait dessus : plusieurs billions.

— Cass…

Ignorant Adam, il composa le numéro de Liam qui, heureusement, décrocha dès la première sonnerie.

— C'est pour ? répondit son ami avec sa morgue habituelle.

— C'est moi.

S'ensuivit un silence, puis :

— Merci Destin. J'étais sur le point d'appeler la flicaille.

— Ne le fais pas.

— Seulement si tu m'assures que tout va bien.

Dans cette demande, transparaissait une réelle inquiétude.

— Je vais bien.

— Est-ce que « Tout va vraiment bien », ou « Tout va bien, mais cela pourrait être encore mieux si je venais te sauver » ? Je sais où te trouver. Un mot, Cass, et je te sors de là.

Sa voix était dénuée de son ironie habituelle. Liam, en tant qu'oméga, comprenait ce qu'il avait traversé ; tous deux savaient qu'il avait eu de la chance. Cassidy abaissa sa main de sa nuque à son épaule, là où il avait été mordu.

— Merci, vraiment, mais je vais bien. On rentre chez moi.

— Chez toi ? Avec ton stupide patron ?

— Oui. J'ai besoin de récupérer des affaires et Jamie doit reprendre les cours demain.

Affirmation qui fit râler ce dernier depuis son siège à l'arrière.

— Je te rejoins là-bas ?

— Je...

Il jeta un bref coup d'œil vers Adam. On aurait presque pu le croire détendu si ses mains ne serraient pas si fort le volant, et s'il ne fixait pas la route sans cligner des yeux.

Cassidy retint un soupir. Demander à Liam de venir serait admettre non seulement qu'il allait mal, mais aussi qu'il n'avait pas assez confiance en Adam pour prendre soin de lui. Une logique stupide, mais suffisante pour ébranler l'ego d'un alpha.

— Je t'appellerai si ça ne va pas, finit-il par dire.

Un grognement vaincu lui répondit de l'autre côté de la ligne.

— Fais-le, s'il te plaît. Promets-moi que tu n'hésiteras pas. Peu importe où, peu importe quand, je serai là.

— Je te le promets.

Il entendit le grincement caractéristique du parquet de l'appartement de Liam, indiquant que ce dernier faisait les cent pas dans son salon.

— Pour ce que j'ai dit dans le parc, je suis désolé. Vraiment.

— Tu avais raison. J'aurais dû t'écouter.

— Je suis quand même désolé.

— Moi aussi.

En fond, se fit entendre la voix d'Eugène, puis un bruit sourd et des pleurs.

— Je te rappelle plus tard, lui lança Liam avant de raccrocher.

Cassidy fit tourner le portable entre ses doigts avant de le poser dans le vide-poche, entre lui et Adam.

Un bâillement irrépressible lui échappa. Il était épuisé, plus que cela : éreinté. Les morsures à son cou et entre ses cuisses le démangeaient, et être assis était douloureux, lui rappelant inlassablement ce qu'il avait enduré ces dix derniers jours.

Il reporta son attention sur l'autoroute, et la boule d'angoisse dans son ventre grossit. C'était la première fois en six ans qu'il ne serait plus sous inhibiteurs et suppresseurs. Il ne pourrait plus dissimuler sa véritable nature ; tout le monde saurait qu'il était un oméga. Plus que tout le reste, c'était cela qui le terrifiait.

Du bout des doigts, il effleura la morsure ornant sa nuque. Elle était censée le protéger, signifiant aux autres alphas qu'il était lié, mais que se passerait-il si cela ne fonctionnait pas ? Et une fois que les morsures auraient cicatrisé, puis disparu, une fois que le lien les unissant aurait cessé d'exister, que devrait-il faire alors ?

Fermant les yeux pour s'empêcher de regarder Adam, il se laissa aller contre le dossier de son siège.

## Adam

À son souffle qui ralentit, Adam sut exactement quand Cassidy s'endormit. Jamie dut également s'en rendre compte, car ce fut dans un murmure qu'il demanda :

— Pa dort ?

— Oui, il est fatigué. On va le laisser se reposer pour le reste du trajet, d'accord ?

Un marmonnement indistinct lui répondit, et il ajusta le rétroviseur pour voir le fils de Cassidy tirer sur les cordons de son manteau.

— Est-ce que tu es l'alpha de mon pa ?

La question avait été posée d'une toute petite voix, comme si Jamie hésitait à être entendu par Adam.

— Que ferais-tu si je te disais « oui » ?

Jamie haussa les épaules.

— Ne fais pas pleurer pa, répliqua-t-il après un long silence.

— J'essaierai.

— N'essaye pas, fais-le.

Le regard menaçant que lui lança Jamie à travers le rétroviseur ne fut pas celui d'un enfant. Aussi rapidement qu'il était apparu, l'éclat dominant s'évapora, ne laissant derrière lui qu'un garçon de six ans inquiet. Un alpha, donc… Adam se demanda si Cassidy était déjà au courant, et s'il comprenait les implications d'une révélation de genre si précoce.

— Je le ferai, lui assura-t-il.

Un léger hochement de tête fut sa seule réponse, et Jamie n'ajouta rien d'autre jusqu'à ce qu'il gare la voiture devant leur appartement.

Avec douceur, Adam caressa le bras de Cassidy.

— Hmm… Tes mains sur le volant, grogna son compagnon en clignant des yeux à plusieurs reprises.

Tout en réprimant un sourire, Adam posa sa main sur la nuque de Cassidy et la serra doucement. Même s'il savait qu'il était mal d'en tirer une quelconque fierté, il ne put s'empêcher d'apprécier la marque de ses dents imprimée dans sa chair.

— Nous sommes arrivés.

Encore à moitié endormi, Cassidy se frotta les yeux avant de se masser les tempes.

— As-tu mal à la tête ?

— Un peu.

— Walker a dit que ça pouvait arriver.

— J'ai du paracétamol chez moi, dit-il en détachant sa ceinture.

Adam remarqua l'hésitation de Cassidy alors qu'il sortait de la voiture, son odeur altérée par l'anxiété. Son stress monta d'un cran dans la rue, puis s'atténua brièvement dans l'ascenseur, avant de s'intensifier à nouveau lorsqu'ils se retrouvèrent devant sa toute nouvelle porte. Adam avait fait remplacer l'ancienne par une des plus performantes sur le marché.

— J'ai dû la forcer pour entrer, alors je l'ai fait changer. Elle est blindée et coupe-feu.

Il sortit les clés que son service de sécurité avait laissées au cottage et les tendit à Cassidy. Celui-ci les regarda sans bouger, ses mains enfoncées profondément dans les poches de son sweat.

— J'ai envie de faire pipi, se plaignit Jamie en piétinant à côté d'eux.

— Je peux ouvrir ?

Cassidy se contenta d'un hochement de tête en guise de réponse. Lorsque Adam tourna la clé, un clic retentit et la respiration de Cassidy s'accéléra. Adam hésita un instant, mais Jamie n'eut pas cette retenue et ouvrit la porte pour se précipiter à l'intérieur.

— Jamie ! l'appela Cassidy en le suivant.

— Pipi ! lui cria son fils quelque part dans l'appartement.

En refermant la porte derrière lui, Adam pénétra pour la seconde fois dans l'appartement de Cassidy. Des lieux, il ne conservait que des souvenirs vagues, toute précision effacée par la folie qui l'avait saisi.

À l'entrée se trouvait un banc-coffre, surmonté d'une patère en fer ouvragé où étaient suspendus de multiples manteaux. Si Adam reconnut le pardessus à boutonnage croisé, habituel pour les jours de bureau, il fut surpris de voir un caban au col en mouton. Le fait de n'avoir jamais vu Cassidy le porter le perturbait, soulignant ainsi qu'une partie de sa vie lui restait inconnue.

Un sourire se dessina sur son visage lorsqu'il remarqua les paires de chaussures adultes parfaitement alignées et brillamment lustrées, contrastant avec les baskets sales et à peine rangées de Jamie. Il se demanda comment Cassidy et son obsession de l'ordre survivaient au chaos de l'enfance.

Devant lui, Cassidy demeurait immobile, les bras croisés sur la poitrine, mordillant anxieusement l'intérieur de sa joue. Son regard était fixé sur le sol de la cuisine, visible depuis le couloir.

— J'ai fait venir une équipe de nettoyage.

— Merci... Vraiment.

Les épaules de Cassidy se détendirent, et il recula jusqu'à ce que son dos rencontre le torse d'Adam.

— Laisse-moi rester là. Juste un peu, s'il te plaît.

— Aussi longtemps que tu en as besoin.

Adam passa ses bras autour du ventre de Cassidy, l'attirant dans une étreinte protectrice.

— Je suis là.

— Pour combien de temps...

La voix de Cassidy tremblait.

— Jusqu'à ce que tu me chasses.

— Ou jusqu'à ce que le lien s'effrite et que tu retrouves tes esprits.

— Nous sommes...

— Ne le dis pas.

— Pourquoi ?

— Parce que c'est faux.

— C'est vrai.

Cassidy pivota, relevant lentement son regard pour le fixer en silence. Puis, il entoura son torse de ses bras, croisant ses mains dans le creux de son dos avant de poser sa tête sur sa poitrine.

— Ça va être dur quand tu réaliseras qu'il n'y a rien... marmonna-t-il, sa voix étouffée par ses vêtements. Ça va être difficile d'avoir eu ça, pour finalement ne plus l'avoir.

Adam déposa un baiser sur le sommet de son crâne.

— Ça n'arrivera pas, lui assura-t-il avec conviction.

— Hmm... Je vais choisir d'y croire, ne serait-ce que pour aujourd'hui.

Des bruits de pas parvinrent jusqu'à eux, et Cassidy se libéra de ses bras, à son grand regret. Jamie les observait, une expression étrange se dessinant sur son visage.

— Tu as tiré la chasse et tu t'es lavé les mains ? lui demanda son père.

— Bah oui.

— Ne le dis pas comme si c'était une évidence, parce que si ça l'était, je ne te le demanderais pas.

— Mais...

— Pas de « mais » geignard, Jamie.

Sa moue d'enfant se froissa jusqu'à ce qu'un vacillement de Cassidy la transforme en peur.

— Pa !
— Cass !

# CHAPITRE 11

*Se perdre pour lui. Se trouver en lui.*

# Cassidy

Il était assis sur le canapé, les coudes appuyés sur ses genoux, la tête entre les mains pour lutter contre son étourdissement.

— Pose ton téléphone! gronda-t-il en direction d'Adam qui arpentait le salon de long en large.

— Je le ferai dès que Walker aura répondu!

— Bon sang, Adam! Ça suffit! Tu viens de le biper sept fois d'affilée. Il te rappellera dès qu'il le pourra. Il n'y a pas d'urgence.

— Tu as eu un malaise!

— Exactement, juste un malaise. Je me sens mieux maintenant, alors laisse tomber.

Face à son regard sombre, Cassidy abandonna, laissant Adam à son délire protecteur. Sa tête lui faisait vraiment mal, et la douleur ne faisait qu'empirer. Il caressa du bout des doigts les cheveux de Jamie, qui s'était installé à ses pieds et dont le silence inhabituel le perturbait.

— Tu ne veux pas aller dans ta chambre? lui proposa-t-il.

— Non.

— Comme tu veux, mon cœur.

Ce qui, égoïstement, lui allait très bien. Après dix jours de séparation, il n'avait aucune envie de voir son fils s'éloigner. Il ferma les yeux et se massa doucement les tempes, tentant en vain de soulager son mal de tête.

— Où sont tes médocs? l'interpella Adam.

— Ne me grogne pas dessus.

— Je ne te grogne pas dessus.

— Très bien, arrête de grogner tout court.

— Je n'y arrive pas. Je n'aime pas te voir dans cet état.

Cassidy releva la tête, surpris par la sincérité de ces mots.

Concentré sur son téléphone, Adam passait frénétiquement sa main libre dans ses cheveux, les ébouriffant au passage. Cassidy ne l'avait jamais vu aussi perturbé. En colère, irrité, oui, mais jamais agité au point de perdre son sang-froid. Son patron était toujours maître de la situation, dominant son environnement et les personnes autour de lui.

— Dans la cuisine, placard du haut, le renseigna Cassidy, espérant que cela l'occuperait suffisamment pour qu'il cesse de harceler Walker.

Sans attendre, Adam s'y rendit. Le claquement caractéristique de ses portes de placard retentit avant qu'un silence ne s'installe. Cassidy s'apprêtait à lui demander s'il allait bien, quand le bruit de l'eau coulant dans l'évier le rassura. Quelques instants plus tard, Adam réapparut, tenant un verre et un cachet, une expression étrange sur le visage.

— Un problème ?

— Non, répondit Adam d'une voix où transparaissait une certaine tendresse.

— Tu es bizarre.

— Bois.

Cassidy fixa une seconde le verre et le cachet qu'il lui tendait avant d'obéir.

— Autre chose qui pourrait t'aider ? lui demanda Adam en reprenant son verre.

— Que tu arrêtes de t'inquiéter pour rien.

— On n'est pas d'accord sur ce *rien*.

— Et est-ce qu'on pourrait se mettre d'accord sur le fait que tu es pénible ?

Adam lui renvoya un regard incisif avant de croiser les bras sur sa poitrine, pour les décroiser aussitôt lorsque son téléphone sonna.

— Walker ! s'exclama-t-il d'un ton tout sauf aimable. Tu dois venir maintenant.

— Par Destin ! On a déjà eu mille conversations sur la manière dont tu t'adresses à tes équipes. Plus de diplomatie, plus de souplesse, plus de courtoisie.

— Tu as fait un malaise, je me contrefous d'être courtois !

— Juste un vertige, rien de plus, rectifia Cassidy. Et on n'attire pas les mouches avec du vinaigre. Si tu veux plus d'efficacité, adopte la douceur.

— Je ne veux pas de douceur, je veux que Walker rapplique pour s'assurer que tu vas bien !

— Je vais bien ! Et passe-moi ce téléphone avant que Walker ne décide que tu es un connard irrécupérable et te raye de sa liste de contacts. Ce qui, si j'étais à sa place, aurait déjà été fait depuis un moment.

Cassidy tendit la main vers Adam, dont les sourcils étaient si froncés qu'ils formaient presque un V. Ils se défièrent du regard, jusqu'à ce que son crétin de patron finisse par céder et dépose son téléphone dans sa paume.

— Désolé, Walker, s'excusa Cassidy en reprenant la conversation.

Un rire chaleureux lui répondit.

— Ça va, j'ai connu pire. Les alphas tout juste liés peuvent être un peu déraisonnables.

— J'aurais dit abrutis, mais bon…

Sa remarque lui valut un regard furieux d'Adam qui se détourna ensuite pour reprendre ses allées et venues dans le salon.

— Et sinon, est-ce que tout va bien pour toi ?

— Oui, juste un petit étourdissement. Adam a complètement paniqué.

Un grognement lui répondit de l'autre côté du salon, là où Adam avait enfin cessé de tourner en rond pour se mettre à passer ses mains sur chaque meuble autour de lui.

— Tu as mangé ? lui demanda Walker.

— Pas encore.

— Dis à ton alpha de te nourrir.

— Je peux très bien le faire moi-même, merci.

— Ça lui donnera quelque chose à faire.

— Il se débrouille très bien tout seul. Là, il s'est mis en tête de marquer mon appartement avec son odeur.

À cette remarque, Adam se tourna vers lui, rangeant ses mains dans ses poches. Il tint deux secondes avant de reprendre son marquage, visiblement incapable de se contrôler.

— À moins que cela ne te dérange, laisse-le faire. Ça va le

calmer.

— Ça ne me dérange pas.

Cela aurait dû, mais ce n'était pas le cas. Il aimait l'odeur d'Adam, il l'avait toujours trouvée réconfortante.

— Tant mieux. Tu vas devoir faire preuve de patience avec lui. Plus un alpha est dominant, plus son instinct de protection envers son oméga est fort, et Adam est très dominant. Il risque d'être particulièrement casse-pieds dans les jours à venir.

— Je sais… ça ira mieux quand le lien s'étiolera.

Un silence lui répondit.

— Je sais qu'il croit que… mais ce n'est pas le cas, d'accord ?

— Les médicaments peuvent altérer la reconnaissance.

Cette fois, ce fut à Cassidy de rester silencieux. Il ne croyait pas en cette explication. Il avait cherché sur Internet, mais les études à ce sujet se contredisaient.

— Nous aurons l'occasion d'en discuter plus tard, reprit Walker.

— Il n'y a rien à ajouter.

Le médecin garda à nouveau le silence pendant quelques secondes avant de changer de sujet :

— Je dois encore passer voir deux patients avant vous.

— Ce n'est pas nécessaire.

— Je passerai quand même, sinon Adam va continuer à me harceler.

Cassidy ne put s'empêcher de ricaner.

— D'accord. Merci.

— Avec plaisir, répondit Walker avant de raccrocher.

De son côté de la pièce, Adam s'était arrêté devant son buffet au-dessus duquel était accroché un panneau en liège. Sur celui-ci étaient épinglés des dessins de Jamie, mais aussi des photos de leur vie. Les doigts d'Adam effleurèrent les clichés avant de s'arrêter sur un dessin réalisé pour la fête des Pères. Deux bonhommes bâtons, l'un plus petit que l'autre, se tenaient par la main dans une prairie verdoyante. Dans les nuages au-dessus d'eux, se dissimulait un autre bonhomme.

Adam abaissa sa main et attrapa l'enveloppe posée sur le buffet.

— L'école primaire de Savasay… lut-il avant de se tourner vers lui. C'est là que va Jamie ?

— Oui. J'ai réussi à l'y inscrire.

— Elle est hors de prix.

— Crois-moi, ça, je le sais.

Adam fixait l'enveloppe, les sourcils froncés. Lorsqu'il releva la tête, il scruta l'appartement d'un air contrarié.

— Plus des trois quarts de ton salaire doivent y passer chaque mois. Pourquoi ne me l'as-tu pas dit ? Il existe des aides pour les employés de la société Anderson Corp.

— Peut-être parce que cela aurait équivalu à avouer être un oméga, ironisa Cassidy avec amertume. Et franchement, l'argent n'est pas un souci. Le quart restant nous permet largement de vivre confortablement.

Il avait un bon salaire.

Adam quitta le salon et s'engagea dans le couloir. Avec un soupir, Cassidy se leva du canapé et le suivit. Après un bref coup d'œil à la salle de bains, son patron entra dans la chambre de son fils, et son expression concentrée piqua la curiosité de Cassidy. Il se demandait ce qui pouvait bien le captiver à ce point.

Cette pièce était sa fierté. Un des murs était recouvert d'un papier bleu nuit sur lequel Jamie et lui avaient collé des constellations phosphorescentes. Devant le lit, un tapis en forme de feuille servait de terrain de jeu. Un long meuble bas faisait office à la fois de banquette confortable et de rangement. À l'intérieur étaient disposés des cubes en tissu, ornés d'un motif marin, destinés à ranger ses jouets de construction qui, à cet instant, étaient éparpillés sur le sol. Deux tables de chevet servaient également de bibliothèques, d'où débordaient des albums colorés.

— Et ta chambre ? lui demanda finalement Adam.

— Je dors dans le salon.

— Le salon ?

— Le canapé se déplie.

— Tu n'as pas de chambre ?

Cassidy haussa les épaules.

— Ça ne me dérange pas.

C'était délibéré. Personne ne pouvait entrer et enlever son fils sans que cela le réveille.

— Tu vois, Jamie ne manque de rien.

Adam lui lança un regard indéchiffrable.

— Avec ce qu'il me reste, j'ai largement de quoi financer ses activités extrascolaires, ses sorties, ses jeux, ses vêtements.

— Et toi ?

— Comment ça « et toi » ?

— Jamie ne manque de rien, mais toi ?

Cassidy fronça les sourcils. Il ne voyait pas où Adam voulait en venir.

— Je commence à comprendre, souffla Adam.

— Eh bien, moi, pas.

— Je sais, mais ce n'est pas grave tant que moi oui.

— Pa est le meilleur des pas, intervint la petite voix de Jamie qui les avait suivis.

— Je n'ai aucun doute là-dessus, mon grand, lui assura Adam avec un clin d'œil.

À cet assentiment, une chaleur se répandit dans le ventre de Cassidy.

— C'est vrai ? ne put-il s'empêcher de demander.

Jusqu'à présent, mis à part Liam, personne n'en semblait convaincu. Les autres omégas, les professeurs, la télé, et même des inconnus dans la rue… Tous répétaient que le fait d'être un père célibataire faisait de lui un mauvais père. Le bonheur et la bonne santé de son fils constituaient à peine des arguments audibles, en comparaison de son statut matrimonial.

— Parce que toi, tu en doutes ? lui demanda Adam.

— Non… murmura Cassidy.

« Peut-être » aurait été plus vrai. Le jugement des autres parvenait parfois à ébranler ses convictions.

— Par moments, je ne sais pas si j'en fais assez.

— Vraiment ?

Il se retint de répondre et baissa les yeux sur son fils. Pour lui, il donnerait tout, mais il se demandait si ce « tout » était suffisant. Il aurait probablement pu faire mieux. On pouvait toujours faire mieux.

## Adam

Il brûlait d'envie de l'enlacer, mais Adam connaissait suffisamment son assistant pour savoir qu'il n'était jamais aussi inaccessible que lorsqu'il se sentait vulnérable, et à cet instant précis, c'était le cas. Il percevait sa fragilité dans ses paroles, dans ses incertitudes, dans ses bras croisés sur sa poitrine.

Pourtant, Cassidy n'avait aucune raison de douter de lui. Il suffisait de jeter un coup d'œil aux photos parsemant l'appartement et à la chambre de Jamie pour constater qu'il était un parent attentionné et aimant. Un parent qui mettait ses propres besoins de côté pour s'assurer de combler ceux de son fils.

— J'aurais besoin de parler à ton pa, seul à seul, commença-t-il en s'accroupissant pour se mettre à la hauteur de Jamie. Est-ce que tu pourrais attendre dans ta chambre ?

Le regard de l'enfant se posa immédiatement sur son père, qui hocha lentement la tête.

— Longtemps ?

— Non, promis.

— D'accord.

— Merci, mon grand.

Prenant la main de Cassidy, Adam le conduisit dans le salon après avoir refermé la porte de la chambre de Jamie. Sans le lâcher, il l'invita à s'asseoir sur le canapé avant de prendre place à ses côtés, tout en massant sa paume avec son pouce. Et si lui observait Cassidy, ce dernier fixait leurs mains enlacées sans cligner des yeux.

— Ne me demande pas de te laisser ici, s'il te plaît.

À la légère contraction de ses doigts, il perçut la tension chez

191

Cassidy.

— *Ici,* c'est mon appartement.

— Il n'est pas sécurisé.

— Il a une toute nouvelle porte blindée.

— Tu sais ce que je veux dire. Je ne veux pas qu'on reste là. J'ai besoin de vous savoir en sécurité, et ce n'est pas le cas ici.

— « On » ?

— Oui, Cass. Maintenant, il y a un « on ». Un « toi et moi ».

— Et Jamie.

— Et Jamie, confirma-t-il.

La tension dans les doigts de Cassidy se relâcha légèrement, et Adam les serra doucement.

— Je suis fatigué… avoua son compagnon, révélant une vulnérabilité inhabituelle.

— Je sais. Laisse-moi te ramener chez moi où tu pourras dormir autant que tu voudras.

— Ou je pourrais dormir ici.

— À côté de cette cuisine ?

Cassidy releva vivement la tête et le fixa avec défiance.

— Cass, tu crois que je ne la sens pas ? Chaque fois que tu regardes vers le couloir, ta peur est si forte qu'elle me pique le nez.

Lorsque Cassidy essaya de retirer sa main de la sienne, Adam la retint.

— Tu as le droit d'avoir peur.

— Je… Je ne sais même pas de quoi j'ai peur, murmura Cassidy en baissant les yeux. Mais je peux l'affronter, ça va aller.

— Et si tu n'avais pas à l'affronter ? Et si, pour une fois, tu te reposais sur quelqu'un d'autre ?

Adam tira sur l'encolure du sweat de Cassidy, révélant les marques de morsures, avant de les effleurer délicatement.

— Walker a dit que tu ne devais pas y toucher, protesta son compagnon.

— Pour l'instant, je me moque de ce que Walker a dit.

— C'est ironique, venant de celui qui le harcelait un peu plus tôt.

— Ne change pas de sujet. Laisse-moi être là pour toi, s'il te plaît, chéri.

À ce mot doux, Cassidy se redressa tout en inspirant brièvement et plongea son regard dans le sien. L'odeur de son désir s'éleva alors entre eux, et lorsque Cassidy en prit conscience, ses joues s'empourprèrent aussitôt.

— Ce n'est pas…

— Ce n'est pas quoi, *chéri*? l'encouragea Adam lorsqu'il ne termina pas.

À peine eut-il prononcé à nouveau ce surnom que le parfum suave s'intensifia. Incapable de résister à l'effluve musqué, il sentit son sexe se tendre, tandis qu'une douce chaleur, qui commençait à lui être familière, se répandait dans son ventre. Cassidy ne s'en sortait pas mieux. Sa respiration s'était alourdie, son souffle bruyant rompant le silence qui s'était installé.

— Adam.

Son nom était un vœu chuchoté.

Cassidy s'approcha lentement, en une invitation, et Adam ne recula pas. Il ne dit pas non, car il désespérait de ce baiser.

— Adam.

Ses lèvres frôlèrent les siennes.

Là, sans être là.

Souffle brûlant contre sa bouche.

— Seigneur Destin! s'étrangla Adam lorsqu'enfin il l'embrassa.

Leurs langues se rencontrèrent, et leurs plaintes se fondirent en un gémissement unique. Jamais baiser n'avait été si éprouvant, leur empressement plein de maladresse. Les dents de Cassidy écorchèrent sa lèvre et son nez heurta le sien. Mais cela n'avait aucune importance… rien ne pouvait compter alors que tout n'était plus qu'ivresse irrépressible.

Adam avait embrassé plus d'hommes qu'il ne pouvait s'en souvenir, mais aucune expérience n'aurait pu le préparer à ça : au déferlement d'émotions qui le submergea. Excitation. Bonheur. Tendresse. Gratitude. Vulnérabilité. Intimité. Confiance.

C'était ça, être lié par Destin. C'était se perdre tout en se trouvant, être au bon endroit avec la bonne personne. Tous les cours d'éducation sexuelle qu'il avait reçus pendant sa scolarité étaient si éloignés de ce qu'il ressentait. Comment des mots et des schémas, dénués d'émotions, pourraient-ils rendre justice à la félicité qu'un simple baiser pouvait provoquer ? Quels termes pourraient décrire avec justesse la sensation de se perdre en l'autre ? Cassidy l'embrassait et son monde en était changé à tout jamais.

— Cass...

Son compagnon gémit et bougea pour venir le chevaucher, ses genoux de chaque côté de ses cuisses. À présent, Cass se frottait contre lui, ses doigts glissant de son visage à son cou avant de redescendre le long de son ventre. Ses yeux, aux pupilles si dilatées que le bleu de ses iris en devenait presque invisible, le fixaient. Avec grâce, il releva son sweat, dévoilant son torse presque glabre. Seule une fine ligne de poils partait de son nombril pour disparaître sous l'élastique de son jogging.

Adam réalisa avoir enfoncé ses ongles dans l'assise du canapé lorsque Cassidy tira sur l'un de ses poignets pour ramener sa paume sur son ventre chaud. Puis, avec une lenteur infinie, il fit glisser leurs doigts entrelacés plus bas.

— Chéri... murmura Adam dans une vaine tentative de les arrêter.

Cassidy l'ignora, guidant sa main sous son pantalon jusqu'à sa verge, aussi dure que la sienne.

— Caresse-moi.

Ce n'était pas une demande, mais un ordre auquel Adam se plia. Il referma ses doigts autour du sexe de Cassidy, puis passa son pouce sur son gland, d'où s'échappaient déjà quelques perles laiteuses.

Son gémissement, l'incitant à aller plus loin, aurait suffi à lui faire perdre la tête, mais lorsque son compagnon lécha son oreille avant d'en mordre le lobe, Adam en oublia toute retenue.

Sa seconde main lâcha le canapé pour s'enfouir dans le jogging de Cassidy. Avec avidité, il suivit la courbe sensuelle et musclée de ses fesses, puis son index se faufila entre les lobes pour glisser le long de son sillon jusqu'à son intimité serrée. Sentir l'écoulement de ses sécrétions sur ses doigts déclencha chez Adam une satisfaction primitive. Cassidy mouillait pour lui, car il le désirait, car il le voulait.

— Tu me désires.

— Depuis si longtemps... des jours, des mois, des années.

Face au regard hagard de Cassidy, Adam se doutait que cette confession n'était pas intentionnelle, mais plutôt un aveu passionné.

— Baise-moi. Prends-moi, alpha.

Les mots crus lui firent instantanément oublier ce qu'il ne devait surtout pas oublier. Il cessa de se soucier du fait qu'ils étaient dans le salon et de la présence de Jamie dans la chambre adjacente. Seuls comptaient Cassidy et son désir. Son oméga le suppliait de prendre soin de lui, et là, tout de suite, il devait se soumettre à cette demande.

Adam l'embrassa avec passion, une de ses mains s'activant à caresser son sexe, tandis que l'autre explorait son intimité avec délicatesse. Malgré l'absence apparente de tension, un gémissement douloureux s'échappa de ses lèvres lorsqu'il y enfonça son index. Ce fut cette plainte, aussi fugace soit-elle, qui le figea. Il ne lui ferait pas mal. Jamais. Tout, mais pas ça.

— Non, murmura-t-il en retirant son doigt de ses chairs.

Avec douceur, il saisit sa taille pour l'éloigner de lui.

— Adam... Qu'est-ce que tu fais ?

— On arrête. Je n'irai pas plus loin.

— Pourquoi ?

— Je ne te ferai pas mal.

— Je n'ai pas mal, murmura sensuellement Cassidy à son oreille tout en essayant de faire redescendre ses mains.

— Tu as subi des chaleurs de sept jours, chéri. Bien sûr que tu as mal.

— Je te veux en moi.

Son compagnon chercha ses lèvres, mais Adam les lui refusa.

— Regarde-moi.

— Je te regarde.

— Non. Regarde-moi vraiment.

D'une main sous son menton, il releva la tête de Cassidy, qui tentait d'embrasser son cou.

— Regarde-moi, insista-t-il avec patience.

Peu à peu, les pupilles de Cassidy se rétractèrent, l'ébène cédant à l'azur de son regard de glace. Son expression frustrée se transforma en perplexité, puis en horreur.

— Oh, bon sang ! jura-t-il en se laissant tomber sur le côté.

Allongé sur le canapé, ses jambes encore à moitié sur Adam, Cassidy attrapa un coussin pour le presser contre son visage et y étouffer un cri.

— Putain… Je suis tellement, tellement désolé… murmura-t-il, sa voix assourdie par l'oreiller.

— Ne le sois pas, le rassura Adam en caressant ses cuisses.

— Putain que si !

— Je ne crois pas t'avoir déjà entendu dire autant de fois *putain.*

Un grognement émana de sous le coussin, puis :

— Mon fils est dans la pièce à côté. Imagine qu'on…

Cassidy ne termina pas sa phrase et Adam entendit sa déglutition étranglée.

— On s'est arrêtés avant.

— *Tu* m'as arrêté avant… Je t'aurais laissé me baiser sur ce canapé.

Et sans son gémissement douloureux, Adam l'aurait sans aucun doute fait.

Il se redressa, puis se pencha au-dessus de Cassidy pour embrasser son ventre avant de remonter son pantalon qui avait glissé bas sur ses hanches, dévoilant ses premiers poils pubiens. Ensuite, il écarta le coussin pour atteindre son visage dissimulé dessous. Les cheveux de Cassidy étaient ébouriffés et ses lèvres, encore gonflées de leurs baisers.

— Viens chez moi, lui redemanda Adam.

— Après ce qu'il vient de se passer... Penses-tu vraiment que ce soit une bonne idée ?

— Je n'ai que de bonnes idées.

Un ricanement s'échappa des lèvres tentatrices de Cassidy.

— J'ai une multitude de dossiers qui prouvent le contraire.

— Pour quelques jours, argumenta Adam en ignorant son commentaire. On essaie, et si ça ne marche pas, on trouvera autre chose.

— Quelques jours, c'est tout ?

— Ce que tu voudras.

Quelques jours valaient mieux que rien.

La joue de Cassidy se creusa alors qu'il la mordillait.

— Tu sais que je ne viendrai pas seul. Jamie vient aussi.

— Évidemment.

À aucun moment Adam n'avait envisagé le contraire.

— Il a six ans, il est turbulent.

— Ça ne posera pas de problème.

— Tu devras abandonner ta vie de célibataire queutard.

Il y avait un avertissement dans ces mots.

— Je l'ai déjà abandonnée il y a dix jours.

Et pour rien au monde, Adam n'y reviendrait. À présent qu'il avait son oméga dans ses bras, son ancienne vie n'avait plus aucun attrait. Tout ce qu'il voulait était là, sous lui.

— Quelques jours, c'est tout. Juste le temps que le lien s'estompe.

— Si tu comptes rester jusqu'à ce que le lien s'estompe, alors tu n'es pas près de rentrer ici.

Du dos de ses doigts, Cassidy caressa sa joue, un sourire triste aux lèvres.

— D'accord.

— Merci, Destin, soupira Adam en posant son front contre celui de Cassidy.

# CHAPITRE 12

## Échos d'une solitude accablante

# Adam

Lorsqu'il remonta au second étage de son penthouse après sa douche, il trouva Cassidy exactement où il l'avait laissé : bras croisés, une épaule appuyée contre le chambranle de la porte, observant son fils dormir. Le pyjama en popeline bleue qu'il portait, avec sa chemise boutonnée et son pantalon long, reflétait l'austérité élégante et perpétuelle de son assistant. Maintenant, Adam le savait : même la nuit, Cassidy ne s'autorisait rien de décontracté. Seul le cardigan qu'il avait négligemment noué sur ses épaules rompait avec son habituel souci du détail. La laine était usée et boulochée, et une des poches commençait même à se découdre.

— Viens, je dois mettre la crème antiseptique sur tes morsures, lui murmura-t-il.

Plus tôt, juste après leur arrivée à son appartement, Walker était passé. Après l'auscultation, qui s'était soldée par un rassurant « tout va bien » et un cinglant « je te l'avais bien dit » de la part de Cassidy, le médecin leur avait donné un sachet de médicaments et une liste d'instructions qu'Adam était bien décidé à suivre à la lettre.

— Encore une minute, lui répondit Cassidy.

S'approchant, Adam se plaça à ses côtés.

Jamie se trouvait enfoui sous sa couette, minuscule silhouette dans un immense lit king size. Il allait devoir faire quelque chose pour sa chambre, car elle était tout sauf accueillante pour un enfant : pas de jouets, pas de livres, pas de joie. Adam voulait que Jamie se sente chez lui ici. Venir vivre dans son penthouse était beaucoup de changement pour un enfant, et il était résolu à tout mettre en œuvre pour faciliter son adaptation à cette nouvelle vie. Il ne put s'empêcher de regarder la valise soigneusement rangée dans un coin. Il était déterminé à la faire disparaître pour de bon.

Ils demeurèrent ainsi pendant quelques minutes de plus, jusqu'à ce que Cassidy pousse un soupir et tire doucement la porte de Jamie sans pour autant la fermer.

— Il est en sécurité, lui assura Adam.

— Ce n'est pas ça, c'est... Dix jours, c'est long. Je me demande ce que j'ai raté.

Il aurait voulu pouvoir dire «je comprends», mais il n'était pas père. Le lien entre un oméga et son enfant était décrit comme aussi fort que celui entre âmes sœurs; aussi merveilleux que destructeur. La perte d'un fils pouvait précipiter celle du parent, et la séparation forcée entre un pa et son bébé pouvait conduire à la folie. Les journaux raffolaient de ces faits divers où un alpha puissant obtenait la garde exclusive de son fils, laissant l'oméga sombrer dans la drogue et l'autodestruction. C'était dramatique et très vendeur, pourtant personne n'intervenait contre cette injustice. Un alpha serait toujours considéré comme plus compétent qu'un oméga, même si dans la plupart des couples, c'était ce dernier qui gérait entièrement le foyer.

Sa main se glissa dans celle de Cassidy, suscitant un regard interrogatif de celui-ci. L'idée que ses yeux bleus soient voilés par la folie soulevait en lui un désir de violence. Il ne pouvait perdre ni son corps ni son esprit.

— Adam?

— Laisse-moi prendre soin de toi, s'il te plaît.

À son timbre légèrement plus rauque, Cassidy fronça les sourcils, mais ne chercha pas pour autant à retirer sa main, même si Adam la serrait un peu trop fort. Au contraire, il affermit sa prise et l'entraîna dans le couloir vers l'escalier débillardé menant aux différents étages.

— Il y a un ascenseur, se sentit obligé de lui préciser Adam.

— Qui a besoin d'un ascenseur dans son appartement?

— Il nous sera utile quand on sera vieux ou quand tu seras... Enceint.

Il ne termina pas sa phrase.

— Quand je serai quoi?

— Rien, laisse tomber.

Cassidy se mordilla la joue, signe qu'il retenait une remarque.

En silence, ils descendirent les marches, ignorant le premier étage où se trouvait la suite principale pour rejoindre le rez-de-chaussée. Là, un vaste espace ouvert de plus de deux cents mètres carrés servait de salon, de salle à manger et de cuisine. Le tout était aménagé dans un style moderne, caractérisé par des lignes épurées et une palette de couleurs neutres. Une immense baie vitrée offrait une vue sur la ville et ses gratte-ciel.

Cassidy s'arrêta devant la cheminée traversante qui séparait visuellement le salon et la salle à manger. Sa fatigue était lisible dans sa posture légèrement courbée.

Conscient qu'une simple étreinte risquait à nouveau de faire dérailler les choses, Adam s'éloigna vers la cuisine ouverte où les restes de leur repas étaient encore posés sur l'îlot central, à côté des médicaments.

Lorsqu'il se retourna, Cassidy n'avait pas bougé. Dans sa main, il faisait tourner son portable qu'il avait récupéré plus tôt. Une moue préoccupée pinçait ses lèvres, la même qu'il avait arborée tout au long du trajet depuis son appartement jusqu'ici.

— Cass, qu'est-ce qui ne va pas ?

— Rien.

— Hmm…

Il n'avait pas besoin de le renifler pour savoir qu'il mentait. En trois pas, et avant même qu'il ait pu réfléchir à ses actions, il l'avait rejoint.

— J'ai besoin d'accéder aux autres pour les désinfecter, dit-il en effleurant la seule morsure visible au-dessus du col de son pyjama.

Cassidy tourna la tête vers lui, puis détacha son regard pour observer distraitement son téléphone, sans même le déverrouiller. Après un court silence, ses doigts se dirigèrent vers les premiers boutons de sa chemise, les défaisant un à un. Le tissu bleu de son pyjama glissa alors, révélant la courbe gracieuse de ses épaules.

La sensualité du geste réveilla le sexe d'Adam, incapable de rester indifférent à la peau opaline de son compagnon. Avec précaution, du bout des doigts pour éviter de lui faire mal, il appliqua la crème antiseptique, et un long frisson traversa Cassidy.

— Adam ?

— Oui ?

— Il faut qu'on ait cette discussion, parce que c'est en train de me rendre dingue.

— Quelle discussion ?

— Celle que tu évites depuis hier. Celle concernant le fait que je t'ai menti pendant six ans sur mon genre, sur mon fils... Celle sur ces putains de chaleurs que nous avons traversées ensemble, sur notre avenir...

Cassidy balança tout cela la tête baissée, son poing serré autour de son téléphone portable.

— Est-ce que je suis viré ? poursuivit-il, sa voix vibrant d'émotion.

— De quoi parles-tu ?

Cassidy se retourna pour lui faire face, et les mains d'Adam glissèrent de son dos à son torse. Sa peau était lisse, sans imperfection, douce sous ses doigts. Les pointes de ses mamelons dressés captivèrent Adam, effaçant tout, excepté l'envie irrésistible de les goûter à nouveau. Il se souvenait de l'avoir fait pendant ses chaleurs, et surtout, il se souvenait des gémissements de plaisir que cela lui avait arrachés.

— J'ai besoin de savoir où j'en suis, si je dois commencer à chercher un nouveau travail, ou...

— Hors de question ! s'exclama-t-il.

Cette idée était à peine envisageable.

— Je ne resterai pas inactif, Adam. Je ne serai jamais simplement un oméga au foyer. J'aime trop travailler. Peu importe notre lien, je veux avoir une vie en dehors de ma famille.

*Famille...* Ce mot plaisait plus que de raison à Adam, car Cassidy l'y incluait implicitement.

— Il n'a jamais été question de cela, tenta-t-il de le rassurer. Et, de manière très égoïste, je n'ai aucune envie de travailler avec quelqu'un d'autre. Nous formons une équipe solide. Je te fais confiance, et si un jour tu décidais de partir, je perdrais bien plus qu'un simple assistant, tu le sais.

— Alors, pourquoi ?

— Pourquoi quoi, Cassidy ?

— Pourquoi m'as-tu bloqué l'accès à mes mails et à ma session de travail ?

## Cassidy

Adam le regardait avec interrogation, alors Cassidy lui montra son téléphone sur lequel toutes les applications de travail affichaient un message de déconnexion. Sourcils froncés, Adam lui prit son portable des mains et sortit le sien avant de composer un numéro.

— Pourquoi la boîte mail de Cassidy est déconnectée ? demanda-t-il en guise de salutation à son correspondant.

Quelle que soit la réponse, cela lui fit froncer les sourcils et raccrocher brusquement pour composer un autre numéro dans la foulée, mais cette fois, il mit l'appel en haut-parleur.

— Oui ? répondit Troy.

— Pourquoi as-tu bloqué les applications de Cassidy ?

— Bonsoir à toi aussi, très cher frère. Puisque tu le demandes, ma journée a été excellente, c'est si adorable de ta part de t'en préoccuper.

Adam répondit à sa pique par un grognement.

— Tu es en haut-parleur. Cassidy est avec moi.

— Bonsoir, Cassidy, le salua Troy avec un ton beaucoup plus sincère et chaleureux.

— Bonsoir, Troy.

— Content de t'entendre, tout va bien ?

— Alors ? insista Adam, ne lui laissant pas le temps de répondre.

— Tu me fatigues, petit frère. J'ai demandé à ce que les sessions de Cassidy soient bloquées parce qu'il est en arrêt maladie, et qu'en arrêt maladie, on ne travaille pas. Chose que ni toi ni Cassidy n'êtes capables de faire sans qu'on vous y oblige.

— Donc, il n'est pas licencié, conclut Adam.

— Ne parle pas de malheur. Le jour où il en aura assez de supporter tes conneries, on sera tous dans la merde, répliqua Troy.

Il marqua une pause, puis ajouta :

— Cassidy, pitié, dis-moi que tu ne comptes pas partir.

— Je ne compte pas partir.

— Merci, Destin, souffla Troy avec un vrai soulagement dans la voix. Puisque je t'ai au téléphone, Adam, penses-tu pouvoir passer demain pour signer des documents ?

— Non.

— Il viendra, le contredit Cassidy.

— Hors de question. Je ne te laisse pas.

— Je devrais survivre pour quelques heures.

— Je peux passer sinon, intervint Troy. J'ai besoin de ta signature pour…

— Tu ne viens pas !

Un grognement menaçant accompagna cette interdiction. Le regard qu'Adam lui lança était empreint de possessivité, ainsi que d'autres sentiments qui le poussèrent à remonter sa chemise sur ses épaules. Il rabattit les deux pans sur sa poitrine et croisa les bras pour les garder fermés.

— Il est à moi ! aboya Adam, sa lèvre supérieure légèrement relevée, dévoilant ses dents.

— Je ne suis à personne, rectifia Cassidy.

— Je veux juste des signatures… soupira Troy. Ça devient urgent, et j'aurais besoin que tu vérifies certains dossiers. Je prévois de prendre de longues vacances une fois que vous deux serez revenus.

— Je suis désolé pour tout ça.

Et Cassidy l'était, vraiment. Jamais il n'avait souhaité que les choses se passent ainsi. En fait, il n'avait jamais envisagé que la vérité éclaterait, persuadé que s'il avait réussi à tromper son monde pendant six ans, rien ne l'empêcherait de continuer.

Mais il avait trop tiré sur la corde et la corde avait fini par lâcher. Imaginer ce qui aurait pu arriver si Adam ne l'avait pas trouvé le terrifiait. Subir le sort réservé aux omégas en chaleur et non protégés était une chose, mais… il avait aussi mis Jamie en danger.

— Troy, je voulais vous remercier pour… Jamie.

C'était étrange d'évoquer ouvertement son fils après l'avoir caché pendant si longtemps.

— Avec plaisir. C'est un garçon adorable et bien élevé.

Il ne put s'empêcher de sourire face à ces compliments.

— Vraiment, merci.

— De rien, Cassidy.

Après avoir raccroché, Adam glissa son téléphone dans sa poche sans le quitter des yeux. Son regard, mêlant désir et possessivité, était d'une intensité troublante. Le désir avait toujours été là. En revanche, la possessivité était une émotion nouvelle qui prenait Cassidy au dépourvu. Il ne savait pas comment la gérer ; elle ne lui semblait pas légitime. Il n'était pas à Adam, tout comme Adam n'était pas à lui. Et pourtant… Pourtant, cela lui semblait si vrai.

Il avança d'un pas, et Adam fit de même. Soudain, respirer devint difficile, et une chaleur insidieuse se répandit dans son ventre, une sensation familière. Malgré cela, il continua d'avancer, un pas après l'autre, jusqu'à se retrouver face à lui.

Adam était imposant, et sa haute stature projetait une ombre enveloppante qui accentuait le sentiment d'intimité et de sécurité.

— Dis-moi ce qui te passe par la tête, chéri.

« Chéri ». Encore ce mot dont il ne savait pas quoi faire.

Il était aussi vrai que faux.

Il l'aimait et le détestait, sachant qu'un jour Adam cesserait de l'appeler ainsi. Le vide était déjà là, avant même que tout cela ne cesse.

— Tout ça…

De la main, Cassidy se désigna.

— … va un jour disparaître, et je vais me sentir cruellement seul.

— Ça ne va pas disparaître.

— Quand le lien…

— Arrête avec ce lien, Cassidy. Même s'il venait à disparaître, pourquoi es-tu si persuadé que je cesserais de te vouloir ?

— Parce que je suis…

— Parce que tu es ? l'encouragea Adam face à son hésitation.

— Un foutu oméga. Un parent célibataire. Un menteur !

Lorsque Adam s'approcha, ne pas reculer fut difficile. Cassidy voulait fuir cette conversation, même s'il avait tout fait pour qu'elle ait lieu. Il n'existait qu'une seule issue à cette discussion, et cela allait lui faire mal.

— Bon, on va mettre les choses au clair, Cassidy.

Il ferma les yeux.

— J'aurais aimé savoir la vérité.

Une paume brûlante se posa sur sa poitrine, juste au-dessus de son cœur. Il rouvrit les yeux.

— J'aurais aimé que tu me fasses assez confiance pour me dire que tu étais un oméga et que tu avais un fils.

La main glissa de sa poitrine à ses côtes.

— Mais je ne peux m'en prendre qu'à moi-même pour ne pas avoir su t'inspirer cette confiance. Pour t'avoir fait croire que cela changerait quelque chose entre nous.

Adam était tout contre lui, le tissu de son tee-shirt effleurant sa peau.

— Ça ne change rien.

Cassidy retint son souffle.

— Je ne t'en veux pas. Si quelqu'un doit être blâmé, c'est moi.

Il était si près qu'il percevait l'odeur de son savon mêlée à son parfum aux notes viriles.

— Pour t'avoir mis en danger.

— Je me suis mis en danger tout seul, le corrigea-t-il.

— C'était à moi de te protéger et je ne l'ai pas fait.

— Ce n'est pas ton rôle et tu ne pouvais pas savoir.

— J'aurais dû savoir.

— Adam…

— Cinq ans... Tu travailles pour moi depuis cinq ans, et j'ai l'impression de ne pas te connaître.

— Je suis tellement désolé.

Ils y étaient, à ce moment où Adam allait lui faire des reproches si justifiés. Il tenta de se libérer, mais Adam le retint, sa prise se resserrant autour de sa taille.

— Cassidy, tu ne comprends pas. J'ai été terriblement égoïste. Tu sais tout de ma vie. Tu connais Troy, mes ex, mes douleurs... Mais moi, que sais-je de toi, à part le fait que tu as toujours été là pour moi ?

Adam posa son front contre le sien.

— Je vais m'améliorer.

Cassidy se mordit la lèvre, une douleur sourde faite de sentiments chaotiques s'installant dans sa poitrine.

— Je te promets de faire mieux. Je veux gagner ta confiance. Je ne veux plus que tu hésites à me demander de l'aide. Je veux être le premier que tu appelles quand ça ne va pas. Je veux être là pour toi et Jamie.

Il ne parlait pas seulement de lui, mais de son fils également. Adam les incluait tous les deux dans cette promesse.

— Je...

Il avait envie de tout lui dire. Pour Alicar. Pour son vrai nom. Mais la vérité resta bloquée, incapable de franchir ses lèvres. Au lieu des mots, ce furent des larmes qui lui échappèrent. Il croyait les avoir toutes versées au cottage, mais il semblait qu'il lui en restait encore assez pour tremper ses joues.

— Je suis là, lui souffla Adam.

Du pouce, il essuya ses pleurs, puis l'attira dans une étreinte réconfortante.

Cassidy ferma les yeux, et se laissa aller. Juste pour cette fois, il ne chercha pas à lutter. Dans les bras protecteurs d'Adam, il se sentait bien. Il n'avait pas besoin de penser ni d'être sur ses gardes, car il se savait en sécurité. C'était si apaisant, si agréable. Il n'avait pas ressenti cela depuis si longtemps, bien avant la naissance de Jamie. Ils restèrent ainsi un moment, son oreille appuyée contre la poitrine d'Adam, écoutant le vrombissement d'un grondement qui le plongeait dans un état lénifiant.

— Cass ?

— Hmm ?

— Le père de Jamie...

Ses yeux s'ouvrirent, sa paix brisée.

— ... si j'ai bien compris, il est décédé.

Incapable de rester dans ses bras et de lui mentir, il s'écarta et se détourna pour échapper à la tendresse dans le regard d'Adam.

— Oui.

— Avant sa naissance ?

— Oui.

Un frisson le traversa, et Adam passa les bras autour de lui pour ajuster les pans de sa chemise et la reboutonner.

— Sa famille, elle ne t'a pas aidé après sa disparition ?

Une question légitime. La descendance était précieuse, et lorsque l'alpha d'un oméga décédait prématurément, la famille prenait souvent le relais pour subvenir aux besoins du pa et du fils.

— Il n'en avait pas, mentit Cassidy après un silence.

Tête baissée, il observa les puissants doigts manœuvrer les petits boutons.

— Et ta famille à toi ? insista Adam.

— Mes parents sont décédés quand j'étais jeune. C'est mon grand-père qui m'a élevé, et puis lui aussi est parti.

— Quand ?

— Des mois avant que je découvre être enceint.

À peine le dernier bouton fut-il fermé que Cassidy s'éloigna. Il devait s'éloigner. À côté d'Adam, il perdait trop facilement le contrôle de sa langue. Il se dirigea vers la bibliothèque suspendue, où étaient disposés principalement des romans biographiques et des cadres photo.

— Qui était avec toi pendant ta grossesse ?

— Personne.

— Personne ? répéta Adam, transformant son affirmation en

question.

— J'avais déménagé. Je travaillais trop pour avoir le temps de me faire des amis. Je jonglais entre les petits boulots et la fac... Jamie a été une grossesse compliquée à bien des égards.

Cassidy attrapa l'un des cadres. À l'intérieur se trouvait le visage souriant des parents d'Adam et Troy.

— Compliquée ?

Il ignora la question d'Adam pour en poser une autre :

— Comment s'appelaient-ils ?

Pour lui, ils avaient toujours été simplement « Monsieur et Monsieur Anderson ».

— Robert et Frank, lui confia Adam en le rejoignant.

D'un doigt, il pointa en premier son père puis son pa.

— Ils t'aimaient bien.

— Ils savaient qui j'étais ?

— Évidemment qu'ils savaient, lui répondit Adam dans un rire.

Bien que Cassidy les ait rencontrés à plusieurs reprises au cours des premières années passées aux côtés d'Adam, ils n'avaient jamais échangé plus que quelques politesses d'usage. Même s'ils conservaient le titre de PDG, celui-ci n'était que purement honorifique. Toutes les décisions avaient déjà été déléguées à leurs enfants, et leur présence au bureau se limitait à quelques rares occasions.

— Ils trouvaient que tu avais une bonne influence sur moi.

— Je les aimais bien aussi.

Ils avaient fait d'Anderson Corp une entreprise accueillante. Leur décès avait attristé beaucoup de monde, et la période qui avait suivi avait été compliquée. C'est également à ce moment-là que Cassidy avait pris conscience qu'il ressentait bien plus que de simples sentiments platoniques envers son patron.

Leur perte avait fissuré la carapace d'Adam, de l'homme d'affaires impitoyable, laissant voir les failles en dessous. Cassidy avait alors éprouvé le besoin irrépressible de le protéger, un besoin qui s'était mué en désir, le poussant à offrir à Adam un réconfort d'une nature bien trop intime.

Brusquement, Adam bougea, et Cassidy se retourna pour le voir s'éloigner, le canapé se dressant à présent entre eux.

— Désolé.

Les pupilles dilatées d'Adam, tout comme la bosse qui déformait son pantalon, trahissaient son excitation.

— Ton odeur est… enivrante, avoua-t-il d'une voix à peine audible.

Sa poitrine se soulevait au rythme rapide de sa respiration. Adam ferma les yeux un instant, puis les rouvrit pour plonger son regard dans le sien.

À son tour, Cassidy prit une inspiration profonde. Adam exhalait un musc viril qui lui donnait envie de toucher et d'être touché. Le tumulte de ses pensées se dissipa alors, ne laissant qu'une seule émotion, plus puissante que toutes les autres : un désir irrépressible qui, une fois assouvi, le libérerait du poids de leur ardeur brûlante.

— Cass…

Son prénom était un gémissement, une douceur envoûtante.

Ses doigts glissant sur le dessus du canapé, il le contourna lentement, son regard fixé sur Adam.

— Reste là où tu es, lui ordonna ce dernier.

Cassidy s'immobilisa. Son cœur se serra. Un nœud se forma dans son ventre. Le rejet d'Adam était douloureux. Il ne le comprenait pas. Pourquoi Adam ne le désirait-il pas ? Cela n'avait aucun sens. Adam devrait le désirer, c'était ainsi que les choses étaient censées être, qu'*ils* devaient être.

— Tu ne veux pas que je vienne ?

— Si. Et c'est là le problème.

La douleur s'apaisa pour laisser de nouveau place à la chaleur dans son ventre. Son corps était tendu de désir, et quelques gouttes de plaisir se frayèrent un chemin le long de ses jambes, imprégnant le tissu de son pyjama.

— Ce n'est pas un problème, chuchota-t-il, la voix rauque.

— Ça le deviendra lorsque tu retrouveras tes esprits.

Il avança, un pas après l'autre. Plus il se rapprochait, plus le désir grandissait. Une tension le faisait respirer plus vite, rendant son sexe douloureusement dur et humidifiant son intimité.

— Je te veux.

Et il fut là, devant lui.

— Mon alpha, offert par Destin pour m'aimer et me protéger.

Les mots étaient les siens sans l'être. Ils émanaient du plus profond de son être, de cette part primitive qu'il ne pouvait contrôler. Ils représentaient une vérité ancestrale : l'alpha et l'oméga, des âmes séparées destinées à se retrouver. L'un ne pouvait subsister sans l'autre. Alors qu'il s'apprêtait à tomber à genoux pour s'offrir, Adam le retint. Il l'attrapa sous les aisselles, passa ses bras autour de son dos et le garda contre lui.

— Non. Pas comme ça. Pas ici.

Cassidy gémit. Il voulait s'offrir. Il voulait le sentir en lui. Dans son corps. Une nouvelle preuve de leur union, une aussi importante que les morsures sur sa nuque et ses cuisses.

— S'il te plaît. Prends-moi, alpha.

Les bras le serrèrent plus fort, et il tira sur l'encolure du tee-shirt d'Adam pour pouvoir embrasser la peau dessous. Il laissa sa langue glisser le long de sa clavicule et remonta jusqu'à son cou, suçotant la courbure de sa gorge.

Les doigts d'Adam s'enfonçaient douloureusement dans ses bras, mais c'était une douleur agréable, faite de désirs réfrénés et de possessivité. Cassidy pouvait entendre ses halètements, tandis que la fermeté de son sexe se pressait contre son bassin. Il brûlait de goûter cette érection impressionnante, de la sentir remplir sa bouche. Cependant, une fois de plus, lorsque Cassidy tenta de descendre le long de son corps, Adam l'en empêcha.

— Laisse-moi te sucer.

En réponse à sa supplication, une bouche s'abattit sur la sienne, l'entraînant dans un baiser fougueux qui lui coupa le souffle. Son sang devint lave. Cassidy était l'exaltation même, embrasement pur. Ses mains agrippèrent la nuque d'Adam. Il enfonça ses ongles dans sa peau, marquant son cou de griffures profondes, des preuves destinées à signifier aux autres à qui Adam appartenait.

À lui. Il était à lui.

Rien qu'à lui.

À personne d'autre.

Aucun homme ne le lui enlèverait.

Il se frotta contre son corps pour tenter de soulager son érection douloureuse.

Ses désirs lui faisaient mal. Si mal.

Comme des épingles enfoncées dans sa peau. Des brûlures minuscules, mais innombrables.

Il en avait tellement envie. Un besoin si impérieux.

Il retint son souffle lorsque Adam le souleva pour l'allonger sur le canapé et couvrir son corps du sien. Au-dessus de lui, Adam dominait, ombre puissante et autoritaire. Cassidy aimait se sentir écrasé sous son poids, incapable de s'échapper même s'il l'avait voulu. Mais il ne voulait pas s'échapper, il était là où il devait être. Avec son alpha.

— Oui, oui, oui... haleta-t-il en se cambrant. Aime-moi.

Il voulait tant être aimé.

Juste un peu.

Juste pour sentir ce que cela faisait d'être le cœur de quelqu'un.

Pour ne plus être seul. Si seul.

— Baise-moi.

Six années à réprimer ses désirs, et maintenant, ils débordaient de lui.

Être touché. Partout. Par Adam. Par ses mains puissantes.

Sa queue enfoncée en lui.

Son nœud bloquant et unissant leurs corps.

— Je te veux. Je te veux. Je te veux !

Puis, ce fut fini.

Le corps au-dessus de lui disparut.

Adam se releva, chancela en arrière et évita de justesse de tomber sur la table basse. Il recula jusqu'à la cheminée, puis encore plus loin, jusqu'à la cuisine, jusqu'à ne plus pouvoir fuir.

— Non, je l'ai dit : pas comme ça.

Sa voix était haletante.

— Tu restes dans le canapé, lui ordonna Adam lorsqu'il tenta de se relever. Reste loin de moi.

L'injonction claqua entre eux, cruelle et impitoyable. Le rejet fut comme une balle dans la poitrine de Cassidy, un coup au ventre. Il se recroquevilla pour s'en protéger. Tout plaisir s'évanouit, anéanti par cet abandon brutal. Ne restait plus que sa solitude habituelle, mais là, tout de suite, elle semblait infiniment plus grande, écrasante. Elle l'opprimait, l'étouffait, lui coupait le souffle. Elle était un poids sur sa poitrine, qui appuyait, appuyait et appuyait encore. Il sentait ses côtes craquer, et ça faisait mal. Dans son corps et dans sa tête.

Seul. Tellement seul.

Comme lorsqu'il avait perdu son grand-père.

Comme lorsqu'il avait découvert qu'Alicar se servait de lui.

Comme lorsqu'il avait fui son pays.

Comme lorsqu'il avait accouché, sans famille, sans amis, sans personne pour le soutenir.

Son alpha le rejetait, lui ordonnant de rester loin de lui.

Parce qu'il n'était pas assez.

Pas assez bien. Pas assez fortuné. Pas assez séduisant.

Juste, pas assez.

Pas même assez digne pour porter son enfant.

Chaque inspiration lui faisait mal, déchirait ses poumons.

Chaque pensée était teintée de tristesse et de solitude.

Ses mains tremblaient, il les dissimula sous son corps tout en se pelotonnant contre le dossier du canapé. Il aurait donné n'importe quoi pour s'y enfoncer, y disparaître.

— Chut.

Une main se posa doucement sur ses épaules, le faisant sursauter. Adam était là de nouveau, accroupi à ses côtés.

— Chut, chéri. Chut.

Sa grande main caressait ses cheveux et son dos.

— Je ne te rejette pas. Je suis désolé. Calme-toi.

— Ça fait mal.

— Je suis tellement désolé, Cassidy. Je ne voulais pas, je ne pensais pas...

Des lèvres se posèrent sur son front.

— Respire, je suis là. Avec toi.

— Tu es parti.

— Je ne voulais pas que ça se passe comme ça entre nous. Je ne veux pas te faire l'amour sans qu'on soit tous les deux là.

— Tu m'as dit de rester loin.

— Pas dans ce sens... Jamais je ne t'abandonnerais.

— Je ne veux plus être seul.

— Tu n'es pas seul, Cassidy. Et tu ne le seras plus jamais.

Adam resta à ses côtés, ses mains parcourant son corps, tandis que sa voix lui murmurait des mots réconfortants. Des baisers étaient déposés sur son front et dans ses cheveux. Des promesses étaient offertes à son cœur : « Je serai là. » « Je ne te quitterai pas. » « Tu n'es pas seul. »

Lentement, très lentement, la douleur se dissipa.

— Cassidy ?

Il ne répondit pas.

— Chéri ?

Il leva les yeux vers Adam, qui le fixait avec inquiétude.

— Ça va, réussit-il à articuler.

— Tu es sûr ?

— Oui, je... ne me lâche pas, c'est tout.

La main autour de la sienne se fit plus ferme, et un baiser fut déposé sur ses doigts.

— Je n'avais pas l'intention de te repousser ou de te blesser.

— Je le sais.

Du moins, la partie rationnelle de son esprit en était consciente. L'autre partie, perturbée par leur lien, était toujours terrifiée à l'idée d'être abandonnée.

Pendant de longues minutes, ils restèrent ainsi, lui recroquevillé sur le canapé, Adam assis à ses côtés sur le sol, lui tenant la main. Le crépitement du feu les enveloppait, jusqu'à ce que le bruit de pas dans l'escalier les tire de cet instant suspendu.

Dans un effort qui lui coûta, Cassidy se redressa pour voir Jamie apparaître, une main se frottant les yeux tandis que l'autre tenait sa peluche lapin par une de ses oreilles. Son expression était endormie, ses paupières à peine ouvertes, et sa bouche s'ouvrait dans un bâillement.

— Trésor ? l'appela Cassidy.

— J'ai fait un cauchemar.

Lâcher la main d'Adam fut difficile, mais s'éloigner pour rejoindre son fils le fut encore plus. Cassidy ressentait physiquement chaque pas qui les éloignait. Se baissant, il souleva Jamie dans ses bras, et celui-ci se pelotonna immédiatement contre sa poitrine. Moins d'une seconde plus tard, son fils s'était rendormi, son souffle régulier caressant sa joue.

— Cassidy ? l'appela Adam comme s'il percevait son malaise.

— Je vais le recoucher.

— D'accord.

— Et dormir avec lui, précisa-t-il. C'est la première fois qu'il ne dort pas dans son lit.

— D'accord, répéta Adam, dont les mains ne cessaient de s'ouvrir et de se fermer en poings.

Leurs regards se croisèrent, et Adam fit un pas vers lui. Cassidy recula alors, se réfugiant sur la première marche de l'escalier.

— Bonne nuit, Adam.

— Bonne nuit, lui répondit ce dernier d'une voix adoucie par la tendresse.

## Adam

Il était allongé dans son lit, incapable de trouver le sommeil. La douleur de Cassidy lui brûlait encore le cœur. Ce n'était pas la sienne, et pourtant, il l'avait ressentie comme si elle l'était. Douleur et solitude, tristesse et désespoir. Des heures s'étaient écoulées, mais il continuait à la ressentir, rongé par la culpabilité de lui avoir infligé ce déchirement.

Son téléphone émit un bip, le tirant de ses pensées. À son message, Maverick avait simplement répondu: « C'est noté. Nous allons chercher dans cette direction. »

Plus tôt, Cassidy lui avait menti. Une première fois à propos du père de Jamie, puis une seconde fois concernant la famille de ce dernier. Aussi infime soit-elle, il avait perçu sa peur. Dès qu'il s'était retrouvé seul, il avait immédiatement envoyé un e-mail à son chef de la sécurité pour le tenir informé de cette nouvelle piste: il se pouvait que le père de Jamie soit encore en vie.

Alors qu'il s'apprêtait à reposer son téléphone, un bruit dans le couloir attira son attention. Sa porte s'ouvrit, et dans l'encadrement se dessina la silhouette élancée de Cassidy.

# CHAPITRE 13

## *Ne me laisse pas seul*

# Adam

— Cass ?

Adam se redressa sur un coude, le fixant avec surprise.

Les yeux de son compagnon étaient à demi clos, et quelque chose clochait. Son visage ne trahissait aucune émotion, seulement une neutralité inquiétante : aucun sourire, pas de lèvre pincée, rien. Ses bras pendaient mollement le long de son corps, et ses mains étaient immobiles, sans le moindre mouvement.

— Cassidy ?

Pieds nus, celui-ci avança sans lui répondre.

— Chéri ?

Toujours aucune réaction.

Cassidy était là sans être là. Silencieux, il rejoignit le lit, son genou s'enfonçant dans le matelas. Le premier bouton de son pyjama était défait, et lorsqu'il se pencha pour soulever les couvertures, il offrit à Adam une vue plus que séduisante.

— Qu'est-ce que…

Cassidy se blottit contre lui, son dos épousant son torse. Puis, comme si rien d'étrange ne s'était produit, un grognement satisfait s'échappa de ses lèvres ; ses paupières se fermèrent et sa respiration devint régulière, signes évidents de son sommeil.

— Fait chier…

Du bout des doigts, d'une caresse légère, Adam tenta de réveiller Cassidy en douceur, mais rien n'y fit. Si celui-ci bougea, ce fut pour se lover un peu plus contre lui. Ne sachant que faire d'autre – et sentant le sommeil le gagner maintenant que son compagnon était tout contre lui –, Adam ajusta les couvertures sur les épaules de Cassidy et caressa délicatement sa nuque, effleurant les marques de morsures. Puis, il lia doucement leurs doigts et les ramena contre sa poitrine. Là, le nez enfoui contre sa nuque, il se sentait enfin à sa place. En paix.

Ce fut un bruit répétitif qui réveilla Adam : la sonnerie stridente de son téléphone. À peine s'était-elle arrêtée qu'elle reprit son refrain perçant. Le corps chaud dans ses bras bougea légèrement lorsqu'il tâtonna à la recherche de son portable. Sans même vérifier qui l'appelait, l'esprit encore embrumé, il décrocha.

— Ouais...

— Cassidy est avec toi ?

— Qui est-ce ?

— Liam.

— Liam ?

— Fais un effort, abruti d'alpha.

Adam grogna en réponse à l'insulte, puis fixa l'écran de son téléphone affichant un numéro inconnu. Personne n'était censé avoir accès à sa ligne privée.

— Liam, l'ami de Cassidy. Il n'en a pas beaucoup, ça devrait t'aider.

— Ouais... marmonna-t-il en se remémorant l'extraterrestre vert.

Il se redressa et s'assit, appuyant son dos contre les coussins qui garnissaient la tête de lit. À peine s'était-il éloigné de Cassidy que ce dernier se retourna pour venir se blottir contre lui. Avec tendresse, Adam caressa ses cheveux, écartant les mèches qui voilaient son visage. Il sentait contre sa cuisse la chaleur de son souffle qui chatouillait sa peau.

— Comment as-tu obtenu ce numéro ? demanda-t-il d'une voix rauque, encore empreinte de sommeil.

— J'ai mes contacts. Tu n'es pas le seul à posséder assez de pouvoir et de richesse pour obtenir ce que tu veux. Alors, Cassidy ? Je l'ai appelé plusieurs fois, mais il ne répond pas.

Il baissa les yeux vers son oméga qui dormait toujours profondément, la bouche légèrement entrouverte et les mains serrées en poings contre sa poitrine.

— Avec moi. Il dort.

De l'autre côté de la ligne, il entendit le rire d'un enfant, suivi d'un ordre étouffé.

— Veux-tu que je vienne chercher Jamie ?

— Pourquoi voudrais-tu venir chercher Jamie ?

— Parce que, abruti d'alpha, dans quarante minutes, Jamie doit être à l'école.

— Merde !

— Ah, la dure réalité de la vie de parents, ricana Liam à l'autre bout du fil. Se lever, être responsable, tout ça… Alors, je viens ou je ne viens pas ?

Tout en se décalant avec précaution pour ne pas réveiller Cassidy, Adam s'assit sur le bord de son lit et jeta un coup d'œil à sa montre. S'il se dépêchait, il pourrait accompagner Jamie, mais cela impliquerait de laisser son compagnon seul. Après les événements de la veille, cela ne lui semblait pas être la meilleure idée.

— Passe. Cassidy a besoin de récupérer, et je ne veux ni le réveiller, ni qu'il se réveille seul.

— J'adore quand un alpha me donne des ordres alors que je lui rends service, ironisa Liam avant de raccrocher brusquement, ne laissant pas à Adam l'occasion de répliquer.

Avec un soupir, il ramassa le tee-shirt et le jogging qu'il avait abandonnés par terre, puis retourna près du lit pour remettre les couvertures sur Cassidy. Après une dernière caresse sur sa joue, il quitta sa chambre et monta au deuxième étage.

Adam n'avait aucune idée de comment réveiller un enfant, et cet inconnu lui semblait bien plus intimidant que n'importe quel dossier complexe. S'approchant du lit où Jamie dormait, il s'agenouilla au bord et lui serra doucement l'épaule.

— Hey, mon grand…

Le petit nez de Jamie se fronça et ses yeux papillonnèrent, s'ouvrant puis se fermant à nouveau.

— Il faut te lever.

— Pa ?

— Non, c'est Adam.

Cette fois, les yeux de Jamie s'ouvrirent en grand pour le fixer avec attention. Toute trace de somnolence avait disparu de son regard, remplacée par la vigilance d'un alpha face à un autre alpha.

— Je ne suis pas une menace.

Jamie cligna des yeux et sa méfiance se transforma en interrogation.

— Où est pa ?

— Il dort.

— Il va bien ?

— Oui, il va bien, mais il a besoin de repos. On va devoir se débrouiller tous les deux ce matin.

— Je peux me débrouiller tout seul.

Le grognement qui accompagnait sa réponse fit sourire Adam. C'était un ronron innocent comparé au grognement d'un alpha adulte ; une réaction instinctive qui, plus tard, servirait d'avertissement aux autres de son genre.

— Ne me grogne pas dessus, mon grand.

En aucun cas il ne devait prendre l'habitude de le faire à tort et à travers, surtout en présence d'un alpha plus dominant que lui. Ce qui serait le cas avec pratiquement tout le monde tant qu'il n'aurait pas atteint sa puberté.

— Pa me laisse grogner.

— Ton pa n'a pas conscience de ce que cela signifie, mais moi si.

Jamie le fixa avec une moue boudeuse.

— Je suis plus dominant que toi, Jamie.

Adam s'assit sur le bord du lit. Aussi en retard qu'ils soient, cette conversation ne pouvait pas attendre.

— Grogner a beaucoup de signification pour les alphas.

— Je le sais.

— Alors, si tu le sais, pourquoi l'utilises-tu avec moi ?

Jamie croisa les bras, et lorsqu'il baissa le menton, Adam lui releva doucement la tête.

— Est-ce que tu te sens menacé ?

— Non.

— Est-ce que tu veux me défier ?

— Non.

— Est-ce que tu veux me signifier que je suis sur le point de dépasser une limite ?

Jamie secoua la tête.

— Alors, tu ne peux pas me grogner dessus juste parce que tu es de mauvaise humeur. Tu pourrais le faire avec un bêta ou un oméga, mais pas avec un alpha. Comprends-tu pourquoi ?

— Oui, je pense. Parce que tu pourrais le prendre mal.

Sa réponse oscillait entre l'affirmation et l'interrogation.

— Avec moi, tu peux commettre toutes les erreurs que tu veux, tant qu'elles sont faites de manière inoffensive, mais je m'inquiète de la réaction des autres alphas.

Il lui ébouriffa les cheveux pour détendre l'atmosphère.

— Mais…

Ce *mais* qui faisait râler Cassidy le fit rire.

— Allez, debout, tu as école.

Si un début de grognement apparut, Jamie l'étouffa vite.

— Désolé.

— Les habitudes sont dures à perdre.

Se levant, Adam attrapa la télécommande posée sur la table de chevet pour ouvrir les volets sur un ciel gris.

— Liam vient te chercher, annonça-t-il à Jamie en se dirigeant vers le dressing attenant.

À l'intérieur, Cassidy avait soigneusement suspendu les affaires de son fils par type et couleur. D'abord les pulls, puis les chemises et les pantalons. Il trouva les tee-shirts dans un tiroir et les sous-vêtements dans un autre. Tout en bas de la penderie étaient alignées trois paires de chaussures : deux paires de baskets et une paire de souliers noirs.

— Qu'est-ce que tu es censé porter pour aller à l'école ?

— Bah, mon uniforme, lui répondit Jamie depuis la pièce d'à côté.

— Évidemment, un uniforme, marmonna Adam pour lui-même.

Accroché un peu à l'écart, ce dernier le narguait.

— Baskets ou souliers ?

— Baskets !

Apparaissant à ses côtés, Jamie s'empara de ces dernières avant de disparaître aussitôt.

— À six ans, on s'habille tout seul ou on a besoin d'aide ?

— Je suis grand !

— Certes, mais assez grand pour mettre correctement tes vêtements ?

Jamie lui grogna dessus, puis ajouta précipitamment :

— Tu es sur le point de dépasser une limite.

Ses propres mots dans la bouche de Jamie lui arrachèrent un rire, et il lui répondit par un clin d'œil complice.

— Très bien, monsieur « je suis assez grand pour m'habiller tout seul ». Je t'attends en bas.

Avant de descendre au rez-de-chaussée, il fit une pause au premier étage pour vérifier si Cassidy dormait toujours, puis ferma la porte pour éviter de le réveiller. Une sage décision, surtout avec l'éléphant qui descendit les escaliers quelques minutes plus tard. Jamie, habillé d'un uniforme bleu marine, laissa tomber son sac de cours au milieu de la pièce avant de le rejoindre dans la cuisine.

— Doucement dans l'escalier.

— J'ai faim ! lui répondit Jamie, ignorant complètement sa réprimande.

Montant maladroitement sur l'un des tabourets hauts entourant l'îlot central, il le regarda avec de grands yeux, lui faisant comprendre que si un enfant de six ans pouvait s'habiller seul, c'était à lui, Adam, de le nourrir.

— Tu ne bois pas encore de café, hein ? lui demanda-t-il après avoir ouvert le réfrigérateur et découvert seulement les restes du repas de la veille.

— Pa dit que ce n'est pas de mon âge.

— Je suppose que c'est pareil pour l'alcool ?

— Tu es bizarre, lui répondit Jamie, imperméable à son ironie. Tu as des céréales et du lait ?

Alors qu'Adam fouillait ses placards à la recherche de quelque chose qui pourrait vaguement s'en approcher, le concierge l'appela pour l'informer de l'arrivée de Liam, qu'il autorisa à monter. Trois minutes plus tard, on frappait à sa porte. Abandonnant ses recherches, il alla ouvrir et découvrit l'oméga, accompagné d'une minuscule silhouette agrippée à sa jambe.

— Il est prêt ? lui demanda Liam comme seul salut.

— Liam ! Eugène ! s'écria Jamie en sautant de sa chaise pour se précipiter vers eux.

Liam se baissa pour enlacer Jamie, et Adam le vit hausser un sourcil devant sa tenue négligée. L'ami de Cassidy profita de l'étreinte pour remettre la chemise du gamin dans son pantalon, tirer le col de sous son pull et le lisser rapidement d'un geste de la main. À peine eut-il relâché Jamie que celui-ci se tourna vers Eugène, lui attrapant la main pour le conduire à l'intérieur et lui montrer le salon « gigaaaaantesque ».

— Il n'a pas eu le temps de manger, avoua Adam.

— Incompétent d'alpha. Je m'arrêterai sur la route lui prendre un petit déjeuner.

— Merci, se renfrogna-t-il.

Liam l'examina de haut en bas pendant un moment.

— Tu prends soin d'eux, ou tu auras affaire à moi.

— Ils sont ma famille.

— Tâche de ne pas l'oublier quand Cassidy dérapera et quand Jamie te cassera les oreilles.

— Ils sont ma famille, répéta Adam avec plus de fermeté.

— On verra.

Liam haussa les épaules, avant de crier :

— Eugène, Jamie ! On y va avant d'être en retard.

Les deux gamins passèrent entre leurs jambes pour courir dans le couloir, bras levés imitant ce qui devait être un avion. Retournant dans l'appartement, Adam ramassa le sac abandonné de Jamie et le remit à Liam, qui était resté à l'entrée. Il fronça les sourcils en remarquant qu'il n'avait pas franchi le seuil de sa porte.

— Cassidy a beau m'aimer, il ne supporterait pas l'odeur d'un autre oméga, surtout un célibataire, dans sa maison, lui expliqua

Liam sans qu'il ait besoin de demander. Je vous ramène la terreur ce soir ?

— Si ça ne te dérange pas.

— Aucun souci.

Lui tournant le dos, Liam rejoignit l'ascenseur et appuya sur le bouton d'appel. Adam resta dans le couloir jusqu'à ce que tout le monde soit entré dans la cabine, répondant au salut timide de Jamie par un signe de la main.

## Cassidy

— Chéri…

Un mot doux chuchoté à son oreille qui le tira du sommeil.

Une caresse contre sa joue. Une pression sur son épaule. Un baiser sur sa nuque.

Un soupir s'échappa de ses lèvres.

— Hmm.

— Cass, je vais devoir partir.

Il aimait vraiment cette voix à son oreille, tout comme les doigts qui montaient et descendaient le long de son bras.

— Allez, chéri…

Dans un effort qui lui sembla surhumain, il se retourna sur le dos et ouvrit les yeux. Un sourire lui échappa. Là, au-dessus de lui, se tenait Adam vêtu d'un de ses costumes hors de prix qui mettait en valeur sa silhouette athlétique. Il tendit le bras pour caresser la mâchoire lisse où plus aucune ombre de barbe ne se trouvait. Puis, Adam tourna la tête et déposa un baiser sur ses doigts.

— Tu es magnifique, murmura Cassidy.

— Merci, lui répondit Adam en riant.

— Imbu de toi-même, mais magnifique.

— Pas sûr que ce soit un compliment.

— Un constat, grommela-t-il en refermant les yeux.

Il voulait retrouver le sommeil serein d'où Adam l'avait tiré.

— Ne te rendors pas tout de suite.

— Fatigué…

— Je sais, chéri, mais je dois partir.

Cette fois, il ouvrit les yeux, le sommeil chassé par une brusque inquiétude.

— Au bureau, précisa Adam dans une grimace.

Le souffle de Cassidy, qui s'était accéléré, se calma tandis que l'anxiété refluait.

— Je peux rester…

Interrompu par son portable, Adam le sortit de sa poche et fixa l'écran, contrarié, avant de le ranger sans répondre.

— Troy ?

— Peu importe.

Se redressant, Cassidy ramena ses jambes contre son torse et appuya son menton sur ses genoux.

— Vas-y.

— Tu es sûr ?

— Oui.

— Ton « oui » a des allures de mensonge.

Un sourire étira ses lèvres.

— Je devrais m'en sortir pour quelques heures.

Plongeant son nez dans le creux de son cou, il inspira profondément. Le fait que son propre parfum soit aussi sur sa peau lui procurait un sentiment de bien-être. Il sentit Adam profiter de l'instant pour se presser et se frotter contre lui, mêlant encore plus intimement leurs odeurs. C'était un geste possessif qui aurait dû le déranger, mais qui ne fit qu'accroître sa satisfaction.

— Jamie est à l'école.

— Quoi ?

Il s'écarta et jeta un regard autour de lui, remarquant pour la première fois qu'il n'était pas dans la chambre de son fils où il s'était endormi. Il était dans le lit monstrueusement grand d'Adam.

— Pourquoi je suis ici ?

— Parce que tu es venu me rejoindre en pleine nuit.

— Quoi ? s'étrangla-t-il.

Adam lissa sa cravate et remit correctement la pince argentée qui la tenait à sa chemise.

— Je ne sais pas quoi te dire, Cassidy. Tu étais étrange, tu ne me répondais pas. Tu t'es glissé sous les draps et tu t'es rendormi.

— Et Jamie ?

— Liam est passé le chercher.

— Passé le… Il est quelle heure ?

— Un peu plus de onze heures.

— Bon sang ! jura-t-il en se prenant la tête.

— Doucement…

À nouveau, le téléphone d'Adam sonna, et cette fois-ci, il jeta un coup d'œil à l'écran avant de soupirer et de se lever pour répondre.

— Je sais… Hmm… Pas tout de suite… murmura-t-il en décrochant.

Cassidy, abandonnant la chaleur de la couette, rejoignit Adam qui faisait les cent pas, lui prit le téléphone des mains et le porta à son oreille.

— J'ai besoin de toi, se plaignait Troy. Il me faut ta signature avant la fin de la matinée, et la fin de la matinée, c'est dans moins d'une heure. Alors, ramène ton petit cul d'alpha transi au bureau.

— Il sera là dans trente minutes, annonça-t-il avant de raccrocher et de rendre le téléphone à Adam.

— Tu me vires ?

— Je te vire, confirma-t-il.


Il n'aurait pas dû le virer. À peine Adam parti, Cassidy ressentit une pression dans sa poitrine, un tiraillement. Ses doigts se mirent à picoter et un léger mal de tête l'assaillit. Un voile de sueur couvrit sa nuque, le faisant frissonner.

— Ce n'est pas réel, murmura-t-il pour lui-même, le front appuyé contre la porte.

Sa main reposait sur la poignée, prête à l'actionner. Il voulait sortir, retrouver Adam. Il en avait besoin. Résister à ses instincts fut difficile. Avec peine, il recula d'un pas, puis d'un second, incapable d'en faire un troisième. Il resta là, immobile, fixant cette maudite porte pendant près d'un quart d'heure, avant de réaliser qu'il n'avait pas bougé d'un pouce. Dans un grognement agacé, enfin, il réussit à s'en détourner. Alors, un creux se forma dans son ventre, et des frissons parcoururent ses bras. Malgré la chaleur ambiante, il grelottait.

L'immense penthouse d'Adam était silencieux. Pas un bruit, pas même le bourdonnement du réfrigérateur ou le souffle de la climatisation. Ce silence lui pesait, le faisait se sentir seul. À présent, debout face aux immenses baies vitrées, il contemplait la ville qui s'étendait en contrebas. De cette hauteur, les passants n'étaient que des points mouvants et les voitures, de simples rectangles colorés.

Il se rendit compte qu'il se massait la nuque uniquement lorsque ses doigts effleurèrent la peau rugueuse marquée par une cicatrice, le faisant sursauter. La solitude s'installa un peu plus en lui ; Jamie lui manquait, tout comme Adam.

Si son intention première était de rejoindre sa chambre pour se doucher et s'habiller, il se retrouva finalement dans celle d'Adam. Plus spacieuse que son propre appartement, celle-ci était située à l'extrémité du couloir.

Depuis sa dernière visite, la pièce avait subi quelques changements : la peinture avait été refaite, le blanc abandonné au profit d'un gris marbré. En face du lit, une verrière équipée de priva-lite, permettant de rendre le verre transparent opaque grâce à un courant électrique, séparait l'espace en trois parties distinctes: la chambre d'un côté, le dressing et la salle de bains de l'autre.

À cet instant, les vitres étaient transparentes, révélant une vaste douche à l'italienne, une baignoire de la taille d'un petit bassin et deux lavabos sculptés dans du marbre italien, surmontés de robinets dorés.

Cassidy laissa courir ses doigts sur la verrière et pénétra dans le dressing, où chemises et pantalons étaient suspendus avec une précision impeccable. Une vitrine lumineuse entière était dédiée aux chaussures, tandis que dans les tiroirs de l'îlot central se trouvait la collection de montres et de boutons de manchette hors de prix de son patron.

Cassidy se doutait que cet ordre n'était pas du fait d'Adam, mais de son intendant qu'il avait lui-même engagé quelques années plus tôt. La chemise négligemment laissée sur le sol reflétait bien plus le côté désordonné de son patron. Lorsqu'il se pencha pour la ramasser dans l'intention de la mettre dans la chute à linge, à la place, il se retrouva à enfouir son nez dans le tissu.

Le vêtement était imprégné du parfum distinct d'Adam, et même si cela semblait absurde, Cassidy abandonna le haut de son pyjama pour l'enfiler. Se sentir enveloppé dans l'odeur familière d'Adam apaisait le vide qui ne cessait de s'agrandir depuis son départ. Il détestait cette sensation de manque pour son irrationalité. C'était stupide, et il se sentait stupide. Pour autant, il ne retira pas sa chemise.

Il attrapa son téléphone portable posé sur la table de chevet, probablement laissé là par Adam, car la dernière fois qu'il l'avait eu en main, c'était la veille dans la chambre de son fils. En parcourant son journal d'appels, il appuya sur le nom de Liam, qui revenait à maintes reprises.

— Jamie est bien arrivé à l'école et a été remis directement à son maître, répondit son ami en omettant les salutations.

— Merci, soupira Cassidy en se frottant le visage. Je suis désolé.

— Ne le sois pas, mais dis à ton décérébré d'alpha de penser à acheter...

— Il n'est pas décérébré, le coupa-t-il dans un grognement.

— ... de quoi manger pour le petit déjeuner de Jamie, termina Liam.

— Jamie n'avait pas mangé avant de partir ?

— Non.

— Stupide alpha.

— Voilà, nous sommes d'accord.

— Mais il a quand même mangé avant d'aller à l'école, n'est-

230

ce pas ? Tu lui as pris quelque chose sur le trajet ?

— Sérieusement, Cass ? Tu me poses vraiment cette question ?

Un silence s'ensuivit, au cours duquel il se retint d'insister. Même s'il savait que Liam n'aurait jamais laissé son fils le ventre vide, il subsistait une infime possibilité qu'il n'ait pas eu le temps de lui acheter de quoi déjeuner.

— Bordel, oui, Cass. Bien sûr que je me suis arrêté pour lui prendre un truc à grignoter.

— D'accord, merci, dit-il en relâchant son souffle.

— Abruti.

— Je t'aime aussi.

De l'autre côté de la ligne, il entendait Liam déplacer des objets, et il reconnut le bruit caractéristique d'un gros pinceau frottant une toile.

— Tu peins en plein jour maintenant ?

Insomniaque, Liam était un oiseau de nuit qui lui avait expliqué à maintes reprises que son art trouvait sa poésie morbide dans les angoisses de l'obscurité.

— Pas vraiment, je prépare simplement mon fond.

Un bâillement accompagna sa remarque.

— Il va d'ailleurs être l'heure de ma sieste, continua Liam.

Liam ne dormait jamais longtemps, survivant uniquement grâce à des siestes n'excédant jamais une heure.

— Je vais chercher les mômes cet aprèm après leur sport. Je te ramènerai ta progéniture.

— Je peux...

— Tu ne peux rien du tout, le coupa Liam. Toi, repose-toi, récupère, et tu me rendras la pareille plus tard.

— Je...

— La ferme, Cass. Apprends à être moins sévère avec toi-même, l'interrompit Liam.

— C'est toi qui me dis ça ?

— Va te faire foutre.

— Moi, c'est déjà fait, et toi ? lâcha Cassidy avant d'avoir pu s'en empêcher.

231

Il y eut un blanc, puis Liam éclata de rire.

— Chéri, c'est moi qui fourre les autres, pas l'inverse. Allez, je dois finir ma toile avant d'aller dormir. Fais de même.

— Je n'ai pas de toile à finir.

— Vraiment, Cass, ton humour est aussi nul que ta façon de prendre soin de toi. À tout à l'heure.

Sans attendre sa réponse, Liam raccrocha, laissant Cassidy une fois de plus seul avec ses pensées. Machinalement, il tira sur le col de sa chemise, imprégnée du parfum d'Adam, et inspira profondément. Un soupir las s'échappa de ses lèvres tandis qu'il prenait conscience de son geste. Se réfugier dans l'odeur d'Adam était... dérangeant. Et aussi effrayant. Et excitant. Cette excitation le perturbait, il ne savait pas quoi faire face à ces frissons qui parcouraient son échine, à cette sensation de picotement sur sa peau, à cette envie irrationnelle et absurde de le voir, de l'appeler, de le toucher...

Avant qu'il ne trouve l'idée de se masturber avec les sous-vêtements sales d'Adam plus séduisante que répugnante, il quitta la chambre pour le couloir, qui accueillait trois portes. La première donnait sur une salle de détente impersonnelle, meublée d'un canapé, d'une bibliothèque remplie de livres anciens, sans aucun doute jamais ouverts, et d'une télévision aussi imposante qu'un écran de cinéma. Rien ici n'indiquait qu'elle était fréquentée, même quelques minutes par jour. La seule odeur perceptible dans la pièce était celle du cuir neuf et du détergent.

Lorsque Cassidy ouvrit la troisième porte du couloir, il n'eut pas le temps de voir ce qui se trouvait derrière avant d'être assailli par un parfum qui lui arracha un gémissement. L'odeur d'Adam lui était aussi douce qu'insupportable. Elle lui rappelait qu'Adam n'était pas là. Adam qui était parti travailler. Adam qui l'avait laissé seul. Adam qui l'avait abandonné.

Cassidy savait que ces pensées étaient absurdes. Il reconnaissait qu'elles étaient injustes et puériles, mais elles tournaient et tournaient sans relâche dans sa tête, hors de son contrôle. Tout lui échappait à nouveau, comme hier sur le canapé, comme l'avant-veille dans le petit salon du cottage. Une main sur sa bouche et son nez, il traversa la pièce précipitamment pour ouvrir grand la fenêtre.

De l'air, il avait besoin d'air. Besoin de respirer, de chasser l'odeur obsédante du parfum d'Adam qui le rendait irrationnel, qui le tourmentait, le faisant se sentir seul et abandonné.

Le vent lui cingla le visage.

— Je ne suis pas seul.

Il prit une profonde inspiration.

— Je ne suis pas abandonné.

Il expira lentement, puis recommença.

— Je n'ai besoin de personne pour exister.

Il serra les montants de fenêtre si fort que ses mains lui firent mal. Mais il préférait nettement cette douleur à la sensation de perte. Le froid mordant lui était plus supportable que ses pensées irrationnelles.

Essayant de calmer sa respiration, il fixa la ville en contrebas jusqu'à ce qu'il parvienne à reprendre le contrôle de lui-même. Ce n'est qu'à ce moment-là qu'il se retourna et réalisa être dans le bureau d'Adam.

Des piles et des piles de documents s'élevaient un peu partout, du sol au bureau, en passant par le canapé. Les feuilles étaient si mal rangées et froissées dans certains dossiers que ces derniers ne fermaient plus correctement. Des tasses de café, certaines couvertes d'une couche de moisissure répugnante, étaient éparpillées ici et là, à côté de boîtes de plats à emporter. Cassidy leur lança un regard désapprobateur, tout comme au tas de vêtements qui s'amoncelaient sur le canapé et le fauteuil : une multitude de cravates, quelques chaussettes sales, des chemises et des pulls. Il y en avait tellement que Cassidy se demandait comment il pouvait encore y en avoir dans le dressing d'Adam.

Il se dirigea vers les bibliothèques murales où les dossiers étaient entassés sans aucun sens apparent d'organisation. Ils n'étaient classés ni par année, ni par ordre alphabétique, ni même par priorité. Certains dataient d'avant son arrivée, et à en juger par la couche de poussière, il était évident qu'ils n'avaient jamais été déplacés.

— Adam, un effort, par pitié… murmura-t-il pour lui-même en passant un doigt sur la crasse recouvrant le meuble.

Lorsqu'il trébucha sur une pile de classeurs en se retournant, un juron lui échappa. Avec un soupir résigné, il remonta les manches de sa chemise, s'accroupit, et commença à rassembler les feuilles éparpillées au sol. Un nom et une date attirèrent aussitôt son attention. Ce dossier, il le connaissait, et il aurait dû depuis longtemps être rangé.

— Juste celui-ci… se dit-il en le ramassant.

Il allait le ranger parce qu'il l'avait renversé et qu'il savait tout de lui. Ça irait vite. Alors, à genoux, il arrangea les feuilles, les triant selon leur ordre approprié, jetant ce qui était superflu et notant sur un Post-it les ajouts nécessaires. Mais une fois toutes les pages classées et annotées, son regard fut attiré par un autre dossier juste à côté. Lui aussi, il le connaissait. C'était une opération en cours, une opération cruciale qui n'avait rien à faire par terre.

Et les choses dérapèrent. Il commença par classer un dossier, puis un autre, puis encore un autre. Bientôt, il vida la bibliothèque pour la réorganiser de manière logique. Ensuite, il rassembla les tasses pour les descendre à la cuisine et reprit son rangement. Cependant, les vêtements le gênaient, alors il prit les piles et les poussa contre le mur. Il jeta les détritus et se promit qu'après cela, il arrêterait. Mais il ne tint pas cette promesse, car il trouva des papiers qu'Adam avait désespérément cherchés, et il se dit qu'il pourrait en retrouver d'autres. Et il en trouva d'autres, et encore d'autres. Il y avait ce classeur de factures non transmises à la comptabilité qui n'avait rien à faire là, tout comme ces dossiers confidentiels qui devraient être rangés dans l'armoire sécurisée. Il ne lui fallut que peu de temps pour trouver la combinaison permettant de l'ouvrir, et il ne fut guère surpris d'y découvrir des objets qui n'avaient rien à y faire. Il entreprit alors de les retirer et de les ranger correctement, mais pour cela, il devait d'abord vider un autre meuble.

Et les choses continuèrent de lui échapper, de déraper. La situation s'aggrava lorsque, malencontreusement, il fit tomber l'une de ces fichues tasses qui se brisa en mille morceaux. En tentant de ramasser un fragment sous le canapé, il attrapa un vêtement.

— Sérieusement, A…

Il s'interrompit brusquement en plein milieu de sa phrase, submergé par une vague de colère qu'il n'avait pas anticipée. Elle le prit aux tripes, elle lui fit mal, elle lui donna envie de faire mal. Ce vêtement n'avait pas l'odeur d'Adam. Ce vêtement, ce putain de sous-vêtement, n'était pas à Adam. Le parfum de l'intrus, de ce mec que son alpha avait dû se taper, ici, dans son territoire, lui brûla le nez et les pensées. Cette puanteur l'agressa, lui donna la nausée. Maintenant, il la sentait partout, sur ses mains, mais aussi ailleurs. Pas seulement dans ce bureau ; il retourna dans la chambre. Il inspira profondément, suivant le relent, et le trouva incrusté dans le matelas.

— Jamais !

Il ne permettrait jamais que l'odeur d'un autre, d'un foutu autre, se mélange à celle de son alpha, de sa moitié, de celui choisi par Destin pour lui. Il serait prêt à tuer pour cela, prêt à commettre des actes horribles pour que cela n'arrive plus jamais. Parce qu'Adam lui appartenait. À LUI ! Pas à un autre, pas à tous ces hommes avec qui Adam avait couché !

Il descendit les escaliers et ouvrit les tiroirs de la cuisine, en extrayant un long couteau aiguisé, avant de se tourner vers le canapé, le nez froncé. Lui aussi sentait mauvais. Lui aussi était imprégné par cette odeur. Ces odeurs. Parce qu'il y en avait plus d'une. Il y en avait des dizaines d'autres qui ne faisaient qu'attiser sa rage, le rendant encore plus fou de colère qu'il ne l'était déjà.

Les lèvres retroussées sur ses dents, la main serrée autour du manche du couteau, il s'avança vers le salon.

# CHAPITRE 14

## *Une âme à conquérir*

# Adam

Une nouvelle feuille apparut devant lui, venant grossir la pile déjà existante. Tout en la parcourant du regard, il se frotta la poitrine, là où une démangeaison persistait.

— Ça n'a pas de fin, soupira-t-il.

— C'est ce qui arrive quand le big boss disparaît pendant quinze jours, répondit son frère avec nonchalance, ajoutant encore un contrat à la pile.

Adam lut le nouveau document, les sourcils froncés.

— C'est un dossier de Cass. Je dois voir avec lui avant de le signer.

Il commençait à réaliser à quel point il déléguait beaucoup de responsabilités à Cassidy. Il en avait toujours eu conscience, mais là… Reprendre non seulement ses propres tâches, mais aussi celles de son assistant, lui semblait désormais insurmontable, même pour quelques jours. Son oméga gérait bien plus que ce qu'un seul homme pourrait gérer. Ajouté à cela sa parentalité et Jamie… Adam se demandait vraiment comment Cassidy parvenait à s'en sortir.

Troy lui arracha la feuille des mains, avant de soupirer et de la glisser dans une pochette noire.

— Ça peut attendre, mais j'ai hâte que Cassidy revienne. C'est trop compliqué sans lui.

— Sans nous, tu veux dire, marmonna Adam en apposant sa signature sur un énième document.

— Non, toi, tu es remplaçable. Le petit génie, lui, ne l'est pas.

Adam ne put s'empêcher de grogner, et son stupide frère jumeau leva les yeux au ciel.

— Ça va, détends-toi.

— Je suis détendu.

— Aussi détendu qu'un élastique tiré à son maximum et sur le point de rompre.

Avant qu'il ait pu lui rendre sa politesse, deux tasses de café furent déposées devant eux avec un peu trop de vigueur. Les boissons manquèrent déborder, et Adam leva les yeux sur l'assistant de son assistant qui le fixait d'un air étrange, les lèvres pincées.

— Tout va bien ? demanda son frère.

— Oui, tout va bien, répondit Jeremy d'un ton glacial, en contradiction avec ses paroles.

Adam s'attendait à ce que l'oméga retourne à ses affaires, mais le jeune employé resta debout devant eux, les bras croisés.

— Vous allez rester là longtemps à nous fixer ?

— Adam ! le rabroua Troy.

— Et vous ? Vous comptez rester là longtemps ? répliqua Jeremy du tac au tac, ses lèvres très légèrement retroussées sur ses dents.

Ignorant le grondement bas d'Adam, Jeremy inspira profondément avant de sortir et de rejoindre le bureau de Cassidy, où il persista à leur jeter des regards noirs.

— Qu'est-ce qui vient de se passer ?

— Aucune idée, répondit Troy, aussi stupéfait que lui. Jeremy n'est pas comme ça habituellement…

— Tu veux dire, vindicatif et sans aucun respect de la hiérarchie ?

— Je ne l'ai jamais vu énervé, encore moins agressif. Il est plutôt du genre gentil et discret. Très discret.

Jusqu'à aujourd'hui, il aurait été d'accord avec son frère. L'assistant de Cassidy était totalement oubliable, il se fondait avec les murs et passait la plupart de son temps à s'excuser pour tout et n'importe quoi. Son efficacité ne compensait même pas ses défauts, car Jeremy était au mieux médiocre dans ses fonctions.

— As-tu dit quelque chose qui aurait pu le mettre en colère ? demanda-t-il à Troy.

— Pourquoi moi ?

— Parce que j'ai été absent trop longtemps pour avoir eu le temps de lui crier dessus.

— Je ne lui ai pas crié dessus non plus. Il était d'humeur normale avant que tu n'arrives.

— Les omé… commença-t-il avant de s'arrêter.

— Les habitudes sont difficiles à perdre, ricana Troy à côté de lui. Tiens, signe-moi ça aussi.

Adam prit à peine le temps de lire avant de parapher le document, tout en se frottant sans discontinuer la poitrine. Il voulait en finir au plus vite. Ce qui devait être un passage rapide au bureau s'était transformé en une longue session de travail. Chaque fois qu'il bouclait un dossier, Troy lui en sortait un autre en lui assurant : « Le dernier, promis. » Et s'il avait bien envoyé un message à Cassidy pour l'informer qu'il rentrerait plus tard, il n'avait eu pour réponse qu'un « OK » frustrant.

— On a presque fini.

— Tu me l'as déjà dit il y a une heure, grogna-t-il en jetant un coup d'œil à sa montre.

— Hmm, hmm, marmonna évasivement son frère avant de presser l'interphone pour être mis en contact direct avec le bureau de Cassidy. Jeremy, pourrais-tu nous apporter le dossier Cloud, s'il te plaît ?

Ce dernier ne daigna même pas répondre. Il se leva simplement, lâcha le classeur sur leur table et fit demi-tour sans un mot.

— Jeremy ! l'interpella Adam avec irritation, l'arrêtant avant qu'il ne sorte du bureau. Dites-le !

— Que je dise quoi ?

— Votre problème.

— Je n'ai pas de problème.

— Vraiment ?

Jeremy le fixa un instant, et Adam put discerner ses émotions contradictoires dans sa posture, ainsi que dans son odeur. Il était mal à l'aise, mais surtout en colère. Très en colère. Le regard du jeune employé alla de Troy à lui, puis de lui à Troy, avant de s'arrêter sur lui.

— Vous êtes le problème ! aboya finalement Jeremy, le prenant par surprise.

Jamais Adam n'aurait pensé qu'il puisse élever la voix plus haut qu'un murmure.

— Pardon ? Je ne vous…

— Des heures ! le coupa sèchement Jeremy. Cela fait des heures que vous êtes là.

— Oui, et ?

L'assistant de son assistant le fixa, son expression se décomposant. Ses bras, qu'il gardait croisés sur sa poitrine, se relâchèrent.

— Vous ne savez pas... répéta-t-il. Vous n'en avez pas conscience.

— Savoir quoi ?

— Je pensais que vous saviez, que vous faisiez exprès parce que vous êtes un alpha...

— Mais de quoi parlez-vous, bon sang ?

— Vous l'avez laissé seul pendant des heures ! l'accusa-t-il.

— Cassidy ?

— Oui, Cassidy !

— Je ne comprends pas.

— Parce que vous êtes un alpha ! le rabroua Jeremy comme si cela expliquait tout.

— Jeremy... tenta de le calmer Troy.

— Vous l'avez laissé seul alors que vous êtes tout juste liés.

— Cassidy peut...

— Ça fait mal !

— Pardon ?

— Au cas où vous ne le sauriez pas, pour nous, la séparation fait mal. Et ça fait des heures que vous êtes parti !

— Il m'aurait...

— Il ne vous aurait jamais rien dit ! On parle de Cassidy, bon sang ! Je me demande ce qu'ils enseignent dans vos écoles d'alphas, à part comment bien nouer un oméga pour le foutre enceint, mais visiblement, si ça ne vous concerne pas, on ne vous l'apprend pas ! leur cracha Jeremy au visage. Vous ne savez rien !

— Doucement... tenta une nouvelle fois Troy.

Mais son *doucement*, au lieu de calmer Jeremy, ne fit qu'intensifier sa fureur.

— Cassidy est un oméga qui vient tout juste d'être lié après avoir eu des chaleurs singulières ! Vous imaginez ce qu'il peut ressentir ? Ses foutus instincts qu'il a réprimés pendant des années doivent être totalement déréglés, et en plus, vous…

La rage de Jeremy retomba aussi vite qu'elle avait éclaté. Ses yeux s'agrandirent, alors qu'il prenait conscience qu'il venait de hurler sur ses supérieurs pendant plusieurs minutes.

— Pa… Par… don, balbutia-t-il, le visage blême. Ce… Je n'aurais…

Il baissa les yeux sur ses mains qui serraient compulsivement le bas de son pull.

— Qu'est-ce qui m'a pris…

Son murmure fut plus pour lui-même que pour les deux alphas qui le fixaient.

Son cou puis ses joues s'empourprèrent, jurant avec le roux flamboyant de ses cheveux.

— Jeremy, l'interpella doucement Troy de cette voix qu'Adam reconnaissait comme celle qu'il utilisait pour amadouer leurs clients récalcitrants. Tout va bien.

Mais *tout n'allait pas bien*, car Adam commençait à assimiler ce qui venait de leur être balancé. Au moment où il se leva, son téléphone se mit à sonner.

— Oui ! décrocha-t-il, sûr qu'il s'agissait de Cassidy.

— Tu peux me passer Cass ? demanda Liam.

Liam qui n'était pas Cassidy.

— Je n'arrive pas à le joindre sur son portable.

— Il n'est pas avec moi.

— Comment ça, il n'est pas avec toi ?

— J'ai dû passer au bureau.

— Au bureau… sérieusement ? Tu es allé au bureau en le laissant seul ?

L'incrédulité transparaissait dans la voix de Liam, comme s'il peinait à y croire. Comme s'il se demandait si Adam pouvait réellement être bête à ce point. Et Adam commençait à réaliser que, oui, il avait été aussi bête.

— Ça fait longtemps que vous êtes séparés ?

Il avait tout gâché. Encore une fois.

Sans répondre, il raccrocha et ignora son téléphone quand Liam tenta de le rappeler.

— Je dois partir, lâcha-t-il à son frère en se précipitant hors du bureau.

## Cassidy

Il était consumé par la rage. Une rage qui le poussait à enfoncer, encore et encore, son couteau dans le matelas. Les couvertures et les draps étaient déjà déchirés, et le duvet d'oie des oreillers jonchait le sol telle une fine couche de neige. Il avait espéré pouvoir en effacer l'odeur, mais elle persistait, insaisissable. Elle ne le quittait pas. L'odeur de ses amants, qu'il haïssait plus qu'il n'avait jamais haï.

Une main fermement agrippée au manche du couteau, l'autre plongée dans le matelas, il tentait désespérément d'extraire les parties infectées. Elles étaient si nombreuses, *ils* avaient été si nombreux avant lui. Et peut-être y en aurait-il d'autres après lui. Parce qu'il le savait, Adam finirait par se lasser. Il se lassait toujours. Oui, toujours.

Ses larmes lui brûlaient les yeux. La rupture faisait mal avant même d'être arrivée. Il ne voulait pas de cet amour, si c'était pour le perdre. Il ne voulait plus souffrir. Il s'était promis qu'il ne souffrirait plus. Pourtant, il souffrait. Encore. Et c'était pire que la première fois. Pire qu'avec Alicar. C'était démesuré. Il essuya son nez et ses yeux de sa manche, mais ses larmes continuaient de couler, telle une rivière de tristesse et de solitude sans fin.

— Au nom de Destin, Cass !

Il se retourna vers Adam. Adam qui était habillé de son manteau et de ses chaussures. Adam qui le regardait avec horreur.

— Chéri…

Il y avait une urgence dans son ton.

— Eux aussi, tu les appelais « chéri » ?

Cassidy détesta sa voix chétive. Il détesta ne pas pouvoir s'empêcher de demander. Et détesta encore plus se détester pour cela.

Adam se contenta de secouer légèrement la tête avant de lui demander :

— Qu'est-ce que tu fais ?

Cassidy observa le matelas lacéré et retira sa main qui tenait toujours un morceau de mousse.

À genoux, sa chemise trop grande glissant de ses épaules, il fixa ses poignets tachés de rouge. Il ne se souvenait plus comment ces taches étaient arrivées là.

— Je dois les retirer, expliqua-t-il.

— Retirer quoi ?

— Leurs parfums.

— Quels parfums ?

— Ceux des autres ! Ceux que tu as... Ceux qui ont...

Les larmes coulèrent à nouveau. Il voulut s'essuyer les yeux avec le dos de sa main, mais Adam cria :

— STOP !

Il se figea.

— Ne bouge plus, Cassidy.

Il ne pouvait pas ne pas bouger, parce qu'il devait continuer.

— Il faut...

— J'ai compris : les odeurs. Et je te promets qu'elles disparaîtront.

Adam s'approchait lentement, et Cassidy ne comprenait pas pourquoi il avançait si prudemment ni pourquoi il semblait si terrifié. Il n'avait aucune raison de l'être. Tout cela était de sa faute ! C'était lui qui avait introduit ces odeurs ici, qui avait conduit d'autres hommes dans leur tanière.

— Je te promets que je vais arranger ça, mais s'il te plaît, ne bouge plus, d'accord ? implora Adam.

— Il y en a partout...

Cassidy regarda autour de lui et sursauta en ressentant une légère douleur à sa cuisse. Il baissa les yeux et découvrit son pantalon déchiré et imprégné de sang.

— Par pitié, Cass, ne bouge plus.

Le sang coulait, pas grand-chose, mais il marquait le tissu

d'une fine ligne rouge. D'autres lignes, semblables, étaient visibles sur ses mains et ses bras, là où le couteau avait dérapé.

Il releva les yeux lorsque le matelas s'affaissa.

Adam était là, juste là, à quelques centimètres, se dirigeant vers lui. Son visage affichait une expression sombre. C'était si rare de le voir véritablement inquiet.

— Tu es revenu, murmura Cassidy.

— Bien sûr. Je te l'avais promis.

— Les alphas oublient leurs promesses.

— Pas celles qu'ils font à leur âme sœur.

— Je ne suis pas ta moitié d'âme.

Ses mots firent grimacer Adam, et cette grimace le perturba.

— Je n'aime pas ta douleur.

Vraiment, il la détestait. Il voulait Adam heureux. Il voulait son sourire. Il voulait…

— Donne-moi le couteau, Cassidy.

Il cligna des yeux.

— Le couteau ?

Adam toucha son épaule, ses doigts glissant doucement le long de son bras jusqu'à son poignet.

— Celui dans ta main, lâche-le.

Mais s'il le lâchait…

— Leurs parfums… je dois les faire partir…

— Je te l'ai dit. Je vais les faire disparaître. Tu n'as plus à t'en occuper.

— Il y en a beaucoup.

— Lâche ce couteau. S'il te plaît…

Ce fut davantage son ton suppliant que la pression plus forte autour de son poignet qui le persuada d'ouvrir la main. Le couteau glissa de sa paume, mais avant qu'il ne puisse tomber, Adam le saisit et le jeta à l'autre bout de la chambre.

— Merci Destin ! dit-il en le tirant brusquement dans une étreinte féroce.

Son immense corps tremblait contre le sien. Alors, Cassidy passa ses bras autour de ses épaules et posa sa tête dans le creux de son cou.

— Tout va bien.

— Oui, tout va bien, lui répondit Adam en commençant à le tirer hors du lit.

— Non ! Qu'est-ce que tu fais ? Les odeurs…

Elles étaient encore là, dans le lit d'Adam.

Il ne pouvait pas les laisser là. Il ne pouvait pas !

— On s'en occupera plus tard.

— Pas plus tard ! Maintenant !

La colère refit surface, plus violente, plus sombre.

Les relents de ces autres qu'il haïssait devaient disparaître immédiatement. Tout de suite, dans l'instant !

— Tu avais promis.

— Et dès que tu auras…

Cassidy chercha à se dégager, à replonger ses mains dans le cœur du matelas, mais il en fut empêché. Adam le tira, l'éloigna.

— Cass !

— Tu les as baisés ici !

Il se mit à hurler parce que c'était trop.

Trop de colère. De rage. De frustration.

Ça débordait, ça jaillissait.

— Tu les as baisés dans notre lit !

— Cass, s'il…

— Je les sens ! Je les sens ! Ne me dis pas le contraire!

— Je ne te dis pas le contraire.

— Elles doivent partir. Parce que tu es à moi. À moi!

Lorsque Adam tenta de le tirer du lit, il se débattit, s'accrocha aux draps, plantant ses ongles dans le matelas. Des bras passèrent autour de son torse et le soulevèrent.

— Tu veux les garder ! l'accusa Cassidy en ruant, en se cabrant.

— Bien sûr que non !

— Alors laisse-moi les enlever !

— Cass !

— Je peux les remplacer. Je peux te les faire oublier. Mais elles doivent disparaître !

— Douce…

Il entendit le craquement avant de ressentir le coup, avant de sentir sa main s'écraser contre le nez d'Adam.

— Adam…

Son nez était en sang. Son sang qui tachait ses doigts.

Adam souffrait. Adam était blessé. Par sa faute.

— Pardon. Pardon. Pardon.

Il commença à paniquer. À ne plus pouvoir respirer.

Il avait blessé Adam.

Il avait blessé son alpha.

Il allait le perdre.

Il allait être seul.

Il le méritait.

Il lui avait fait mal.

Mal.

Mal.

Mal.

— Pardon. Pardon. Pardon.

Sa panique bourdonnait à ses oreilles, obscurcissait sa vision, engourdissait ses sens.

Il ne sentait plus rien hormis l'odeur du sang.

Il ne voyait plus rien en dehors du rouge qui s'étalait partout.

Il n'entendait plus rien en dehors du grognement douloureux de son alpha.

Qu'avait-il fait ? Que *lui* avait-il fait ?

— Pardon, pardon, pardon.

Le mot résonnait en boucle, jusqu'à perdre son sens, jusqu'à ce qu'il ne puisse plus l'articuler, jusqu'à ce que les syllabes se mélangent, formant un son discordant. Un cri. Un appel à l'aide. Une déchirure dans sa gorge.

Il n'y eut plus que ça : sa détresse, sa terreur à l'idée d'être abandonné pour avoir blessé son alpha.

Seul. Seul. Seul.

Il ne le supporterait pas.

Même s'il le méritait.

Même s'il avait toujours su qu'il finirait ainsi.

Même s'il s'était préparé.

Même…

De l'eau.

Une eau froide.

Glaciale.

Sur sa tête.

Une eau gelée qui le fit suffoquer.

Qui lui fit ouvrir brusquement les yeux.

Le noir et le rouge cédèrent la place au blanc éblouissant de la lumière de la salle de bains.

Il releva la tête. Le pommeau de douche au-dessus de lui déversait un flot glacial, des milliers de gouttes gelées qui picotaient sa peau.

— Cass ?

Devant lui, dans la douche, encore habillé de son manteau et de ses chaussures, se tenait Adam.

Adam, dont les cheveux étaient aussi trempés que les siens.

Adam, qui le soutenait et sans qui il se serait effondré.

Adam, qui le fixait avec un visage fermé.

Adam, dont le nez arborait une teinte inquiétante.

— Adam ?

— Tu es de nouveau avec moi ?

— Quoi ?

Ses dents claquaient. Il avait froid. Très froid.

Mais il s'accrochait à ce froid.

Ce froid éclaircissait ses pensées. Apaisait la douleur. Éloignait la folie.

— Je t'ai fait mal.

Cassidy ne bougea pas lorsque Adam se pencha et trifouilla quelque chose à côté de lui, ni quand l'eau passa de glacée à chaude.

— Dis-moi que c'est de nouveau toi, lui demanda Adam en l'attirant dans une étreinte réconfortante.

— C'est moi.

247

— D'accord... D'accord...

Cassidy sentit la honte l'envahir alors qu'il se remémorait ce qui venait de se passer. Et s'il réussit à retenir son gémissement, il ne put dissimuler ses tremblements.

— Chut... Tout va bien.

— Nous sommes tous les deux habillés sous la douche, je ne pense pas que ce soit la définition de « tout va bien ».

Il avait tenté de se réfugier derrière l'humour, mais sa voix était chevrotante et entrecoupée par ces respirations rapides qui annonçaient toujours les sanglots.

— Cass.

— J'ai... déraillé. Je n'arrête pas de dérailler.

— Ce n'est pas ta faute.

— Ça m'a happé. La folie. La rage. Ces odeurs étaient... Insupportables.

Un nouveau tremblement le traversa, et il appuya son front encore plus fort contre le manteau trempé d'Adam. Il redoutait de le lâcher, de s'éloigner, craignant de retomber dans cet état incontrôlable. Il détestait tout ce qu'il ne pouvait pas maîtriser.

— Je sais, chéri. Je n'aurais pas dû partir.

— Je t'ai dit de partir, grinça-t-il entre ses dents.

— Quand bien même.

— Je pensais que ça irait. Vraiment. Je n'ai rien vu venir. Ça a juste... dérapé. À un moment, j'étais moi, et après...

Avec douceur, Adam caressa sa joue du dos de sa main avant de déposer un baiser délicat sur son front. Cassidy ferma les yeux et lorsqu'il les rouvrit, il fut immédiatement captivé par le regard de son alpha. Un regard dont l'intensité était à la fois troublante et excitante. Cette fois-ci, le frisson qui le traversa n'avait plus rien à voir avec le froid.

— Tu vas finir trempé, murmura-t-il, espérant détourner son attention de son désir grandissant.

Un rire lui répondit. Un rire chaleureux et doux. Un rire qui le fit frissonner une fois de plus.

— Je crois que je le suis déjà.

— Ton manteau…

— Je m'en fiche, de mon manteau.

— Tes chaussures…

— J'en rachèterai.

— C'est bien une phrase de ri…

— Je peux t'embrasser ?

## Adam

Il en mourait d'envie. Il n'avait jamais autant désiré quelque chose.

Il aurait sacrifié tout son pouvoir et sa fortune pour qu'il dise oui.

Mais il vit le doute, il perçut sa peur, un éclair dans ses yeux, et cela suffit pour le faire reculer.

— Attends !

Une main agrippa le col de son manteau.

— Je n'ai pas dit non.

Il n'avait pas dit « oui » non plus.

Jamais Adam n'avait vécu une situation qui l'avait laissé aussi désemparé. En rentrant chez lui, il avait découvert son salon sens dessus dessous, son canapé éventré. À l'étage, il avait trouvé Cassidy en proie à la folie, déchirant son matelas. Là, il avait vu le couteau tranchant dans sa main et les fines coupures marquant son corps. La peur qui l'avait d'abord saisi s'était alors muée en une terreur indicible.

Aucune autre pensée, hormis celle d'une douche froide, ne lui était venue pour le ramener à la réalité. Et maintenant, ils étaient tous les deux là, sous le jet d'eau : lui, habillé, et Cassidy vêtu de sa chemise. Pas juste une chemise, mais la sienne, et cette subtilité changeait tout. Cela éveillait en lui des désirs qu'il ne devrait pas éprouver. Pas alors que Cassidy allait mal. Pas alors qu'il était blessé. De simples coupures, certes, mais c'était déjà trop.

Il ne devrait pas aimer la manière dont les cheveux de Cassidy étaient éparpillés sur son front. Il ne devrait pas être troublé par la transparence du tissu mouillé qui se collait à lui comme une seconde peau, laissant entrevoir le bourgeon de son téton.

Les courbes délicates de sa clavicule et de son torse lui donnaient envie d'en explorer davantage. Cassidy était…

— Beau. Tu es tellement beau.

« Parfait » aurait été plus exact.

Les joues de son oméga s'empourprèrent légèrement, puis il baissa la tête avant de la relever tout aussitôt, son regard plongeant dans le sien. Ses yeux de glace semblaient moins froids à présent.

— Je n'ai pas dit *non*, répéta-t-il d'une voix plus ferme, plus déterminée.

Adam ne bougea pas quand Cassidy s'avança. Un pas, rien qu'un pas, et son oméga se retrouva contre lui, leurs poitrines se rencontrant à chaque respiration profonde. Lorsque ses doigts tremblants effleurèrent sa joue, puis suivirent la ligne de son nez pour finalement tracer le contour de ses lèvres, Adam retint son souffle. Il le fixa intensément, sans cligner des yeux, sans esquisser le moindre mouvement de peur de l'effrayer. Mais Cassidy n'avait pas peur.

— Toi aussi, tu es beau, Adam.

Entreprenant, Cassidy prit d'abord une de ses mains et la posa sur son épaule, avant de saisir l'autre pour la placer contre sa hanche. Même à travers les tissus trempés du bas de son pyjama et de sa chemise, Adam ressentit sa chaleur.

Cassidy se hissa sur la pointe des pieds, tirant sur la nuque d'Adam pour l'inciter à s'incliner, et leurs lèvres se rencontrèrent. Si cela s'était arrêté là, il en aurait déjà été plus qu'heureux, mais rapidement, Adam ressentit la caresse d'une langue cherchant son chemin. Alors, il entrouvrit ses lèvres, l'invitant, l'embrassant comme jamais auparavant. C'était un mélange de feu et de glace, de douceur et de sauvagerie, un paradoxe en soi, indescriptible. C'était à la fois lent et rapide, enivrant et effrayant.

Lorsque Cassidy détacha ses lèvres des siennes, Adam eut l'impression d'être déchiré.

— Cassidy…

Sa voix était un gémissement. Une supplication. Une adoration.

Cassidy le lâcha, et Adam crut que ce moment de grâce touchait à sa fin. Mais alors, ses mains, qu'il chérissait plus que toute autre, entreprirent de défaire un à un les boutons de son manteau. Puis, ces mêmes mains pour lesquelles il aurait sacrifié bien des choses tirèrent sur ses manches jusqu'à ce que son pardessus glisse de ses épaules pour finalement tomber.

— Cassidy…

— Chut…

Son oméga noua ses doigts aux siens, les guidant vers sa poitrine. Lentement, très lentement, il fit glisser leurs mains jointes le long de son torse, ses yeux fixés sur lui. Adam, quant à lui, ne pouvait détacher son regard de leurs paumes qui descendaient toujours plus bas.

— Cass… gémit-il lorsque Cassidy releva sa chemise mouillée et pressa sa main sur le renflement de son sexe à travers son pyjama.

— Est-ce que… tu en as envie ?

Son ton hésitant fit relever les yeux à Adam, qui remarqua enfin les rougeurs sur ses joues.

— Parce que moi, j'en ai envie… très envie, murmura Cassidy, comme un secret à peine audible, sa voix étouffée par le bruit de la douche.

— Je ne veux rien prendre que tu ne veuilles me donner.

— Ça, je peux te le donner. Je veux te le donner.

Cassidy pressa sa main plus fermement contre son sexe. Adam sentait sa rigidité sous sa paume, tandis que l'arôme de ses sécrétions emplissait lentement la salle de bains, tel le parfum le plus enivrant. C'était l'essence du désir. C'était l'odeur de son oméga, d'une intimité offerte ; une invitation à laquelle il ne savait pas s'il avait le droit de répondre.

— Cassidy, si ce sont tes instincts qui parlent, je ne veux pas que tu le regrettes…

— Ferme-la, Adam.

Son ordre avait un goût de préliminaires.

L'ordre était si semblable à tous ceux que Cassidy lui donnait au quotidien.

L'ordre était rassurant.

— Je te désire, stupide alpha. Si tu ne veux pas, d'accord, mais...

Lorsque Cassidy tenta de reculer, Adam grogna et le saisit par la nuque. Sa bouche fut à nouveau sur la sienne, et un gémissement s'échappa des lèvres de Cassidy. Un son doux et enivrant, l'un des plus beaux qu'Adam ait jamais entendus.

— Adam. Adam. Adam.

Il l'embrassa jusqu'à en perdre le souffle, jusqu'à n'en plus pouvoir. Puis, le repoussant contre le mur carrelé, il l'y maintint fermement. Il pressa son corps contre le sien, et son orgueil se gava de son prénom dit et encore dit, pour être ensuite crié et susurré.

— Adam. Adam. Adam.

Quand il fit glisser son pyjama le long de ses cuisses fuselées, il interrompit son baiser pour observer Cassidy. Il chercha un signe de doute, de peur, d'hésitation, mais ne trouva rien. Seulement de l'attente et un regard brûlant. Un regard qui devint lave lorsqu'il empoigna son érection et commença à le caresser avec langueur. Il lui offrit tout le temps nécessaire pour dire non, pour changer d'avis, mais Cassidy se contenta simplement de laisser retomber sa tête contre le carrelage blanc de la salle de bains, exposant ainsi les marques de morsures qui décoraient son cou. Ses marques. Sa marque.

Les expressions sur son visage étaient magnifiques, incroyables, reflétant son plaisir et son abandon. Cassidy était comme Adam ne l'avait jamais connu, et comme il adorerait le voir encore et encore : confiant et passionné. Assoiffé de davantage, il fit descendre sa main le long de sa hampe, tandis que de l'autre, il caressait ses testicules et pressait doucement son périnée, glissant de fluides.

Cassidy étouffa un gémissement dans sa bouche, qu'Adam accueillit avec avidité. Abandonnant l'exploration de son périnée, il remonta sa chemise trempée jusqu'à sa poitrine, désireux de caresser chaque parcelle de son corps. Un corps qu'il avait l'impression de toucher pour la première fois. Ce n'était pas comme lors des chaleurs… Non, cette fois-ci, il était pleinement conscient de chaque détail. Des lignes subtiles de ses abdominaux aux stries délicates des vergetures sur son ventre, jusqu'au grain de beauté en relief sur ses côtes. Ses doigts explorèrent les creux de ses hanches, parcourant le galbe de son dos et effleurant le bombé de ses fesses.

— Toi aussi. Toi aussi. Toi aussi, marmonna Cassidy dans un long gémissement en s'attaquant à la ceinture de son pantalon. Pas seulement moi. Nous. Nous. Nous.

Adam se tint immobile le temps que ses doigts fins et délicats glissent vers sa braguette pour libérer maladroitement de ses sous-vêtements son érection. Alors qu'il observait son oméga étudier ce qu'il tenait, sa main trop petite pour encercler complètement son sexe, il remarqua sa poitrine se gonfler d'un souffle d'envie. Une expression de satisfaction qui renforça son propre triomphe.

— Viens… murmura-t-il en l'attirant, pressant leurs sexes l'un contre l'autre avant de les branler.

Son regard dévia de leurs érections au visage de Cassidy, à ses lèvres encore gonflées de leurs précédents baisers. Une de ses paumes se posa sur sa joue, et Adam tourna la tête pour aspirer et sucer le pouce de Cassidy.

— Que regardes-tu ? lui demanda son oméga entre deux halètements.

— Ton plaisir.

— Et tu aimes ce que tu vois ?

— J'adore ce que je vois.

— Serre plus fort, lui répondit-il simplement.

Adam obéit, et ses gémissements se mêlèrent à ceux de Cassidy. Dans sa poitrine, il sentait le lien tirer, s'éveiller. C'était mille fois plus puissant que tout ce qu'on lui avait décrit. Aucun cours, aucune discussion n'aurait pu le préparer à cela.

— J'y suis presque, le prévint Cassidy.

— Tu veux que je ralentisse ?

— Tu veux que je te tue ?

Dans un rire, Adam accéléra.

— Je veux qu'on jouisse ensemble, murmura-t-il à l'oreille de Cassidy avant de la mordiller doucement.

— Alors tu ferais mieux d'être sur le point de craquer, parce que...

Cassidy poussa un cri, et le voir jouir suffit à déclencher son propre orgasme.

Adam explosa. De désir, de passion, d'extase.

Son corps fut secoué d'un soubresaut incontrôlable, en écho à celui de Cassidy. Cassidy qui pressa son front contre sa poitrine comme s'il voulait se fondre en lui.

— Me lâche pas.

— Je ne te lâcherai pas, lui promit Adam.

Lorsque les tremblements s'apaisèrent enfin, Cassidy releva la tête et plongea son regard dans celui d'Adam, le scrutant longuement. Sa main glissa sur son visage, puis son pouce effleura délicatement ses lèvres, y laissant l'empreinte humide de leur union mêlée. Du bout de sa langue, Adam la goûta, et son sexe tressauta. Un frisson le parcourut alors que Cassidy soulevait sa propre chemise, étalant le reste de leurs semences sur son torse glabre.

— Tu sens si bon, tu sens moi, murmura Adam en humant son cou.

— Ton narcissisme n'a pas de limite.

— Merci.

Il voulait l'embrasser, mais cette fois, il ressentit une légère réticence, l'odeur de Cassidy dégageant désormais une pointe d'angoisse. Lorsque son oméga recula, Adam ne tenta pas de le retenir et s'obligea à rester là où il était.

— Je...

Cassidy ne finit pas sa phrase. À la place, il baissa la tête et sortit de la douche pour s'enrouler dans une immense serviette.

— Merci... C'était... Je...

Il secoua la tête, passant une main dans ses cheveux tout en se balançant d'un pied sur l'autre.

— Je... Je dois appeler Liam.

— Liam ?

Là, alors qu'ils venaient juste de partager ce moment d'extase, un moment qui venait de bouleverser son monde, Adam ne voulait aucun autre nom que le sien sur ses lèvres.

— Jamie, poursuivit Cass. Je ne veux pas qu'il rentre ce soir. Pas...

Il se dirigea vers la porte, resserrant la serviette autour de ses épaules.

— Je ne veux pas qu'il voie ça. Les matelas, et...

Les yeux fixés sur ses pieds nus, Cassidy s'enfuit de la salle de bains, laissant dans son sillage le parfum âcre de la peur.

# CHAPITRE 15

*Aimer et être aimé lui manquait*

# Adam

Émergeant du sommeil, groggy, il bougea, et la couverture sur ses épaules glissa légèrement. Un courant d'air froid désagréable le fit frissonner, et aussitôt, quelqu'un replaça l'édredon. Pas quelqu'un, mais Cassidy. Il n'eut pas besoin d'ouvrir les yeux pour le savoir.

La veille, après avoir revêtu des vêtements secs, il avait trouvé Cassidy dans le salon, tentant de réparer le désastre. En silence, ils avaient travaillé ensemble pour sauver tant bien que mal ce qui pouvait l'être, avant de se résigner devant les dégâts trop importants. Les canapés, ou plutôt ce qu'il en restait, étaient irrécupérables, tout comme les lits à l'exception d'un, qu'Adam avait cédé à Cassidy pour la nuit. Lui avait opté pour le sofa de la salle télé qui avait été épargné, uniquement parce qu'il n'y mettait jamais les pieds, même pour des activités nocturnes. Alors qu'il était en train de somnoler, la porte s'était ouverte dans un grincement.

— Pas de commentaire, lui avait ordonné Cassidy en refermant derrière lui.

Adam n'avait rien dit lorsqu'il s'était approché ni quand il avait soulevé les couvertures pour se glisser dessous.

— Je n'arrive pas à dormir.

Adam n'en avait pas demandé plus. Il avait simplement passé un bras autour de son torse pour le ramener contre lui, et l'empêcher de tomber du sofa, trop étroit pour eux deux. Malgré l'inconfort de leur position et l'impossibilité de bouger sans risquer de chuter, il s'était aussitôt endormi.

À présent, tandis que la chaleur du corps contre le sien l'incitait à se rendormir, seul le fait que Cassidy soit éveillé l'en empêchait. Parce que son oméga avait tendance à opter pour la fuite plutôt que d'affronter leur nouvelle proximité, il se força à repousser le sommeil pour ne pas se réveiller seul plus tard.

Alors qu'il mourait d'envie d'embrasser la nuque juste devant ses lèvres, il se retint, tout comme de caresser le ventre sur lequel sa main était posée. Pendant la nuit, ses doigts avaient glissé sous le haut de pyjama de Cassidy pour être en contact direct avec sa peau.

— Quelle heure est-il ? demanda-t-il en bâillant.

— Bientôt dix heures.

Ce fut le ton monocorde de Cassidy qui lui fit ouvrir les yeux, et finit de le réveiller.

— Cass...

— Oui ?

— Tu es en train de faire quelque chose que tu ne devrais pas faire.

Le corps détendu dans ses bras se contracta, et lorsqu'il se releva sur un coude, il vit Cassidy glisser quelque chose sous son torse.

— C'est mon portable ?

— Pas du tout.

— C'est mon portable, et ce n'est pas une question.

Cassidy tourna légèrement la tête vers lui, et le pincement de ses lèvres suffit comme preuve de sa culpabilité.

— OK, c'est peut-être ton portable, concéda-t-il finalement en se dégageant de son étreinte pour s'asseoir.

Avec une certaine réticence, il finit par lui tendre le téléphone.

— Tu avais interdiction de travailler, grogna Adam sans le lui reprendre.

— Comment sais-tu que je travaillais ?

Tendant le bras, il repoussa une mèche de cheveux derrière l'oreille de Cassidy, mais elle retomba immédiatement devant ses yeux.

— Ta coiffure ne tient qu'avec du gel ?

Cassidy cligna des yeux et tenta, tout aussi inefficacement, de replacer ses cheveux.

— Oui, admit-il enfin. Pourquoi cette question ?

— Pourquoi pas cette question ?

— Parce qu'elle est étrange.

Lui ne trouvait pas cette question étrange. C'était le genre de détail qu'il aurait dû connaître. Si Cassidy avait été à sa place, il aurait su, et cela le dérangeait. Il avait des années de détails à rattraper.

— J'aurais pu être en train de fouiller dans tes conversations, ou... Je ne sais pas, reprit Cassidy.

Lorsque ce dernier tenta de se lever, Adam lui attrapa le poignet pour l'en empêcher.

— Cass, je me fous que tu lises mes conversations. Il n'y a rien que je veuille te cacher.

— Ce n'était pas ce que je faisais !

— Je le sais.

Bien que Cassidy regarde un peu trop vers la porte, comme s'il hésitait à s'enfuir, Adam se força à relâcher sa prise pour caresser doucement l'intérieur de son poignet.

— Quand tu travailles et que tu es concentré, tu as une façon spéciale de t'exprimer, dit-il pour briser le silence.

— Spéciale ?

— Froide. Monotone. Détachée.

Cassidy le fixa, cligna des yeux, puis poussa un profond soupir.

— Je ne savais pas... Comme Troy a bloqué mon compte, j'ai bossé sur ta session.

À cet aveu, un sourire étira les lèvres d'Adam, un sourire qui se transforma ensuite en un rire.

— Ce n'est pas drôle.

— Un peu quand même. Mais je devrais m'en réjouir.

Sa remarque fit lever un sourcil à Cassidy.

— Je ne suis pas totalement stupide, chéri. J'étais surpris de te trouver encore là à mon réveil, mais si tu étais encore là, c'est parce que tu avais peur qu'en te levant, tu me réveilles et que je te reprenne mon téléphone.

Les joues de son oméga prirent une jolie teinte rose, confirmant ses soupçons. Cassidy n'était pas resté avec lui pour lui, mais pour son portable et sa session de travail encore accessible. Adam ne savait pas s'il devait en être vexé ou amusé.

— Je... Ce n'est pas...

Il laissa Cassidy à ses balbutiements, qui s'intensifièrent lorsqu'il récupéra enfin son téléphone pour jeter un œil à ses e-mails. Sur les sept cents qu'il avait notés la veille, plus de la moitié étaient maintenant traités. Se redressant sur un coude, il cliqua sur son agenda et constata que toutes les réunions avaient été décalées, et des annotations détaillées sur les sujets à y aborder avaient également été ajoutées. Une notification apparut sur son écran : une réponse à la note de service envoyée ce matin même, visant à optimiser la répartition des tâches et à réorganiser le travail pendant leur absence.

— Merde, Cass. Tu bosses depuis quelle heure ?

— Quelques heures.

Il parcourut son journal de travail et tomba sur la conversation avec Jeremy, débutée à trois heures vingt et une.

— Quelques heures, vraiment ? dit-il, un sourcil levé.

— J'ai eu une insomnie, se justifia Cassidy en détournant les yeux.

— À cause de nous ?

— Non, arrête de penser que tout tourne autour de toi. Tu n'es pas le centre du monde.

— Je posais juste la question, c'est tout. Comme tu t'es enfui après…

— Je m'inquiétais pour Jamie, d'accord ? le coupa Cassidy, l'empêchant d'aborder le sujet délicat de leur plaisir partagé.

Son oméga était assis, une jambe pliée sous lui tandis que l'autre se balançait dans le vide. Son buste était partiellement tourné vers lui et ses mains serraient son pyjama en soie. Adam avait du mal à déchiffrer ses expressions. Si les yeux de Cassidy brillaient, il n'arrivait pas à déterminer la cause de cette lueur. Alors, il inspira longuement.

— Arrête de renifler mes humeurs.

— J'essaye de te comprendre.

Cassidy secoua la tête.

— Tu sens la culpabilité et l'angoisse.

— Parce que je me sens coupable et angoissé !

— Coupable parce que… ?

— Parce que j'ai déjà abandonné mon fils dix jours et qu'à peine je l'ai retrouvé qu'il doit dormir chez Liam pour ne pas voir ce qu'il ne devrait jamais voir ! lui balança Cassidy.

— Et l'angoisse ?

— Parce que j'ai peur de reperdre les pédales ! J'ai peur que ça m'arrive devant lui. J'ai peur de te demander de me baiser en plein milieu du salon ou pendant un repas ! Et pourquoi ? Simplement à cause d'un mot ou d'un geste insignifiant de ta part, ou de la mienne, qui m'aura fait dérailler. Satisfait maintenant ?

Son ton s'était fait acide sur la fin.

— Je ne dirais pas que je suis content. Mais je préfère quand on communique. Est-ce que, hier…

— Je n'ai pas envie de parler d'hier.

— Est-ce qu'hier soir, quand nous nous sommes fait plaisir, tu aurais préféré dire non ? Tu aurais préféré refuser ? insista-t-il, car il ressentait vraiment le besoin de poser la question.

Les sourcils de Cassidy se froncèrent puis s'arquèrent, perdant de leur sévérité.

— Adam…

— Était-ce toi, ou étaient-ce tes instincts ? J'étais persuadé que c'était toi, mais si…

— Moi ! s'exclama Cassidy. Bon sang, Adam… Tu ne m'as forcé à rien.

— D'accord.

— La crise était passée quand nous avons fait ce que nous avons fait.

— D'accord.

— J'en avais vraiment envie. Je voulais que tu le fasses, OK ?

Adam hocha la tête.

— Le regrettes-tu ? ne put-il s'empêcher de demander.

— Je ne sais pas.

— Dis-le-moi dès que tu le sauras.

Se redressant, il déposa un baiser sur son front.

## Cassidy

Il porta sa main à son front, là où Adam l'avait embrassé avant de se lever. Des yeux, il suivit son immense silhouette, vêtue uniquement d'un boxer. Son patron incarnait l'archétype de l'alpha : un corps sculpté, des épaules larges et une assurance inébranlable. Un corps qu'il ne pouvait s'empêcher de désirer.

Lorsque Adam saisit la télécommande posée sur la table, les stores s'ouvrirent et Cassidy baissa les yeux pour échapper à la vive lumière matinale. Son regard se porta alors sur le téléphone dans sa main. Adam l'y avait replacé après lui avoir embrassé le front. C'était à cause de son portable qu'il était toujours là, à discuter avec lui de sujets qui le mettaient profondément mal à l'aise. Il aurait dû retourner à sa chambre, comme il en avait eu l'intention en se réveillant. Tout aurait été plus simple. Mais non, il avait fallu qu'il trouve son téléphone et qu'il se perde dans le travail. C'était stupide, car il savait qu'Adam finirait forcément par s'en rendre compte, mais ça avait été plus fort que lui.

Travailler lui avait manqué, vraiment manqué. Ce qui aurait dû se limiter à un bref coup d'œil sur les derniers événements s'était finalement étiré sur plusieurs heures. Et le pire, c'est que ça lui avait fait un bien fou. Cela l'avait apaisé. Il pouvait presque entendre le rire moqueur de Liam, lui répétant une fois de plus de trouver une passion moins triste que son boulot.

Le téléphone dans sa main vibra, et il grimaça en lisant la notification.

— Merde...

— Qu'est-ce qui se passe ?

— Troy...

Il fut incapable de terminer sa phrase, pas alors qu'Adam était en train de s'étirer, dévoilant la ligne parfaite de ses abdos.

— Qu'est-ce qu'a encore fait mon frère ?

— Troy, il... il vient de bloquer ta session de travail, répondit-il enfin après s'être éclairci la voix.

À cet instant, le bip de réception d'un SMS retentit, et Cassidy le lut à voix haute :

— « Cassidy, lâche immédiatement ce portable, je vous bloque tous les deux. »

Jurant, Adam le rejoignit pour lire à son tour le message avant de balancer son téléphone sur le divan.

— On s'en fout, lui dit-il en s'accroupissant devant lui.

Saisissant ses mains, il passa son pouce sur chacune de ses coupures, aussi infimes soient-elles.

— Est-ce que ça te fait mal ?

— Non.

Adam embrassa ses paumes et relâcha ses mains, avant de se relever et de s'éloigner.

— Walker devrait passer dans la journée, le prévint Cassidy, tout en se retenant de se frotter la poitrine, là où une pression s'exerçait contre son cœur.

— Je sais, je l'ai appelé hier soir.

— Et je lui ai renvoyé un message tôt ce matin.

Aussitôt, Adam pivota pour l'observer, son regard balayant chaque centimètre carré de son corps.

— Tu as mal quelque part ?

Sa voix était tendue, et ses sourcils froncés par l'inquiétude.

— Pas pour moi, lui souffla Cassidy.

L'expression d'Adam passa de l'angoisse au soulagement, puis à la perplexité.

— Pour qui ?

— Il n'y a que nous deux dans cet appartement. Si ce n'est pas pour moi… commença Cassidy en laissant sa phrase en suspens.

— Tu as appelé Walker pour moi ?

— Pour toi et ton nez que j'ai frappé hier soir.

Adam passa rapidement sa main sur son visage comme s'il se rappelait uniquement maintenant que « oui, son nez lui faisait mal ».

— Ça va.

— À moins que tu aies obtenu un diplôme de médecine dans

la nuit, je préfère qu'un docteur vérifie.

— Tu t'inquiètes pour moi ! lança son stupide patron, avec une satisfaction évidente.

— J'espère que j'ai frappé assez fort pour le casser, marmonna Cassidy en se rembrunissant.

— Tu ne le penses pas.

Bien sûr qu'il ne le pensait pas !

Il avait passé une bonne partie de la nuit à fixer le nez d'Adam alors que ce dernier ronflait par intermittence, visiblement gêné au point de ne pas pouvoir respirer normalement. Savoir qu'il lui avait fait mal *lui* faisait mal. Il se rendit soudain compte qu'il se frottait la poitrine et croisa les bras sur celle-ci, coinçant ses mains sous ses aisselles.

Incapable de rester assis plus longtemps, il se leva sans savoir quoi faire, jusqu'à ce que son regard se pose sur les couettes en boule sur le divan. Les couvertures n'étaient clairement pas à leur place, et il détestait vraiment quand les choses n'étaient pas là où elles devaient être.

Cédant à son besoin excessif d'ordre, il plia et rangea, et alors qu'il s'apprêtait à reposer le drap au-dessus de la couette, il se surprit à enfouir son nez dans le tissu. Pris de court par ce geste inconscient, il reposa rapidement le tout, mais trop tard. Sa honte s'accrut lorsqu'il croisa le regard d'Adam, qui n'avait pas manqué son dérapage.

— Il faut aussi que je te dise, j'ai utilisé ta carte pour acheter un canapé et des matelas, marmonna-t-il.

Si son intention était de détourner l'attention d'Adam de sa propre gêne, sa déclaration fut accueillie par un silence pesant. Il essaya de l'ignorer en continuant à ranger des affaires qui étaient déjà en ordre, mais cela devint rapidement trop ridicule. Alors, il fit face à Adam, qui, adossé à la table, l'observait avec un sourire aux lèvres. Ce sourire n'avait rien de moqueur. Si Cassidy devait lui attribuer des adjectifs, il choisirait plutôt : tendre et serein. Ce n'était pas du tout ce à quoi il s'était attendu. Des reproches, il les aurait compris, mais ça… Cette expression de satisfaction, il ne savait pas comment la traduire.

— Je te rembourserai, ne put-il s'empêcher d'ajouter.

— Ce ne sera pas nécessaire.

— Il y en a pour cher.

— Cassidy... Je suis millionnaire. Tu peux acheter autant de matelas et de canapés que tu veux.

Au nom de Destin, il le savait, et c'était bien là le problème !

Il avait trop souvent vu ses multiples comptes en banque, ses actions et ses investissements pour ne pas en être conscient. Rien entre eux n'était équitable. Adam était un alpha millionnaire influent, tandis que lui, en tant qu'oméga, se trouvait à l'autre extrémité de l'échelle sociale. Son salaire, bien que généreux, était insignifiant en comparaison de la fortune de son patron. Adam jouissait d'un pouvoir illimité, et lui devait sans cesse lutter pour obtenir la moindre reconnaissance.

— À quoi penses-tu ? lui demanda soudainement son patron.

— À rien.

— On ne peut pas ne penser à rien lorsque tout en soi exprime la défaite. Je peux t'aider.

— Non, sur ça, tu ne pourras jamais m'aider.

— Sur quoi ? insista Adam.

— Tu ne comprendrais pas.

— Parce que je suis un alpha ?

Après une brève hésitation, Cassidy finit par hocher la tête.

— D'accord, donc je ne comprendrais pas parce que je suis un alpha...

Adam laissa un silence s'installer, mais Cassidy ne saisit pas l'occasion et ne donna aucune explication supplémentaire.

— Je vais m'améliorer, chéri. Je te le promets. Je ferai en sorte que tu te sentes libre de me parler, que ce soit pour discuter de ce que tu aimerais manger, de tes sentiments, ou de ce que tu crois être un obstacle entre nous. Mais pour ça, on doit parler, même de ce que tu crois que je ne comprendrais pas.

Un frisson parcourut Cassidy. Pas besoin d'avoir l'odorat d'un alpha pour percevoir la sincérité d'Adam. Pourtant, les mots restèrent bloqués dans sa gorge.

— D'accord, peut-être une prochaine fois, soupira Adam en brisant le silence qui s'était installé.

Lorsque, après un sourire, il traversa la pièce pour sortir, Cassidy croisa les bras sur sa poitrine pour résister à l'envie irrépressible de le rejoindre, de le toucher, de l'embrasser. Là, tout de suite, il voulait son contact. Il voulait lui dire que tout allait bien, même si tout n'allait pas bien. Même si lui n'allait pas bien. Réprimer ses instincts, cette pulsion qui le poussait vers lui, faisait mal. Une douleur oppressante lui écrasait la poitrine et ses doigts étaient pris de fourmillements.

— Je ne regrette rien ! s'exclama-t-il soudainement alors qu'Adam avait la main sur la poignée de la porte.

Il ne voulait pas qu'il parte comme ça. Il ne savait pas grand-chose de ce qu'il voulait, mais ça, au moins, il le savait. Peu importait tout ce qui les séparait, il y avait une vérité indéniable : Adam l'attirait irrésistiblement, et cela depuis longtemps, depuis des années. Ses chaleurs n'avaient fait que briser les barrières qu'il avait érigées, mais maintenant qu'elles étaient tombées, il devait faire face à ses désirs, et il se sentait…

— Perdu. Je me sens perdu, et j'ai peur, mais je ne regrette rien.

Pendant un instant, il redouta d'autres questions telles que « Pourquoi se sentait-il perdu ? » et « Pourquoi avait-il peur ? » Il ne pourrait pas y répondre sans mentir, or il lui avait déjà assez menti. Cependant, Adam se contenta de l'observer avant de revenir vers lui.

— Merci, lui dit-il simplement en lui embrassant le front.

Et cette fois, quand il sortit, Cassidy ne le retint pas. Du bout des doigts, il toucha sa peau, là où les lèvres d'Adam s'étaient posées.

Il se demanda ce que leur relation aurait pu être s'il n'avait pas caché la vérité dès le départ, s'il s'était présenté comme un oméga. Mais une telle relation n'aurait probablement jamais vu le jour, car il n'aurait jamais été engagé. Ces pensées l'occupaient encore lorsqu'il descendit après s'être habillé.

En bas, Adam était penché sur l'immense îlot central qui séparait le salon de la cuisine. À côté de lui, une tasse de café fumante qu'il portait de temps en temps à ses lèvres tout en touchant l'écran de sa tablette.

— Tu as récupéré ta session ?

Sa question, empreinte d'espoir, fit relever la tête à Adam. C'était étrange de le voir habillé comme Monsieur Tout-le-Monde. Pas de chemise ni de cravate, juste un pull à col en V sur un tee-shirt et un jean.

— Non, je lis les journaux.

Adam prit une gorgée de café tout en l'observant.

— N'aie pas l'air si déçu.

Cassidy se retint de dire qu'il ne l'était pas, parce qu'au nom de Destin, il l'était : déçu et frustré. Travailler était simple en comparaison de cohabiter avec son patron. Contournant Adam, il mit en marche la cafetière hors de prix, qui broyait des grains au coût tout aussi excessif.

— Alors, tu aimes vraiment ça ?

— Le café ? lui demanda-t-il, ne comprenant pas d'où venait cette question.

— Non, le travail.

— Bien sûr.

Il adorait son travail.

— Liam dit qu'il me faudrait une passion plus acceptable.

— Du genre ?

— Le cinéma.

— Tu aimes le cinéma ?

— Pas vraiment... Tu poses beaucoup de questions.

— J'ai promis de m'améliorer, non ?

Cassidy ne répondit rien, ses yeux rivés obstinément sur le café s'écoulant dans la tasse.

— Mon pa disait que la communication était essentielle pour faire marcher un couple, reprit Adam. Alors, je communique.

La tasse fut enfin pleine, et Cassidy put la porter à ses lèvres.

Il s'accrocha à la sensation brûlante du nectar sur sa langue pour ne pas se laisser submerger par la présence d'Adam.

— Cass, là, tout de suite, quelle est la pensée qui t'a traversé ?

Du bout des doigts, il caressa les marques de morsures sur sa nuque, et le regard d'Adam s'assombrit.

— Continueras-tu à communiquer une fois qu'elles auront disparu et que tu te rendras compte que je ne suis pas celui que tu crois que je suis ?

— Oui, si c'est ce que tu souhaites.

Bien sûr qu'il le voudrait ! Qui ne voudrait pas d'Adam ? La vraie question était plutôt : qui voudrait de lui ?

— Hmm.

— Tu n'as pas l'air convaincu.

— Parce que je ne le suis pas.

— Tu ne me crois pas.

— Je crois que tu y crois. Mais je pense aussi qu'une fois que tout cela sera terminé, tu n'y croiras plus.

## Adam

L'odeur aigre de la tristesse vint troubler le parfum sucré de Cassidy. Sans pouvoir s'en empêcher, Adam posa sa main sur la sienne, provoquant un sursaut chez son oméga.

— Pardon, s'excusa-t-il en le lâchant aussitôt.

Les doigts de Cassidy tressautèrent, puis sa main se ferma en poing avant de se rouvrir et de se rapprocher légèrement de la sienne.

— Laisse-la…

Adam ne bougea pas, incapable de distinguer les expressions de Cassidy qui ne le regardait pas, ses yeux fixant obstinément la table devant eux.

— Ta main… S'il te plaît.

C'était une prière murmurée.

Alors, centimètre par centimètre, par crainte de l'effrayer, Adam approcha sa main. À peine leurs auriculaires se frôlèrentils qu'un frisson parcourut le corps de Cassidy. Ce n'était rien, et pourtant c'était tout.

— J'aime bien quand tu me touches, souffla-t-il en entrelaçant ses doigts aux siens. Je n'avais pas conscience d'à quel point ça m'avait manqué.

Adam resserra sa prise.

— Hier... murmura son oméga.

— Je croyais qu'on avait convenu de ne pas parler d'hier.

— Toi, tu n'as pas le droit d'en parler, mais moi si.

Adam ne put s'empêcher de rire. Un coude sur la table, il posa sa tête dans sa main pour mieux contempler Cassidy, qui le fusillait à présent du regard.

— Alors hier ? le relança-t-il.

— Alors hier, c'était... ça m'a fait du bien.

— Oui, j'ai cru le remarquer.

— Je ne parlais pas de ça, mais...

Les joues rouges, Cassidy secoua la tête et soupira.

— Laisse tomber.

— Il n'y a aucune chance que je laisse tomber, Cass.

Mais Cassidy ne répondit pas.

— Promis, je me tais. S'il te plaît, continue.

— Hier, reprit-il après une seconde d'hésitation, je me suis senti désiré.

— Tu étais désiré. Tu l'es toujours.

Du pouce, Adam effleura la paume de Cassidy qui, en réaction, se mordilla l'intérieur de la joue.

— C'était agréable... C'est agréable.

Ses joues déjà rougies virèrent au carmin, et Adam tendit une main pour caresser la courbe de son visage avant de replacer les mèches qui lui tombaient devant les yeux. Il se pencha, et Cassidy entrouvrit la bouche, laissant échapper un souffle impatient. Mais alors que leurs lèvres étaient toutes proches, alors qu'ils étaient sur le point de s'embrasser, la sonnerie stridente d'un téléphone les interrompit brusquement. Cassidy se recula précipitamment pour attraper son portable.

— Je dois décrocher, c'est l'école de Jamie, dit-il en jetant un coup d'œil à l'écran.

Cassidy s'éloigna de quelques pas, et Adam lutta contre l'envie irrépressible de lui arracher ce fichu portable des mains et de le détruire pour les avoir interrompus.

— Quoi ?

Le « quoi » de Cassidy était étranglé, et l'odeur de sa peur piqua le nez d'Adam.

— J'arrive ! s'exclama son oméga en se précipitant dans l'entrée.

— Cass, qu'est-ce qui se passe ? demanda Adam en le rattrapant et en lui agrippant le poignet pour le pousser à lui faire face.

Le visage de Cassidy était blême, ses yeux écarquillés.

— Jamie... C'est Jamie.

# CHAPITRE 16

*Une haine étouffante*

# Adam

La pluie martelait le pare-brise, son rythme ponctué par le va-et-vient des essuie-glaces.

— Accélère.

— Non, répondit-il calmement à l'injonction.

À ses côtés, Cass scrutait la route brouillée par les torrents d'eau. Une de ses mains serrait compulsivement son manteau, tandis que l'autre se trouvait près de ses lèvres, ses dents mordillant l'ongle de son pouce.

— On est en dessous des limitations de vitesse! argua-t-il. Tu peux accélérer.

— Il pleut.

— Jamie...

— S'est battu, le coupa Adam. S'il était sérieusement blessé, ils l'auraient conduit à l'hôpital.

— Il doit avoir mal.

— Je n'irai pas plus vite.

À ces mots, Cassidy grogna et détourna la tête vers la fenêtre. Pour la énième fois depuis qu'ils étaient montés dans la voiture, il passa la main sur son cou, là où Adam savait qu'étaient les marques de ses morsures.

— Qu'est-ce que je sens? lui demanda Cassidy, le prenant par surprise.

Adam l'observa du coin de l'œil avant de reporter son attention sur la route.

— Comment ça?

— Mon odeur, comment est-elle?

— C'est ton odeur, Cass. Je dirais qu'elle est douce et...

— Non, je veux dire, est-ce qu'elle a changé?

Il fronça les sourcils.

— Sans les suppresseurs... précisa Cassidy. Est-ce que je sens... l'oméga?

— Légèrement. Walker a dit que vu la dose que tu prenais, ton organisme mettrait du temps à s'en purifier.

Cassidy se remit à mordiller son ongle qui cette fois-ci céda et se cassa. Il fixa sa main avant de la refermer en un poing et de la glisser sous son aisselle, croisant les bras sur sa poitrine.

— Et qu'en est-il des alphas ?

— Les alphas ?

— Est-ce que je...

Cass n'acheva pas sa phrase et, une fois de plus, se toucha le cou.

— Est-ce que j'émets des... Est-ce que je risque de les...

Ne pas piler demanda à Adam tout son contrôle. Luttant contre le grondement sourd qui menaçait de monter dans sa gorge, il réussit finalement à ralentir en douceur et se garer sur le côté.

— Qu'est-ce que tu fais ? s'exclama Cassidy. On n'est pas encore arrivés !

— Je sais.

Adam sentit ses lèvres se relever légèrement sur ses dents.

Il détacha sa ceinture et se tourna vers Cassidy dont les yeux s'écarquillèrent face à son expression. Posant un genou sur son siège et passant un bras derrière l'appui-tête pour se maintenir, il caressa la mâchoire imberbe de son oméga avant de descendre le long de son cou jusqu'à son épaule.

Sous son pouce, il sentait les petites croûtes qui bientôt disparaîtraient pour laisser place à une cicatrice : permanente s'ils étaient âmes sœurs, éphémère dans le cas contraire. Il ne doutait pas que ses marques resteraient, car même si elles s'effaçaient, il s'assurerait de les renouveler si Cassidy le lui permettait. Se penchant davantage, du bout de la langue, il en dessina les contours avant de replacer ses dents exactement là où il l'avait mordu.

— Adam... gémit Cassidy d'une voix tremblante.

Sa respiration était haletante, et ses mains, agrippées à ses bras.

— Tu n'as pas à avoir peur, murmura Adam à son oreille.

Là où son souffle effleurait Cassidy, sa peau se couvrait d'une légère chair de poule.

— Je te protégerai, n'en doute pas. Jamais.

C'était une promesse, une déclaration.

Lorsqu'il poussa son nez tout contre le cou de Cassidy et qu'il huma longuement son odeur, il perçut son frisson.

— Peur, angoisse et excitation, murmura-t-il avant de s'éloigner pour se rasseoir à sa place.

— Quoi ?

— Ce que tu ressens en ce moment. La peur et l'angoisse, les autres alphas pourront aussi le sentir. L'excitation, c'est parce que je commence à bien te connaître.

— Les phéromones...

— Tu n'es pas en chaleur. Tu ne dégages aucune phéromone. Et même si c'était le cas...

Il tendit le bras et caressa ses cicatrices du bout des doigts, puis il reposa ses deux mains sur le volant pour se retenir de faire ce qu'il ne devrait en aucun cas faire. Pas maintenant. Pas dans cette voiture. Pas alors qu'il devait conduire Cassidy à l'école de Jamie. Pas parce que son instinct le poussait à le revendiquer, à lui prouver qu'il était digne de lui.

Il mit le contact et s'inséra dans la circulation. Le bruissement des essuie-glaces et le cliquetis de la pluie résonnaient dans l'habitacle. Il garda son regard fixé sur la route, se retenant de se tourner vers Cassidy, dont le silence l'inquiétait.

— Tant que tu me seras lié, je serai le seul à les ressentir et à y être sensible, personne d'autre.

— Et si...

— Il n'y a pas de « et si », Cassidy. Il n'y aura pas de nouvelles chaleurs singulières. Pas pour toi, pas tant que je serai là pour te protéger. Pas tant que tu porteras ma marque.

## Cassidy

Son cœur battait à un rythme effréné, une cadence dictée par la peur, l'excitation, mais aussi par un autre sentiment indéfinissable. Il pouvait encore sentir les lèvres et la langue d'Adam passer sur son cou. Il avait cru qu'il allait le mordre, mais il ne l'avait pas fait, et il ne savait pas s'il devait s'en sentir heureux ou triste. Alors que les marques le démangeaient cruellement, il garda ses paumes plaquées sur ses cuisses, ses ongles enfoncés dans le tissu de son jean.

Du coin de l'œil, il observa Adam dont le visage était sans expression. Son dos était raide et ses mains serraient un peu trop fort le volant.

— Est-ce que ça va ? finit-il par oser demander.

— Ça va.

Mais son « ça va » sonnait aussi faux que son comportement.

— Adam…

— Nous sommes arrivés, le coupa ce dernier en s'arrêtant devant l'école de Jamie.

Ses pensées s'orientèrent aussitôt vers son fils, l'inquiétude reprenant brusquement le dessus.

— Merci, lui dit-il, ne sachant quoi ajouter.

— Veux-tu que je vienne ?

Il hésita, puis secoua la tête.

— Ça ne ferait que compliquer les choses.

Le regard déçu d'Adam faillit le faire changer d'avis.

— D'accord, chéri. Je suis là, si tu as besoin de moi.

Un pincement au cœur le saisit lorsqu'il ouvrit la portière et remarqua qu'Adam avait pris soin de se garer du bon côté, lui évitant ainsi d'avoir à affronter la circulation. À peine fut-il sorti que la pluie mouilla instantanément ses cheveux et s'engouffra dans son col, le poussant à se précipiter vers le portail et à appuyer frénétiquement sur la sonnette.

— J'en étais sûr ! cracha une voix à sa gauche, le faisant sursauter.

Deux silhouettes apparurent, l'une fine et l'autre grande et large. Et s'il reconnut facilement l'oméga, il en déduisit que celui qui l'accompagnait devait être son alpha.

Lindsay Ward était tout ce que la société attendait d'un oméga. Son visage était d'une beauté à couper le souffle, et ses cheveux tombaient en cascade jusqu'au bas de ses reins, suivant au millimètre près les standards de mode. Ses tenues étaient soigneusement choisies pour mettre en valeur son corps, sans jamais basculer dans la redoutable catégorie « séducteur ». Il était parent délégué, toujours prêt à préparer des gâteaux incroyables pour chaque événement organisé par l'école et à se porter volontaire pour accompagner les sorties pédagogiques. Jamais, au grand jamais, il n'était en retard pour récupérer ses enfants, qui avaient plus d'activités extrascolaires que de doigts sur une main. Et surtout, il était marié, et déterminé à agrandir encore sa famille au vu de ses grossesses qui se succédaient.

Cassidy ne savait pas s'il enviait ou détestait Lindsay Ward. Peut-être que son admiration aurait surpassé son antipathie si ce dernier n'avait pas été l'un de ses plus fervents détracteurs. Lindsay n'avait jamais dissimulé son jugement envers leur situation, à lui et à Liam. Ses regards méprisants et ses chuchotements, qui provoquaient des ricanements chez les autres omégas à leur passage, avaient commencé dès le premier jour de Jamie.

— Je le savais, que ça finirait mal ! continua Lindsay, à voix basse. Au conseil, j'avais voté contre l'inscription de votre fils ! J'aurais dû insister plus. Ils l'ont pris pour l'image, une école ouverte sur la pensée moderne. Mais voilà ce que ça donne, cette *pensée moderne* : des petits garçons violents !

Cassidy encaissa le coup sans mot dire, se contentant de sonner à nouveau, avec l'espoir qu'on leur ouvrirait rapidement.

— Un pa célibataire n'est pas un bon exemple pour un enfant ! Je l'ai toujours dit !

Il appuya plus fort sur la sonnette.

— Il était évident que votre fils finirait par mal tourner ! Que votre enfant en agresse un autre n'a finalement rien de surprenant ! J'étais certain qu'il s'agissait de votre rejeton quand l'école m'a appelé !

Il savait qu'il ferait mieux de la fermer et de ne pas répondre à la colère de Lindsay, une colère qui se déversait en propos haineux. Il le savait, pourtant, il relâcha la sonnette pour lui faire face.

— Ça suffit !

— Oh non, ça ne suffit pas ! Votre enfant a blessé le mien !

— Et le vôtre, Jamie ! cingla-t-il.

— Votre fils est une brute !

— Et le vôtre, déjà plein de préjugés et de haine malgré son jeune âge !

— Ne lève pas le ton.

Cette fois-ci, l'injonction, froide et méprisante, émanait de l'alpha qui se tenait derrière Lindsay. Celui-ci le fixait avec dégoût et malveillance. La lueur prédatrice dans ses yeux fit reculer Cassidy d'un pas. Si l'hostilité de Lindsay l'exaspérait et l'irritait, celle de son mari le terrifiait.

— Un oméga parent et célibataire n'a rien à faire dans la bonne société. Ta place n'est pas ici, et ne le sera jamais.

L'aura agressive de l'alpha était un étau autour de sa gorge, elle rendait l'air acide, elle piquait sa peau.

— Pousse-toi.

L'ordre claqua, mais il ne bougea pas. Non par conviction ou rébellion, mais parce qu'il en était incapable, même lorsque l'alpha tendit le bras vers lui. Sa main était grande, effrayante, disproportionnée. Il n'y avait plus que cette main et le danger qu'elle représentait. Il aurait voulu s'enfuir, mais il resta là, immobile. Et la main grossissait, grossissait, et plus elle grossissait, plus il lui devenait difficile de respirer. Alors qu'il suffoquait, la poitrine en feu, une nouvelle aura se manifesta. Elle était écrasante, dominante, puissante. Non seulement dangereuse, mais aussi prédatrice. Mais pas pour lui. Non, pour lui, elle était rassurante. Une protection. Un refuge. Un sanctuaire. Elle l'enveloppa, lui permit de respirer à nouveau. Cassidy recouvra la sensation de ses doigts, de chacun de ses membres.

Un corps se pressa contre son dos, et il sentit la poitrine d'Adam vibrer, émettant un grognement sourd et continu qui glaça l'atmosphère. L'alpha de Lindsay tira ce dernier derrière lui, le forçant à reculer d'un pas avant de faire de même. À présent, il n'était plus prédateur, mais proie.

La main d'Adam se posa possessivement sur sa nuque, dans un geste primitif qui n'échappa à personne. Les yeux de Lindsay s'arrondirent de surprise tandis que ceux de son mari se plissèrent légèrement, ses lèvres remontant imperceptiblement sur ses dents.

— Un souci, Cassidy ?

La voix d'Adam était plus grave que d'habitude, chargée de menaces.

Sentant son corps se raidir, Cassidy comprit qu'il était sur le point de perdre le contrôle, d'attaquer. Alors lorsque le mari de Lindsay esquissa un mouvement, même s'il ne fit qu'un pas, il saisit fermement la main d'Adam et la serra avec force pour le retenir.

— Tout va bien.

Le grognement d'Adam persistait, et Cassidy se tourna vers lui, posant doucement sa paume sur sa joue pour attirer son attention.

— Je vais bien. Reste avec moi.

Adam cligna des yeux. Bien que son grognement s'estompe progressivement, son aura écrasante, elle, ne faiblit pas.

— Tu n'as plus peur.

— Non, je n'ai plus peur. Allons-y.

Adam le fixa encore quelques secondes avant de se tourner vers la sonnette, appuyant dessus sans relâche jusqu'à ce qu'une voix, celle du gardien, lui réponde.

## Adam

Il n'avait pas eu l'intention de le suivre, Cassidy ne l'ayant pas invité à le faire, mais il avait senti sa peur, et ça lui avait été insupportable. Il avait perdu le contrôle, comme il ne l'avait pas perdu depuis longtemps, imposant son influence dans l'idée de soumettre. Il aurait pu pousser l'alpha à s'agenouiller, à s'aplatir devant lui, à ramper. Il avait été si proche de l'attaquer... Il l'aurait fait si Cassidy n'était pas intervenu. Dominer un alpha n'était pas quelque chose à prendre à la légère ; c'était un tabou qui aurait pu avoir de graves conséquences. On ne le faisait pas. Jamais.

Maintenant installé dans le bureau du directeur, il se pencha légèrement pour renifler le cou de Cassidy, s'assurant que sa peur n'était pas revenue. En réponse à son geste, Cassidy le fusilla des yeux et lui souffla dessus avant de reporter son attention vers leur interlocuteur.

Plus tôt, on était venu les chercher pour les emmener ici, dans le bureau du doyen qui, à sa vue, avait perdu son sourire. Une de ses mains toujours sur la nuque de Cassidy, Adam lui avait tendu sa carte de visite. À la lecture de son nom, le teint du directeur était passé de rosé à blafard.

D'un ton sec, ce dernier avait ordonné à son secrétaire d'apporter un siège supplémentaire, tout en passant un doigt entre sa chemise et son cou pour ajuster son col amidonné. Son malaise n'avait fait que s'accentuer lorsqu'ils s'étaient tous assis.

Bien que la pièce soit spacieuse, dotée d'une hauteur sous plafond plus que respectable, la présence de trois alphas rendait l'atmosphère pesante. Le directeur avait même préféré entrouvrir l'une des deux immenses fenêtres derrière son bureau, dans l'espoir d'apaiser les tensions, quitte à risquer d'abîmer irrémédiablement son parquet avec la pluie. Déjà, les lourds rideaux en velours à franges, qui encadraient les ouvertures, voyaient leur teinte verte s'assombrir là où l'eau se diffusait dans le tissu. Heureusement, les bibliothèques étaient situées sur les côtés, loin des fenêtres.

Un mouvement sur sa droite attira l'attention d'Adam vers Jamie. La tête baissée, les mains coincées entre ses cuisses, il remuait des pieds, ses jambes encore trop courtes pour toucher le sol. Malgré ses mèches de cheveux qui retombaient en partie sur son visage, son œil au beurre noir et sa lèvre fendue étaient parfaitement visibles. Cassidy avait eu beau lisser le col de son fils, il n'avait rien pu faire contre son pull déchiré à l'entournure et les trous dans son pantalon au niveau des genoux.

L'autre enfant n'était pas moins abîmé. Deux morceaux de coton étaient enfoncés dans ses narines pour arrêter le saignement de son nez. Quatre griffures zébraient la joue gauche, tandis que la droite était déformée par un gonflement qui empirait de minute en minute.

— Bien, commença le directeur en se raclant la gorge. Je vous ai réunis ici pour discuter de cet incident...

— Ce n'était pas juste un incident, c'était une agression ! s'exclama le père oméga de l'autre garçon.

Si Cassidy ne répondit pas et garda le regard braqué sur le doyen, il agrippa néanmoins la cuisse d'Adam et la serra avec force. Posant sa main sur la sienne, Adam entrelaça ses doigts aux siens et le serra en retour.

— Le déroulement des événements n'est pas très clair, tenta de nuancer le directeur.

— Au contraire, il est très clair ! C'est la deuxième fois que mon enfant se fait agresser par cet...

— Attention aux mots que vous employez, grogna Adam en lançant un regard mauvais à l'oméga.

— Et attention aux vôtres, répliqua l'alpha de ce dernier.

— Essayons d'être raisonnables... intervint le directeur.

Nous avons été raisonnables ! La dernière fois, nous avons déjà accepté l'absence de punition, en échange de la promesse que cela ne se reproduirait pas. Et pourtant, ça a recommencé ! L'exclusion, à mon sens, est la sanction la plus appropriée.

À cette revendication, les ongles de Cassidy s'enfoncèrent dans sa peau.

— C'est lui qui a...

— Pas un mot, Jamie ! gronda Cassidy, sa voix empreinte de colère.

— Mais...

Cette fois, un regard suffit à faire taire Jamie, et si son visage se froissa, il garda néanmoins le silence.

Adam attendit que Cassidy prenne la défense de son fils, qu'il use de cette remarquable capacité de persuasion qui le rendait si redoutable au travail, mais celui-ci resta muet. Aucun argument, pas un mot. Pourtant, Adam pouvait sentir ses doigts trembler contre les siens, et le parfum de sa colère lui piquer le nez.

— Vous nous aviez promis qu'il serait définitivement renvoyé au moindre nouvel incident !

Le directeur se racla la gorge, évitant soigneusement le regard d'Adam.

— Peut-être y a-t-il eu un malentendu.

— Non, vous aviez été catégorique à ce sujet…

— Les circonstances ont changé, Lindsay.

La voix grave et tranchante de l'alpha coupa net les récriminations de son compagnon.

— Oui… marmonna le doyen en lançant un rapide coup d'œil à Adam. La situation a évolué.

Cassidy n'était plus un simple parent isolé. Désormais, il était lié à un alpha dont la position sociale et économique surpassait de loin celle des autres.

À ces mots, Cassidy sursauta. Sa main se détacha brusquement de la sienne, et il croisa les bras sur sa poitrine avant de demander :

— Donc, vous ne renvoyez pas Jamie ?

— Un renvoi définitif me semble excessif, concéda le directeur. Peut-être que quelques jours de suspension seraient plus appropriés…

— Qu'a dit l'autre enfant pour pousser à bout Jamie ? demanda Adam, focalisant toute son attention sur ce dernier.

— Pardon ?

— Qu'a dit l'autre enfant pour pousser Jamie à bout ? répéta-t-il d'un ton calme et froid. Quel événement a déclenché la violence de Jamie ?

— Je… Oui, alors…

Et tout en bafouillant, le doyen souleva les feuilles qui étaient devant lui, comme si elles pouvaient lui apporter une réponse.

— Peu importe ce qui a été dit, cela ne justifie pas la violence !

s'insurgea Lindsay.

— Je ne justifie pas la violence dont Jamie a fait preuve, rétorqua Adam. Mais si votre enfant a tenu des propos discriminatoires...

Et il insista sur ce dernier mot.

— ... alors je demande qu'il soit également sanctionné.

— Non !

— « Non » signifie-t-il qu'il n'a pas tenu de propos discriminatoires, ou « non », il ne doit pas être sanctionné pour cela ?

— Mon fils n'aurait pas...

Cependant, un coup d'œil à son garçon, dont le visage virait au rouge coupable, atrophia la colère de Lindsay jusqu'à le réduire au silence.

— Je me suis renseigné ces derniers jours, reprit Adam en se tournant vers le directeur. Bien que d'autres établissements affichent des taux de réussite nettement supérieurs et offrent un accès à des réseaux professionnels plus prestigieux, j'ai constaté que cette lacune était compensée par votre ouverture d'esprit envers un monde moderne et moins conservateur. Des valeurs qui nous tiennent à cœur.

Un silence suivit sa déclaration, qui ressemblait davantage à une menace qu'à une simple observation.

— Monsieur Anderson a raison, concéda le doyen. Si Côme a tenu des propos inopportuns, une sanction devra également lui être appliquée.

— Ce ne serait pas...

— Oublions cet incident.

— Quoi ? s'offusqua Lindsay aux paroles de son mari. Nous n'allons pas...

— J'ai dit : oublions cet incident.

La voix de l'alpha, dure et tranchante, donna envie à Adam de grogner. Du coin de l'œil, il observa Lindsay non seulement baisser les yeux, mais aussi incliner la tête sur le côté en signe de soumission. L'odeur de la peur, infime, mais bien présente, s'éleva de l'oméga.

— Merci pour votre patience, déclara l'alpha en se levant. Côme, Lindsay, nous y allons.

Sans laisser l'opportunité à son compagnon de s'exprimer davantage, il saisit son bras et l'entraîna vers l'extérieur, leur fils les suivant. À peine la porte eut-elle claqué que la tension dans la pièce diminua. Le directeur laissa échapper un soupir de soulagement et se leva pour refermer la fenêtre derrière lui.

— Bien, bien, bien! dit-il en se rasseyant, avec un ton aussi enjoué que faux. Je suis ravi que nous ayons pu trouver une issue favorable à cette malheureuse situation. Monsieur Anderson, c'est un plaisir de vous voir ici, aux côtés de Cassidy.

— Monsieur Miller, pas Cassidy, le corrigea Adam.

À cette remontrance, le sourire du directeur se fana.

— Oui, toutes mes excuses pour cette familiarité. Si jamais un heureux événement se présentait...

Son regard, qui se posa ostensiblement sur le ventre de Cassidy, donna envie à Adam de grogner.

— ... nous serions ravis d'accueillir tout nouvel élève au sein de notre établissement. Nos classes de maternelle à...

— Je croyais que vous étiez complets!

L'éclat de Cassidy surprit Adam. Son assistant ne perdait jamais son sang-froid, quelles que soient les circonstances. Qu'il soit confronté à un interlocuteur odieux le couvrant d'insultes ou qu'il doive gérer un client hurlant à pleins poumons, il restait toujours imperturbable.

— Oui... Hmm... C'est que... bafouilla le directeur, déconcerté par cet éclat de colère. Enfin, votre alpha...

— Nous allons aussi y aller.

Se levant brusquement, Cassidy prit son fils dans ses bras et sortit sans dire un mot de plus.

## Cassidy

D'un pas vif, il s'éloigna jusqu'à ce que le poids de son fils le contraigne à le poser à terre.

— Pa...

— Allons-y.

Il n'attendit pas qu'Adam sorte à son tour. Il avait besoin d'air maintenant. Attrapant la main de Jamie, il l'entraîna le long du couloir. La pluie battait violemment contre les fenêtres cintrées à petits carreaux, ajoutant son fracas au tumulte de ses pensées. Enfin, ils arrivèrent dans la cour centrale. Inspirée des cloîtres, l'architecture permettait aux enfants de profiter de l'extérieur tout en se mettant à l'abri en cas de mauvais temps.

— Je suis désolé, marmonna Jamie.

Cassidy ne répondit rien, jusqu'à ce qu'ils atteignent le milieu d'une des galeries ouvertes. Ce n'est qu'à ce moment-là, après avoir pu prendre une grande inspiration, qu'il lâcha la main de son fils pour se tourner vers lui.

— On en a déjà discuté des dizaines de fois, Jamie ! Qu'est-ce qui t'a pris ?

— Il a dit...

— Bon sang ! Je sais ce qu'ils ont dit ! s'écria-t-il, incapable de se retenir. Crois-moi, Jamie, je le sais ! Je l'entends tous les jours ! Mais on ne répond pas à une insulte par la violence ! Jamais ! Ça ne résout rien, et les conséquences peuvent être graves. Tu aurais pu être renvoyé ! Toi ou Côme auriez pu être sérieusement blessés ! Est-ce que tu te rends compte ?

— J'ai essayé, pa. J'ai vraiment essayé...

La voix de Jamie se mit à trembler, et des larmes vinrent mouiller ses yeux avant de rouler sur ses joues.

— J'ai fait exactement ce que tu m'as dit ! Rester calme, les ignorer, tout ça, mais...

Il essuya la morve qui coulait de son nez avec sa manche.

— Mais je ne sais pas...

— Comment ça, tu ne sais pas, mon cœur ?

S'agenouillant à sa hauteur, Cassidy sortit de sa poche un mouchoir qu'il colla sur le nez de son fils avant de lui ordonner de souffler.

— Il a dit quelque chose sur toi, et j'ai perdu le contrôle. Je me suis rendu compte que je le frappais seulement quand je l'ai fait…

— Tu dois garder ce contrôle, Jamie.

— Il ne peut pas.

La voix d'Adam derrière lui le fit sursauter. Cassidy ne l'avait pas entendu les rejoindre.

Les mains dans les poches de son manteau, son patron se dressait telle une ombre gigantesque au-dessus d'eux.

— Il est trop jeune. Je ne pouvais pas non plus à son âge.

— Il n'est pas toi !

— Non, il n'est pas moi, mais il est comme moi.

Un frisson parcourut la colonne vertébrale de Cassidy.

— Il n'est pas…

— Il l'est, Cassidy.

— Non.

Il avait désespérément besoin que ce soit faux.

— Je comptais t'en parler, mais l'occasion ne s'est pas présentée.

Son fils n'était encore qu'un bébé, un tout jeune enfant. On ne découvrirait son genre que dans de nombreuses années, à sa puberté, pas maintenant.

— L'instinct de protection est puissant chez les alphas.

— Il n'est pas un alpha…

Le mouchoir qu'il tenait encore dans sa main tomba au sol avant d'être emporté par le vent.

— Jamie est un alpha. Sa réaction n'aurait pas pu être autre, pas tant qu'il n'aura pas appris à canaliser son instinct.

Cassidy se releva et regarda son fils qui reniflait et s'excusait, les deux à la fois.

— Pardon, pa. Ne sois pas fâché.

Il n'était pas fâché. Il ne l'était plus. Maintenant, il avait peur.

# CHAPITRE 17
*Trop tard. C'était trop tard.*

# Cassidy

Allongé aux côtés de son fils, il cessa de caresser ses cheveux, puis, baissant la voix, il arrêta progressivement de chanter. Des années qu'il ne l'avait pas bercé ainsi, mais cela faisait aussi des années qu'il ne l'avait pas vu pleurer autant. Jamie était si petit, bien trop jeune pour faire face aux dures réalités de ce monde.

Cassidy resta encore quelques minutes à contempler son garçon, son bébé qui n'en était plus vraiment un. Il observa sa poitrine se soulever au rythme paisible de ses respirations endormies, son visage poupin qui bientôt perdrait ses courbes pour les traits plus durs d'un adulte. D'un alpha. Ce fut à son tour de trembler et de sentir les larmes lui piquer les yeux. Passant sur le dos, il fixa le plafond sur lequel des étoiles projetées par une veilleuse se mouvaient. Il resta immobile jusqu'à ce que le minuteur de la lampe s'arrête, plongeant la pièce dans une obscurité qui reflétait ses pensées. Sombre, très sombre.

Lorsqu'il descendit, il serra son vieux pull troué autour de ses épaules. Parce qu'il le portait à la naissance de Jamie, il n'avait jamais réussi à s'en séparer, même s'il était usé et reprisé à de multiples endroits. Il y trouvait un sentiment de réconfort et de sécurité. Et ce soir, il en avait terriblement besoin.

Le salon baignait dans la pénombre, seule la lueur du feu de la cheminée centrale éclairait la silhouette d'Adam assis sur le nouveau canapé. Plus tôt, à leur retour, ils avaient découvert l'appartement dans son état d'origine, comme si rien ne s'était passé. Plus de coussins et de matelas éventrés, mais des lits faits et des meubles neufs. Toute trace de sa folie de la veille avait disparu, effacée par une armée de gens de maison. Il percevait encore les résidus de leur odeur, même si tout avait été lavé au vinaigre par la suite.

Adam était penché en avant, ses coudes sur ses genoux écartés. Il fixait le feu, la danse des flammes se reflétant dans ses yeux. Devant lui, sur la table basse, une carafe en cristal laissait transparaître un liquide doré. Dans sa main se trouvait un verre qu'il remuait doucement, agitant son contenu sans pour autant le boire.

S'approchant par-derrière, Cassidy posa une main sur sa nuque et passa l'autre par-dessus son épaule pour lui prendre son verre. Le portant à sa bouche, il but d'un trait le scotch, qui laissa une traînée brûlante dans sa gorge.

— Walker est parti ? demanda-t-il.

À peine rentré, il n'avait cessé d'appeler le médecin, jusqu'à ce qu'Adam lui arrache le téléphone des mains, lui interdisant à son tour de le harceler. Finalement, après avoir enfin répondu, Walker était arrivé en début de soirée. Il avait d'abord examiné Jamie, puis lui et Adam, avant de déclarer que personne n'avait rien de grave, mais que de tous ses patients, ils étaient la famille la plus pénible. Son sourire et son clin d'œil à Jamie avaient adouci sa pique.

« Famille ». Cassidy ne savait pas quoi faire de ce mot. Il était troublant et impressionnant, mais surtout, il suscitait en lui un désir intense. Un désir auquel il avait cru avoir définitivement renoncé en fuyant son pays et sa vie. L'écho d'un rêve passé qui faisait battre son cœur plus vite.

« Famille » était ce qu'il avait été certain de construire avec Alicar, avant que celui-ci ne le trahisse, et Walker avait prononcé ce mot avec tant de naturel. Comme s'il s'agissait d'une évidence. Comme si c'était ce qu'il voyait, ce qu'ils étaient : Jamie, Adam et lui.

— Oui, peu après que tu es monté coucher Jamie.

La réponse d'Adam lui fit relever subitement la tête, détournant son attention du fond de son verre vide. Son ton, dénué de toute inflexion particulière, lui donna la nausée. C'était un ton que son patron réservait d'ordinaire à leurs collaborateurs, mais également à ses conquêtes une fois qu'il s'était lassé d'elles. Cette intonation le poussa à faire le tour du canapé pour lui faire face.

— As-tu renoncé ? demanda-t-il d'une voix si serrée qu'il en avait mal à la gorge.

Sa question eut au moins le mérite d'attirer l'attention d'Adam sur lui.

— Renoncé à quoi, Cassidy ?

— À moi, souffla-t-il.

En le disant, il réalisa que la réponse d'Adam avait le pouvoir de lui briser à nouveau le cœur. Mais cette fois-ci, les éclats seraient bien plus nombreux que lorsque Alicar l'avait trahi. Ils seraient aussi plus tranchants, plus douloureux. Ça ferait mal. Très mal. Et il sut : il n'était qu'un foutu idiot.

Il avait cru pouvoir choisir de qui il tomberait amoureux, et même décider du moment où cela se produirait. C'était si naïf. Il avait vu un choix là où il n'y en avait aucun. Une fois que la marque d'Adam aurait disparu et que le lien se serait effrité, une fois qu'il serait libre de partir, il ne le ferait pas. Il ne le voudrait pas. Car ce qu'il ressentait allait bien au-delà de cette marque, de l'union d'un oméga avec un alpha. C'était Adam. C'était lui. Juste lui.

Il avait eu beau lutter pour ne céder son cœur à personne, Adam le lui avait ravi morceau par morceau. De si petits bouts que le vol était passé inaperçu. Maintenant que son cœur ne lui appartenait plus, il se rendait compte qu'il était trop tard. Pour récupérer ce cœur volé, il lui faudrait des années… peut-être plus qu'une vie en comprenait.

Il fallait qu'il réalise cela maintenant, alors qu'Adam s'adressait à lui comme il s'adressait à ses ex. Sans émotion.

Adam, qui ne le regardait pas. Qui ne l'avait pas touché depuis qu'ils étaient rentrés, pas même un effleurement.

— De quoi parles-tu ?

— D'aujourd'hui… Être avec moi est compliqué.

Hier, cet après-midi… C'était juste un échantillon de ce qui l'attendrait.

— Je comprends.

Et vraiment, Cassidy le comprenait, il ne pouvait même pas lui en vouloir.

— Je ne crois pas, murmura Adam.

— Si. Tu n'as jamais eu de relation sérieuse jusqu'à présent.

Alors, être soudainement accouplé avec moi, voir mon fils et mes problèmes débarquer dans ta vie... c'est... beaucoup.

Cassidy croisa les bras sur sa poitrine pour se protéger, tout en sachant que c'était trop tard. Rien ne pourrait atténuer la douleur du rejet.

— Qu'est-ce qui te fait penser ça ? demanda Adam.

— Ta froideur, ta manière de me parler, de ne pas me regarder...

Cette distance... Son indifférence lui était insupportable. Il pouvait tout encaisser, mais pas ça.

— Oublie...

Il devait partir avant de s'effondrer, mais une main attrapa son poignet, stoppant sa fuite. Adam le fixait, et l'atmosphère devint soudainement étouffante, imprégnée d'une tension croissante qui rendait chaque inspiration brûlante.

— Non, Cassidy, je ne vais pas oublier.

La voix d'Adam n'était plus marquée par le désintérêt. Elle vibrait, tout comme les doigts serrés autour de son poignet.

— J'essaie de ne pas être un foutu connard. J'essaie, je te jure que j'essaie...

— Adam...

— Tu me trouves indifférent ? Je te promets, Cassidy, que là, je suis tout sauf indifférent.

Sans le lâcher, Adam se leva et avança d'un pas quand il recula.

— Là, tout de suite, je lutte contre l'envie de détruire l'industrie métallurgique de ce minable alpha. Je viens de vérifier, je pourrais aisément acquérir ses parts pour une somme dérisoire! Une fois en ma possession, un simple clic et il ne serait plus rien. Rien du tout. Sa vie anéantie juste parce qu'il a osé te bousculer, juste pour avoir eu l'audace de croire qu'il pouvait te blesser en toute impunité.

Les yeux d'Adam étincelaient de fureur.

— J'ai également fait des recherches sur ce connard de directeur. Un tout tout tout petit poisson. Sans importance. Je pourrais acheter le conseil d'administration pour le faire renvoyer. Congédié pour t'avoir traité avec mépris. Et crois-moi, après ça, je m'assurerais qu'aucune école, même celle ayant la pire réputation, ne voudrait l'embaucher.

Cassidy continuait de reculer tandis qu'Adam avançait.

— Ce gosse, celui qui a blessé Jamie... je pourrais m'assurer qu'aucune école ne veuille de lui, je pourrais anéantir son avenir, son potentiel, le bannir de la haute société avant même qu'il n'y ait mis un pied. Et ainsi, il ne pourrait plus jamais approcher Jamie, plus jamais lui faire du mal, que ce soit avec ses poings ou ses mots.

Cassidy continua de reculer jusqu'à ce que son dos heurte le mur.

— Tu ne l'as pas fait, n'est-ce pas ? murmura-t-il, sa voix à peine audible.

L'ombre imposante d'Adam le dominait, et dans cette obscurité, ses yeux se réduisirent à deux fentes étroites.

— Non, je ne l'ai pas fait. Je ne l'ai pas fait parce que tu as lâché ma main.

— Ta main ?

— Dans le bureau de cette immonde merde, tu as lâché ma main quand tu as réalisé que c'était mon influence qui empêchait Jamie d'être renvoyé. Ça t'a rendu furieux. Je l'ai senti. Ta colère était brûlante, si acérée.

Adam posa sa main sur la gorge de Cassidy, le faisant déglutir, puis descendit sa paume sur sa poitrine là où se trouvait son cœur.

— Je ne veux pas de ta colère, avoua-t-il après avoir inspiré profondément. Je ne veux rien faire qui te blesse.

Leur proximité était telle que Cassidy pouvait sentir son souffle sur son visage.

— Et mon influence te blesse, le fait que je sois un alpha te blesse.

Adam ferma les yeux un instant, puis recula d'un pas, sa main quittant son cœur pour retomber mollement le long de son flanc.

— Alors non, Cassidy. Je suis loin, très loin, d'avoir renoncé à toi. Je ne sais simplement pas comment être avec toi sans te blesser. Je ne sais pas comment être ce que tu mérites.

## Adam

Depuis qu'ils avaient quitté l'école de Jamie, il se sentait sur le point de craquer. La colère et le besoin de protéger Cassidy, de détruire ceux qui l'avaient blessé, n'avaient fait que croître, jusqu'à occuper toutes ses pensées.

Il ne cessait de revoir la main de l'homme s'approchant de Cassidy, d'entendre les paroles haineuses de l'oméga, de ressentir le mépris du directeur. Sa colère s'était transformée en une rage qui le poussait à envisager des actes monstrueux. Depuis combien de temps Cassidy subissait-il leur dénigrement? Combien de fois avait-il dû endurer ces injustices? Qui d'autre osait s'adresser à lui avec une telle hostilité?

Il était si proche de perdre le contrôle, si près de se lancer dans une vendetta pour punir et détruire tous ceux qui avaient blessé son compagnon… Seule la certitude que Cassidy ne lui pardonnerait pas l'en avait empêché. C'était pour lui qu'il ne l'avait pas fait. Pour respecter son besoin d'indépendance. Pour ne pas franchir une limite, et le faire fuir. Mais au regard ahuri de Cassidy, peut-être était-il déjà allé trop loin. Il s'apprêtait à faire un pas en arrière lorsque la voix de Cassidy claqua.

— Ne bouge pas.

Il s'immobilisa, l'autorité dans cette injonction faisant descendre un frisson le long de son échine. Cassidy le fixait d'un regard qui n'était plus marqué par l'hésitation, la surprise et l'angoisse, mais qui désormais brûlait de détermination.

— Ne décide pas à ma place de ce qui peut me blesser ou non.

Sans prévenir, Cassidy attrapa le bas de son pull, et Adam fut brutalement tiré en avant, tout contre lui, leurs poitrines se touchant, leurs ventres se frôlant. Ses mains se retrouvèrent de chaque côté de la tête de Cassidy, et Adam sursauta lorsque ce dernier agrippa son bras, non pas pour le repousser, mais pour s'y accrocher.

— Ne décide pas pour moi, répéta Cassidy avec plus de douceur. Surtout pas de mes sentiments.

— Je ne décide pas pour toi... Je l'ai senti.

— Qu'as-tu senti ?

— Ta colère et ta douleur. Je ne me suis pas trompé, affirma Adam.

Parce que c'était plus fort que lui, parce qu'il en avait besoin, il laissa alors son nez glisser le long du cou de son compagnon.

— J'étais en effet en colère, admit Cassidy.

— Je sais.

— Tu sais, mais tu ne comprends pas. Regarde-moi.

Adam obéit. Il cessa de frotter son nez contre son cou et plongea son regard dans le sien. Il s'y perdit. C'était si facile de s'oublier dans ces yeux. Ils étaient porteurs de promesses, de bonheur, de joie et d'extase. Adam désirait tout cela, et bien plus encore.

— J'étais en colère contre la situation, contre la société. Pas contre toi.

— Tu as lâché ma main.

— Je n'aurais pas dû. C'était injuste.

— C'était ce que tu ressentais.

— J'étais amer de ne pas être suffisant et furieux que quoi que je dise, cela serait ignoré.

— C'est pour cela que tu n'as pas parlé ? Que tu n'as pas défendu Jamie ?

Les lèvres de Cassidy s'étirèrent en un sourire triste, et Adam effleura sa bouche du bout des doigts, cherchant à dissiper cette expression. Son pouce exerça une pression douce contre ses lèvres, jusqu'à ce que la pointe humide d'une langue frôle sa peau.

— Je n'ai pas défendu Jamie parce que je suis un oméga et qu'il y avait trois alphas dans la pièce, expliqua Cassidy. Si je m'étais opposé frontalement, j'aurais perdu. L'alpha de Lindsay se serait braqué, et plus aucune négociation n'aurait été possible. Jamie aurait été expulsé définitivement et je n'aurais jamais pu retrouver une école de cette qualité dans mon budget, surtout au vu de mon statut social.

— Je ne t'aurais pas laissé seul dans cette épreuve. Jamais.

Cassidy saisit sa main, puis appuya son front contre sa poitrine. Son souffle chaud traversa les couches de tissu de ses vêtements, effleurant sa peau.

Adam baissa les yeux sur sa nuque exposée, où ses morsures étaient visibles, ravivant en lui une profonde satisfaction.

— Je ne suis pas habitué à ce que tu sois à mes côtés, murmura Cassidy. Pas habitué à avoir un autre soutien. Depuis la naissance de Jamie, je compte uniquement sur moi, car il n'y a personne pour me relever si je trébuche. Alors je ne tombe pas.

Avec hésitation, Adam posa sa main sur la nuque de son compagnon, qui accueillit ce contact par un profond soupir apaisé.

— Qu'aurais-tu fait si je n'avais pas été là ?

— J'aurais quand même gardé le silence. J'aurais attendu d'être seul avec le directeur pour plaider ma cause. Mais honnêtement, je pense que j'aurais perdu. Peut-être que Liam aurait pu intervenir, mais même son argent et sa position ont leurs limites. Au fond, lui aussi n'est qu'un simple pa célibataire.

Adam retint son souffle lorsque les doigts de Cassidy effleurèrent son ventre.

— Je n'ai pas encore eu l'occasion de te le dire, mais merci, murmura son compagnon.

— Pour ?

— Pour avoir empêché Jamie de perdre sa place à l'école. Pour m'avoir défendu. Pour ne pas m'avoir laissé seul dans ce bureau.

— Tu n'auras jamais à me dire merci pour ces choses-là.

Cassidy releva la tête et l'observa attentivement pendant un moment, avant de rompre le silence qui s'était installé.

— Il n'y avait pas que de la colère là-bas. J'étais également soulagé de ne pas être seul, et heureux que ce soit toi.

Cassidy reprit sa place contre sa poitrine.

— Je pensais que je pouvais encore choisir, mais je me trompais.

— Que voulais-tu choisir ?

— Mes sentiments.

— Cass…

— Je le veux.

À cette déclaration, Adam sentit une vibration naître dans sa poitrine.

— Que veux-tu ? demanda-t-il le cœur battant.

— Toi.

Le vrombissement s'intensifia.

— Je veux essayer. J'ai cru pouvoir me protéger, mais il est déjà trop tard. Si tu me rejettes, que ce soit maintenant ou demain, ça sera douloureux.

— Cass…

— Et si un jour je dois souffrir, je veux avoir été heureux avant. Je ne vais plus fuir. Je ne vais plus te fuir.

Cassidy se hissa sur la pointe des pieds, et ses lèvres effleurèrent les siennes.

— Je te désire. Je veux ton soutien, toi, murmura-t-il contre sa bouche. Je veux arrêter d'avoir peur. Je veux pouvoir tomber, sachant que tu seras là pour me relever. Je veux aussi être là pour toi. Je veux pouvoir avoir ce que je veux. Je veux être avec toi.

— Tu l'auras.

Parce qu'il ferait tout pour que cela fonctionne.

Parce qu'ils étaient alpha et oméga.

Parce que même sans cela, il l'aimait.

Parce qu'il était Cassidy.

— Trois règles, Adam.

— Des règles ?

Les lèvres de Cassidy se détachèrent des siennes.

— Si tu ne peux pas les accepter, il n'y aura pas de « nous ».

Peu importe ce qu'il demanderait, Adam le ferait.

— Règle un ?

— Si tu te lasses de moi, ne me trompe pas. Respecte-moi et romps avec moi.

— Jamais je…

— Non, Adam. Ne fais pas de promesses que tu ne pourras pas tenir.

La colère dans les yeux de Cassidy lui fit réaliser qu'il n'était pas prêt à entendre qu'il ne pourrait jamais le trahir.

— Règle numéro deux ?

— Tu ne me traiteras jamais comme l'alpha de Lindsay le traite. Je suis ton égal, être oméga ne fait pas de moi une poupée à qui l'on peut dire de se la fermer.

Adam grogna.

— Si jamais je te traite ainsi, tu auras toutes les raisons de me quitter.

— Règle numéro trois : Jamie.

— Jamie ?

— Il passe avant tout. Il passe avant nous. Il passe avant moi.

— Cass...

— Oui ou non ?

— Il n'y a pas de négociation ?

— Non.

— Alors oui.

Mille fois oui.

Le sourire qui illumina le visage de Cassidy était l'un des plus beaux qu'il lui ait jamais été donné de voir. Il était empreint de tendresse, de promesses, de confiance et de désir.

Cassidy passa son pouce sur sa pommette, puis descendit son doigt jusqu'à ses lèvres. Adam le laissa caresser sa bouche avant d'aspirer son doigt et de le sucer lentement.

— Inspire mon odeur, Adam.

Il obéit. L'odeur sucrée de Cassidy lui chatouilla le nez. Il sentait bon, terriblement bon. La colère et l'inquiétude avaient disparu, remplacées par quelque chose de plus doux, plus sensuel. Ce parfum ne suscitait plus chez lui l'envie de détruire, mais plutôt celle de construire.

— Qu'est-ce que je sens ?

— Le désir... Tu sens le désir.

# CHAPITRE 18

*Céder à l'amour*

# Adam

Cassidy entrouvrit ses lèvres, et un souffle aux sonorités érotiques s'en échappa.

— Tu me veux.

Adam ne fut pas certain s'il s'agissait d'une question ou d'une affirmation. Peu importait, car dans les deux cas, sa réponse était la même.

— Je te veux.

Il n'en avait jamais été autrement.

Cassidy agrippa sa nuque, se hissa sur la pointe des pieds, et laissa sa bouche errer près de la sienne sans la toucher. C'était une invitation, une demande à laquelle Adam prit tout son temps pour répondre. Non pas par hésitation, mais parce que ce moment était important. Il voulait le savourer, graver chaque détail dans sa mémoire. Il ne voulait rien oublier de ce qu'il ressentait: cette ivresse heureuse, cette profonde satisfaction, ce triomphe. Cassidy le désirait. Non... c'était plus que ça, Cassidy acceptait de construire quelque chose avec lui. Une relation. Une famille. Un lien. C'était bien plus que tout ce qu'il aurait pu espérer.

— Tu es beau.

Adam l'avait toujours pensé, sans jamais pouvoir le dire. À partir d'aujourd'hui, il pourrait le répéter chaque jour à venir.

— Tu comptes m'embrasser ? demanda Cassidy.

— Oui.

— Maintenant ?

Sa voix était velours. Érotisme.

Adam humecta ses lèvres, et les ongles de Cassidy s'enfoncèrent dans sa nuque.

— Tu es pressé ?

— Pressé, désireux, impatient. Je suis beaucoup de choses à cet instant.

— J'aime toutes ces choses.

— Embrasse-moi, Adam, ou vais-je devoir te supplier ?

— Jamais.

Adam l'embrassa, et son monde changea. Il sut que plus rien ne serait comme avant, et c'était au mieux, car le passé était d'une fadeur effrayante comparé à ce qu'il vivait maintenant.

Alors que leurs langues se caressaient, que leurs gémissements passaient d'une bouche à l'autre, l'univers s'emplissait de nouvelles couleurs. Des parfums émergeaient, des sons se créaient. C'était beau, c'était merveilleux, c'était au-delà de toute mesure.

Adam plaqua Cassidy contre le mur, sa bouche quittant ses lèvres gonflées par leur baiser pour s'attaquer à son cou, pour lécher les cicatrices de ses morsures. Il aimait que sa peau ne soit pas lisse, sentir le relief des contusions, tatouages faits par ses crocs.

À lui. Il était à lui. Son oméga. La moitié de son âme.

Tirant sur son pull et sa chemise pour dévoiler l'arrondi de son épaule, il laissa ses canines râper contre la nuque de Cassidy. Il mordilla la chair tendre qu'il venait de suçoter, puis pressa son bassin contre son ventre. Adam se délecta de son gémissement bruyant, avant de le faire taire en capturant à nouveau ses lèvres. Lorsqu'il agrippa ses fesses pour le soulever, Cassidy n'eut pas besoin de plus d'encouragement, et noua ses jambes dans son dos.

— Notre chambre, haleta celui-ci contre son oreille.

Adam gronda. Il aimait que sa chambre soit devenue la leur. Il l'embrassa avec une férocité accrue tandis que les mains de Cassidy parcouraient son visage, son cou, sa poitrine, caressant tout ce qui pouvait l'être.

Ils n'étaient plus dans le salon, mais dans les escaliers, le couloir, et enfin leur chambre. Adam lâcha Cassidy sur le lit, puis se positionna au-dessus de lui, un genou entre ses jambes écartées. Tout en lui le faisait frémir : ses joues rosies, ses yeux brillants, sa bouche entrouverte, ses cheveux collés par la sueur à son front.

— Adam…

Son prénom était un gémissement, une plainte, une supplication.

Se redressant, il saisit le bas de son pull et de son tee-shirt, les retirant d'un seul mouvement sous le regard ardent de Cassidy. Avec lenteur, il fit glisser sa main le long de ses abdominaux jusqu'à la bosse proéminente qui déformait son pantalon, puis il défit sa ceinture et sa braguette. Chaque son semblait amplifié, et les crans de la fermeture Éclair résonnèrent bruyamment entre eux.

— Tu aimes.

— Oui, répondit Cassidy en se léchant les lèvres.

— Ce n'était pas une question.

Son excitation était un parfum enivrant pour Adam.

— Tu vas encore plus aimer, lui promit-il.

Il passa ses pouces dans l'élastique de son boxer qu'il baissa en même temps que son pantalon, révélant la grosseur de son sexe.

Cassidy se redressa sur les coudes et tendit un bras pour effleurer la longueur de son membre du bout des doigts. Il s'attarda sur le renflement à la base de son pénis, là où le nœud se formait, avant de faire glisser ses mains le long de ses cuisses pour l'inciter à se dévêtir entièrement.

Adam se recula pour s'exhiber, soumettant sa nudité au regard de son oméga. Lorsqu'il passa son pouce sur son prépuce pour recueillir les gouttes qui s'en échappaient, un long gémissement s'éleva du lit.

— Ne me laisse pas... implora Cassidy, sa respiration saccadée.

Revenant vers lui, Adam frotta son doigt sur les lèvres de son amant, y étalant sa semence. Sans détourner le regard, Cassidy traça les contours de sa bouche luisante avec le bout de la langue.

— Je te veux nu... haleta Adam en exerçant une légère pression sur les épaules de Cassidy pour l'encourager à s'allonger.

Au-dessus de lui, le dominant de sa stature, il fit glisser ses mains jusqu'à sa ceinture pour retirer son pull et sa chemise de son pantalon. À peine eut-il détaché le bouton de la braguette de son amant que le parfum piquant de l'angoisse vint altérer celui, sucré et enivrant, du désir. Il se figea instantanément, puis se redressa pour le fixer.

— Adam ?

— Ça ne va pas.

— Qu'est-ce qui…

Adam ne le laissa pas finir sa phrase : attrapant le bras de Cassidy, il le leva devant leurs yeux comme preuve.

— Toi ! Tu trembles.

Cassidy récupéra immédiatement sa main et la cacha en croisant les bras sur sa poitrine.

— Fait chier, soupira-t-il en fermant les yeux.

— Tu ne veux pas…

— Ferme-la !

Adam se tut et commença à reculer pour quitter le lit.

— Et reste ici !

L'ordre grogné le fit hésiter, mais le regard de Cassidy l'empêcha de partir.

— Tu sens l'angoisse.

— Foutu odorat d'alpha…

— Je ne te toucherai pas si tu as peur de moi.

Cassidy haussa un sourcil, et un coin de ses lèvres se releva en un sourire moqueur.

— Tu crois que j'ai peur de toi ?

— Tu as peur.

Adam ne se trompait pas. Il observa avec méfiance Cassidy, qui se redressait pour s'asseoir.

— Oui, mais certainement pas de toi.

— De quoi alors ?

Un profond soupir lui répondit.

— Je ne peux pas simplement te dire que tout va bien pour te convaincre de continuer, n'est-ce pas ? demanda Cassidy, une légère rougeur teintant ses joues.

— Non.

Cassidy détourna la tête, mais d'une caresse sur sa joue, Adam l'obligea à le regarder.

— Parle-moi, chéri. S'il te plaît.

— Je... Tu as eu beaucoup d'amants.

— Et ?

— Je n'en ai eu qu'un.

Adam fronça les sourcils, perplexe.

— Est-ce un problème que j'aie eu plus d'amants que toi ?

— Non ! Ce qui me dérange, c'est que la première version de moi que tu as connue était pendant mes chaleurs. Je ne suis pas... Je ne veux pas que tu croies que... Ce n'était pas moi, d'accord ?

— Je sais.

— Je n'ai pas eu de relations intimes avec qui que ce soit depuis des années. Ne t'attends pas à ce que... enfin... tu vois.

Adam cligna des yeux plusieurs fois, commençant à comprendre de quoi il était question.

— À ce que « quoi », Cassidy ?

— Tu vas être tellement déçu...

Cette fois-ci, Adam éclata de rire, incapable de se retenir.

## Cassidy

L'humiliation était brûlante.

Il ferma les yeux et se laissa tomber en arrière, son dos s'enfonçant dans le moelleux de la couette.

— Tu vas mourir d'ennui avec moi.

Tout en riant, Adam écarta ses jambes avec son genou pour se glisser entre, avant de le recouvrir de son poids.

— Est-ce que j'avais l'air de m'ennuyer, chéri ?

Cassidy ouvrit les yeux lorsque Adam passa sa main dans ses cheveux.

— Alors... Pour récapituler, tu avais peur de me décevoir, c'est ça ?

— Ne le dis pas comme ça...

C'était encore plus mortifiant.

À la chaleur qui envahissait son visage, Cassidy n'avait aucun doute sur la teinte de ses joues.

— Comment tu veux que je le dise alors ?

— Je préfère que tu ne le dises pas du tout, bon sang !

Des années… cela faisait des années que personne ne l'avait touché et qu'il n'avait touché personne.

— Je sens que je ne serai pas dans le top trois de tes expériences en matière de fellations…

Un grondement, qui fit dresser tous ses poils, répondit à sa remarque. Le sourire d'Adam s'évapora, remplacé par une expression féroce qui lui coupa le souffle.

— Tu as envie de me sucer ?

— Oui.

L'aura d'Adam était écrasante, empreinte de virilité et de puissance contenue.

— Si tu veux, je peux…

— Non.

Le baiser qu'Adam déposa sur ses lèvres adoucit la fermeté de son refus.

— Ce n'est pas ce que je recherche aujourd'hui.

— Alors, de quoi as-tu envie ?

Cassidy lutta pour maîtriser le tremblement dans sa voix.

— Je veux que tu n'aies plus peur. Que tu n'aies plus de doutes, chuchota Adam.

Sa bouche glissa le long de son cou pendant que ses mains relevaient son pull et sa chemise, les faisant remonter au-dessus de sa poitrine.

Un cri échappa à Cassidy lorsque Adam, de ses dents, tira délicatement sur un de ses mamelons, apaisant ensuite la brûlure avec un baiser.

— Cass ? Je continue ? lui demanda Adam.

— Continue.

Sa langue suivit un chemin sinueux le long du ventre de Cassidy, plongea dans son nombril, puis ressortit pour poursuivre son voyage jusqu'à sa ceinture. Pendant que sa bouche explorait et caressait cette zone sensible, ses larges mains d'alpha s'activaient pour défaire sa braguette. Avec habileté, Adam lui retira son pantalon qu'il jeta loin du lit. Par-dessus son boxer, il embrassa son sexe, puis enfonça son visage dans son aine, y inspirant longuement.

— Si tu pouvais sentir ce que je sens...

Adam se redressa et le contempla.

— ... et voir ce que je vois...

Un de ses doigts glissa sous l'élastique de son sous-vêtement, le baissa et le coinça sous ses bourses.

— Tu n'aurais aucun doute. Aucune peur.

Toujours en le regardant, Adam se pencha jusqu'à ce que son souffle caresse son sexe et que sa langue en parcoure la longueur.

— Seigneur Destin! cria Cassidy lorsque sa bouche chaude se referma sur son érection.

Tout en le suçant, Adam le débarrassa de son boxer avant de placer autoritairement ses jambes sur ses épaules. Les sensations étaient déjà enivrantes, mais elles devinrent encore plus intenses lorsqu'un doigt appuya doucement sur son intimité humide sans pour autant s'y enfoncer. Ce doigt tournoyait et exerçait une pression juste assez forte pour le faire gémir et supplier, mais pas pour le pénétrer. Ce qui restait de son appréhension se mua en impatience, puis en supplice, tandis qu'Adam continuait à le lécher et à le sucer.

— Adam... stop... je vais... tenta-t-il de le prévenir.

Il ne put se retenir. Il jouit, son sexe se déchargeant dans la bouche qui l'enserrait.

Perdu dans une euphorie grisante, il ouvrit les yeux sur un monde flou qui se précisa lentement autour d'une vision saisissante : entre ses cuisses, Adam se léchait les lèvres pour recueillir les dernières gouttes de sa semence échappée.

— Je n'ai jamais rien vu d'aussi excitant que toi.

La voix rauque d'Adam fit gémir Cassidy. Bien qu'il ait déjà joui, le désir brûlait à nouveau en lui.

Il voulait cet homme, non pas juste un homme, mais son alpha.

Alpha et oméga.

Deux faces d'une même pièce.

— Je n'ai jamais été aussi excité, avoua Cassidy.

Le sourire d'Adam devint vorace alors qu'il se redressait, dévoilant son sexe long et large, d'où perlaient des gouttes visqueuses. Cassidy ne pouvait en détourner son regard ni contenir la satisfaction d'être la cause de son excitation. C'était pour lui qu'Adam éprouvait du désir. Lui. Uniquement lui. Et le plaisir qu'il en retirait était aussi intense que l'orgasme qui venait juste de le traverser.

Se penchant, Adam déposa des baisers le long de son torse, s'attardant sur ses mamelons avant de capturer ses lèvres.

— On peut arrêter là, chéri.

Cassidy gémit et s'arc-bouta, puis il noua ses jambes autour du bassin d'Adam pour l'empêcher de s'éloigner, le maintenant fermement contre lui.

— Sept ans…

Il glissa sa main entre leurs deux ventres pour saisir l'érection d'Adam, si imposante qu'il ne pouvait l'encercler entièrement avec son poing.

— Si tu crois qu'un simple orgasme va me suffire, tu te trompes lourdement.

— Cassidy… Il serait peut-être plus prudent de…

— Tu vas me baiser.

Parce qu'il le désirait.

Parce que leurs corps étaient destinés à s'unir.

— Walker a dit…

Il claqua des dents et gronda.

— Ose prononcer le nom d'un autre homme à nouveau !

Ses doigts serrèrent le sexe d'Adam avec, il le savait, un peu trop de force.

— Si tu l'abîmes, je ne pourrai plus m'en servir, lui rappela Adam avec un sourire qui était pour moitié une grimace.

— Si ce n'est pas avec moi, ça ne sera avec personne d'autre !

Il ne le permettrait pas.

Adam était à lui.

À lui.

— Mon alpha.

Le regard d'Adam s'anima d'une lueur sauvage.

— Mais seulement lorsque tu seras maître de toi-même.

— Je suis maître de moi.

— Non. Tes instincts ont pris le dessus. Reprends le contrôle et alors je te ferai l'amour.

— Tu me baiseras.

— Je te ferai l'amour, répéta Adam en mettant davantage d'emphase sur le dernier mot.

Cassidy frissonna à ce mot, il lui plaisait autant qu'il l'effrayait.

— Amour... chuchota-t-il.

Il ne savait pas quoi en penser, mais il le mit rapidement de côté lorsque les mains d'Adam se posèrent sur son torse et que sa langue dessina des lignes et des courbes le long de sa gorge.

— Cassidy...

Il adorait la façon dont son prénom sonnait lorsque Adam le prononçait.

— Chéri...

Il gémit, incapable de se retenir.

— Chéri...

Son souffle s'accéléra.

— Chéri...

Un frisson parcourut son corps.

— Si sensible, murmura Adam en déposant un baiser sur ses lèvres. Si parfait.

— S'il te plaît...

— Seulement si tu es toi.

— Je suis moi, hoqueta Cassidy. Moi. Moi. Moi.

Les immenses doigts d'Adam enserrèrent son visage.

— Regarde-moi.

— Je te regarde.

Cassidy le voyait.

Il l'aimait.

Aucun doute ne subsistait.

Aucun doute ne pouvait exister.

Pas avec ce qu'il ressentait pour lui.

— Adam.

Dire son prénom le fit sourire.

— Adam.

Il le répéta parce qu'il le pouvait.

— Adam.

Parce que plus jamais il n'aurait à se retenir.

— Adam.

Une bouche s'écrasa contre la sienne, et il n'y eut plus de questions ou d'inquiétudes. Une main se faufila entre ses cuisses, et un doigt s'insinua lentement en lui avec une tendresse qui contrastait avec les grondements primitifs animant la poitrine d'Adam. Ce dernier l'étira longuement, avant d'ajouter un deuxième puis un troisième doigt. Il les fit glisser en lui, les écartant pour assouplir ses parois et le préparer à quelque chose de beaucoup plus imposant.

— Tu es prêt, murmura Adam en capturant ses lèvres dans un baiser.

— Je suis prêt.

Son gland se pressa contre son intimité, et Cassidy gémit d'anticipation.

— Viens.

Adam s'enfonça doucement en lui, provoquant un étirement auquel Cassidy n'était plus habitué. À chaque signe de résistance, Adam marquait une pause, se retirant pour mieux revenir, encore et encore, laissant le temps à leurs corps de s'accorder progressivement jusqu'à ce que ses bourses reposent contre ses fesses.

— Je suis en toi.

— En moi…

Et Seigneur Destin, rien n'avait jamais été aussi grisant!

La légère douleur persistante se dissipa pour laisser place à une félicité sans précédent. C'était bien au-delà du bon. C'était plus intense que tous les plaisirs jamais éprouvés.

Adam bougea, et ce qui semblait déjà merveilleux à Cassidy

devint prodigieux. Il se perdit dans le rythme de ses va-et-vient. Il n'y avait plus de notion de temps ni d'espace, plus de pensées, plus d'angoisse, rien pour le retenir.

Adam chuchotait à son oreille, et bien qu'il ne comprenne pas les mots, ces murmures ajoutaient à son plaisir. Un plaisir si intense qu'il en devenait presque insupportable. Cassidy était si proche de sa limite, encore un peu, juste un peu, et il l'atteindrait. Il la repoussa autant qu'il le put, ne voulant pas que cela s'arrête, mais soudain ce fut là : une extase brutale qui le submergea. Un cri lui échappa, un hurlement qu'une bouche affamée étouffa. Puis l'écrasante jouissance reflua, le laissant haletant et vidé de ses forces.

Adam gémit contre son cou tandis qu'il atteignait l'orgasme à son tour, et Cassidy frémit à la sensation de son sperme se déversant en lui. Il avait oublié à quel point il aimait cela : être pleinement rempli. Il embrassa le torse puissant de son alpha, accompagnant son orgasme de tendres baisers jusqu'à ce que son érection retombe naturellement et sorte d'elle-même de son intimité. Un sentiment de manque et d'engourdissement le submergea aussitôt. Sur sa cuisse, il sentit le sperme d'Adam s'écouler, mais il ne trouva ni la force ni l'envie de s'en occuper. Ses membres étaient lourds, tout comme sa tête.

Maintenant, Adam était allongé à ses côtés. Étroitement enlacés, ils laissaient leurs mains errer sur le corps de l'autre.

— Quelle est ta couleur préférée ?

La question inattendue sortit Cassidy de sa langueur, l'obligeant à rouvrir les yeux qu'il ne s'était même pas rendu compte avoir fermés.

— Le bleu, finit-il par répondre tout en s'étirant.

Adam continua à le caresser, mais de façon plus mécanique, preuve qu'il réfléchissait.

— Ma couleur...

— Le noir, le coupa Cassidy en bâillant.

— Bien sûr, tu connais ma couleur préférée, soupira Adam, résigné.

Avec un sourire, Cassidy le poussa sur le dos et croisa les bras sur sa poitrine pour y poser sa tête.

— Je sais beaucoup de choses à ton sujet, lui murmura-t-il.

— Comme ?

— Tu as une aversion pour le thé et tout ce qui contient de l'anis. Tu n'es ni chien ni chat. Si tu devais choisir un animal, ce serait le cheval, étant donné que c'était l'une des passions de ton pa, même si tu es allergique au foin. Et pour finir, tu adores l'hiver.

Adam interrompit ses caresses juste assez longtemps pour relever légèrement la tête et le regarder.

— Exact.

— Bien sûr. Et pour ta gouverne, je n'ai rien contre le thé, même si je préfère le café. L'anis ne me dérange pas, mais je trouve que la muscade est le pire goût qui existe sur terre. J'aime bien les chiens et les chats, mais tu as interdiction de partager cette information avec Jamie, qui me harcèle depuis qu'il sait parler pour qu'on en ait un. Tout comme tu as interdiction d'en prendre un sans m'en avoir parlé avant. Pas d'allergie connue, et je préfère le printemps.

Les doigts d'Adam reprirent le tracé d'un dessin invisible sur son dos.

— Pourquoi le printemps ? lui demanda-t-il après un silence.

— Parce que Jamie est né à cette saison.

— D'accord.

— Pourquoi ces questions, Adam ?

— Parce que j'ai envie de savoir.

Cassidy bougea pour poser sa tête sur sa poitrine, juste au-dessus de son cœur. Contre sa joue, il sentait les battements réguliers de celui-ci.

— J'aime bien que tu aies envie de savoir, murmura-t-il. C'est surprenant, mais agréable.

— Pourquoi n'aurais-je pas envie de savoir ?

— Parce que tu es un alpha.

— Tu n'as pas une haute opinion des alphas.

— C'est ce qui arrive quand tu as eu de mauvaises expériences avec eux.

## Adam

À peine cet aveu prononcé qu'Adam sentit une tension monter en son amant.

— Avec le père de Jamie ?

À cette question, Cassidy sembla se crisper davantage.

— Ça se passait mal entre vous ?

— Non, ça se passait très bien.

Cette réponse, dite avec une neutralité feinte, montrait que Cassidy était tout sauf indifférent. Il ne mentait pas, mais Adam sentait aussi que ce n'était pas entièrement la vérité. Il s'apprêtait à poser une autre question, mais Cassidy le devança en se redressant avant de s'éloigner et de quitter le lit.

— Tu cherches quelque chose ? demanda-t-il lorsqu'il vit Cassidy se pencher.

— Mes vêtements.

Adam ne put s'empêcher de ressentir un frisson de désir en observant la coulée brillante qui, depuis les fesses de son oméga, glissait le long de l'intérieur de sa cuisse. Ne pas le rejoindre pour le ramener dans ses bras lui fut difficile, surtout lorsque Cassidy ramassa son caleçon et s'essuya avec.

— Tu t'en vas ?

Cassidy se tourna vers lui, sourcils froncés.

— Tu veux que je m'en aille ?

— Non. Mais ce n'est pas moi qui suis en train de m'habiller, fit-il remarquer alors que Cassidy enfilait son pull.

Le vêtement, trop grand, lui tomba à mi-cuisse.

— J'ai cru entendre Jamie.

— Jamie ?

— Mon fils, qui dort à l'étage supérieur, au cas où tu l'aurais oublié.

— Je ne l'ai pas oublié.

Cassidy s'approcha du lit et y posa un genou avant de se pencher pour l'embrasser.

— Alors parfait, lui murmura-t-il lorsque leurs lèvres se séparèrent.

S'asseyant à ses côtés, il le regarda en silence un instant.

— Tu es inquiet.

— J'ai peur que tu ne reviennes pas.

— Je vais revenir, lui promit-il en passant le dos de sa main sur la joue d'Adam. Je veux revenir.

— Je veux aussi que tu reviennes, pour que les choses soient claires.

— Les choses sont claires. Je vais juste vérifier qu'on ne l'a pas réveillé en...

Cassidy haussa les épaules, visiblement gêné.

— On ? Ce n'est pas moi qui ai crié, répliqua Adam avec un sourire.

— Peut-être, mais c'est toi qui m'as fait crier. Et ne souris pas comme ça !

Si Cassidy grogna, son agacement fut aussitôt contredit par le baiser qu'il lui offrit.

— J'étais sérieux, Adam, quand je t'ai dit que je voulais essayer.

Et sur ces mots, Cassidy se leva et sortit. Le son léger de ses pas s'évanouit dans le couloir, laissant place à un silence. Du moins, ce fut le cas jusqu'à ce que la vibration de son téléphone arrache Adam à ses pensées, le ramenant brusquement à la réalité. La sonnerie cessa brièvement avant de reprendre aussitôt. Après le troisième appel, Adam se résolut à se lever et à chercher son pantalon pour extraire son portable de sa poche. Le nom sur l'écran lui fit froncer les sourcils.

— Il est tard, Maverick, dit-il en décrochant.

— Je sais, mais ça ne pouvait pas attendre. Êtes-vous seul ?

— Oui.

— Votre compagnon n'est pas là avec vous ?

— Non. Que se passe-t-il ?

314

— Comme vous l'avez demandé, nous avons approfondi l'enquête sur son passé.

— Et ?

— Cassidy Miller n'existe pas.

— Comment ça, il n'existe pas ?

— Cassidy Miller est décédé il y a soixante-treize ans, à l'âge de trois mois.

— De quoi…

— Qui que soit votre compagnon, il ne peut pas être Cassidy Miller. Je peux vous l'assurer. L'identité qu'il utilise est usurpée. Votre assistant n'est pas celui qu'il prétend être.

## Cassidy

Il ouvrit la porte de la chambre de son fils, laissant la lumière du couloir inonder sa silhouette. Seule une touffe de ses cheveux dépassait de la couette. Cassidy s'apprêtait à redescendre quand un frisson le parcourut, suivi d'une nausée soudaine et inattendue. Précipitamment, il se rua vers la salle de bains la plus proche et tomba à genoux devant les toilettes. Des contractions abdominales le saisirent, mais il ne parvint pas à vomir.

— Putain… jura-t-il en fixant la cuvette blanche et immaculée.

Il avait déjà vécu ça.

Il l'avait vécu et Jamie était venu au monde.

### À suivre…

# REMERCIEMENTS

Bon, ça fait cinq fois que je réécris ces remerciements. Pourquoi ? Parce qu'après un rush intense de corrections éditoriales, je suis littéralement au bout de ma vie. Et là, tout de suite, je ne rêve que d'une chose: un bubble tea. Mais hélas, aucun bubble tea à l'horizon... ce qui, soyons honnêtes, est tout bonnement inacceptable. Comment ça, je m'égare ? Franchement, y a-t-il vraiment quelque chose de plus important qu'un désir de bubble tea non assouvi ?

Je rassemble donc mes deux derniers neurones et les secoue (doucement, ils ne sont plus que deux, les pauvres), en espérant qu'ils se connectent pour vous adresser des remerciements dignes de ce nom, plutôt qu'un simple *« je vous kiffe les reufs »* suivi d'une bassine de larmes. Parce que oui, vous m'avez fait pleurer, et pas qu'une fois !

Souvenons-nous de ce jour où, alors que je lançais tranquillement mon projet Ulule, *BAM*, en quelques heures à peine, vous avez explosé tous les paliers, y compris ceux que je n'aurais jamais imaginé atteindre. Ce jour-là, j'étais Camille la fontaine !

Ensuite, il y a eu tout votre soutien durant les quarante jours de campagne, sans oublier vos petits mots adorables... Mais je vais m'arrêter là, car si je commence à tout lister, ces remerciements risquent de ne jamais se terminer. Et soyons réalistes, vous serez en train de bailler bien avant que j'aie fini.

Alors, je vais abréger et me contenter d'un MERCI. Merci de m'avoir permis de donner vie à ce roman tel que je l'imaginais. Merci pour votre bonne humeur contagieuse. Merci, tout simplement.

Un autre immense merci à toutes les personnes qui m'ont accompagnée dans cette aventure : V_Momo et Clover Doe pour les illustrations sublimes, Emmanuelle pour la correction aux petits oignons, Isabelle et Sarah pour avoir géré les rushs de dernière minute. Et bien sûr, un grand merci à mes amies qui ont supporté mes plaintes sans fin, et à ma famille que j'aime d'amour et qui me soutient, même quand le sujet leur semble... disons, un peu énigmatique.

Du love sur vous.

Suivi éditorial © Emmanuelle Lefray
Suivi éditorial Bonus © Sarah Delmas
Maquette © Camille Jedel
Illustration de couverture & illustration couleur © V_Momo
Illustrations noir et blanc © Clover Doe
Illustrations explications omégaverse © Lesteplume Graphisme

Disponible en format numérique et papier
Dépôt légal : Décembre 2024
Prix : 19 €

Pour demander une autorisation, et pour toute autre demande d'information, merci de contacter Camille Jedel:
camille.jedel@gmail.com

Édition : BoD · Books on Demand GmbH, In de Tarpen 42, 22848 Norderstedt (Allemagne)
Impression : Libri Plureos GmbH, Friedensallee 273, 22763 Hamburg (Allemagne)
ISBN: 978-2-3224-7857-6

Loi n°49-956 du 16 juillet 1949 sur les publications destinées à la jeunesse, modifiée par la loi n°2011-525 du 17 mai 2011.